아메리카 심야특급

아메리카 심야특급

조재민 지음

이서원

차 례

제1부

나머지 반쪽을
보고 싶다

1장

아랫동네

콜롬비아, 에콰도르

되감기

"지낼 곳이 없으면 우리 집에서 자도 괜찮아."

볼리비아에 사는 한 소녀가 나에게 이런 쪽지를 보내왔다.

볼리비아의 낮, 도심에서 약간 벗어난 어느 강가. 자신의 집으로 나를 초대한 이 소녀의 가족과 함께 수영을 하고 있었다. 햇볕이 워낙 강해, 온탕에 들어간 것처럼 몸을 눕혔다 세웠다 하고 있을 때였다. 우리 앞으로 눈빛이 어두운 두 사람이 지나갔다. 뭔가 기분 나쁘고 불안한 느낌이 확 밀려왔다. 차로 가서 가방을 챙겨오기 위해 물 밖으로 나오고 있는데, 소녀의 아버지가 뛰어왔다.

"다 가져갔어. 그 놈들이 다 가져갔어."

우리는 사람들이 많은 강가에서, 대낮에 권총강도를 만났다. 나는 현금과 카드, 컴퓨터가 든 가방을 통째로 빼앗겼다. 한순간에, 남미 한 가운데서 무일푼이 되었다. 주위에 있는 사람에게 핸드폰을 빌려 경찰서에 전화를 걸었는데, 20분째 연결음만 들렸다. 그래서 경찰서를 직접 찾았다. 폐업을 앞 둔 컴퓨터 도매 상가와 다를 바 없는 볼리비아의 경찰서. 책상 위에는 못 쓰는 컴퓨터들이 보기 싫게 쌓여있었다. 거기가 경찰서인 이유는, 경찰서라는 간판이 문 앞에 붙어있다는 것 외에는 없었다. 그 안에는 경찰인지 아닌지 알 수 없는 사람 둘이, 우리가 들어온 것도 모른 채 책상에 엎드려 자고 있었다. 생각해보니 내가 아는 사람이다. 20분째 서로 전화받는 것을 떠넘기다, 아예 안 받기로 한 그 사람들이었다.

충분히 잤을까, 그 중 한 사람이 서서히 고개를 들었다. 우리는 아까 전의 상황과 강도들의 인상착의를 정확하게 설명했다. 경찰은 잠을 쫓으며 우리 이야기를 듣고 있었다. 진술이 다 끝나도 멍하니 있자, "우리 이야기 이제 다 끝났어요"라고 말해줘야 했다. 그는 자기 주위로 다 모여보라고, 한 두 발자국씩 떨어져 있던 우리에게 손짓했다.
"먼저 기름값을 줘."

우리는 다 알고 있다. 이 경찰은 아무 일도 안 한다는 것을. 우리가 나가면, 우리가 들어올 때 자세 그대로 잘 사람들이다. 집으로 전화를 걸 수 있는 동전 몇 개가 없어, 그 현지인 가족 집에서 그 날 밤을 보냈다. 다음날 가족들은 아침부터 바빴다. 강도를 직접 잡으러 가겠다고 흥분해 있었다. 나에게도 물었다.

"재민아, 너도 같이 갈래?"

뭐라고 말할까. 이들이 하고자 하는 것은 정말 웃긴 일이다. 어제 강도 셋은 다 총이 있었다. 그 강도들을 다시 만날 수도 없지만, 만난다고 해도 돌려받을 것은 총알밖에 없었다. 이 고민할 가치도 없는 허무맹랑한 제안에 내가 쉽게 대답하지 못하는 이유는 따로 있었다. 이 집에 혼자 남아 있는 게 더 위험해 보였기 때문이다. 그 날 아침 누가 나에게 말해줬거든. 이 가족들이 전부 범인이라고.

일단 가족들과 함께 차에 올랐다. 무섭게 시동이 걸리고, 차가 달리기 시작했다. 두려움은 낄 틈도 없이 머릿속이 복잡하게 돌아갔다. 어디서 내려달라고 해야 할까. 경찰서? 웃음이 나왔다. 분명한 것은 하나 밖에 없다. 차가 어디서 멈추든, 난 이 여행을 계속할 거란 사실이다.

집을 떠난 지 벌써 1년 반이 되어간다. 여행을 결심한 것은 3년 전이었다. 2008년 겨울, 대대장의 당번병으로 군 복무를 하고 있던 나에게 특별한 휴가가 주어졌다. 군생활에 적응하지 못하는 이등병 S가 100일 휴가를 가게 됐는데, 대대장은 S가 복귀하지 않을 것 같다고 걱정했다. S의 백일휴가 날, 대대장은 나에게도 4박 5일 휴가를 줬다. 손잡고 나가서, 손잡고 돌아오라고 했다.

그 날 저녁, 나와 S 그리고 S의 여자친구가 같이 만나 술을 마셨다. S의 여자친구가 나에게 물었다.

"S, 군생활 잘하고 있어요?"

"아니요. 말 진짜 안 들어요. 막을 수가 없네요. 하하하."

그런데 다음날부터 S가 내 전화를 받지 않았다. 제발 어떻게 지내고 있는지만 알려달라고 메시지를 남겼다. 그 날 S는 전화 대신 내 미니홈피에 비밀 글 하나를 남겼다.

"조 상병님 덕분에 여자친구와 헤어지게 됐습니다. 저 부대 복귀 안 할 겁니다."

이런 개자식! 그 날부터 S를 찾아다녔다. 밤이면, 첫날 S와 술을 마신 그 술집 근처에서 S를 기다렸다. 부산 서면의 길거리에서, 해운대 바닷가의 비틀거리는 젊은이들 틈에서, S 닮은 사람을 찾아다녔다. 계속 전화를 했다. 군생활 내내 이 지긋지긋한 벨소리 때문에 만성적인 두통이 생겼는데, 휴가를 나와서도 또다시 전화벨이 울리기만을 기다리고 있었다.

복귀 당일, 부산역에서 S를 만났다. 그는 여자친구와 화해했다며 웃고 있었다. 서울로 올라오는 기차 안이 너무 갑갑했다. 내가 지금 하고 있는 일들이 얼마나 헛된 건지 생각해 보았다. 유리창을 깨고 나가고 싶었다. 군생활 내내 부대라는 울타리에, 당번실에, 그 안에서는 다시 전화벨 소리에 갇혀 2년을 보냈다.

아메리카 심야특급

여행을 하고 싶었다. 될 수 있으면 경계가 없는 광활한 대륙으로. 아메리카가 맨 처음 떠올랐다. 그 대륙의 끝에서 끝까지 달리고 싶었다. 나는 자유로워지는 날을 차분히 기다렸다.

2011년 가을, 미국 캘리포니아로 왔다. 도착한 다음날, 운전면허 학원을 찾았다.

"선생님, 저 시간 없어요. 코스만 돌아요, 코스만."

한국에서 운전경험은 없었다. 주행시험 코스만 수십 바퀴를 돌아, 코스에 있는 교통신호만 외워서 미국 운전면허를 땄다. 면허를 받은 날, 11년 된 중고차 한 대를 샀다. 그 날부터 밤낮으로 차를 몰았다. 이 골동품 같은 차가 나를 자유롭게 만들어 주리라 믿었다. 액셀과 브레이크를 혼동하는 횟수는 서서히 줄어들었고, 운전을 하면서 새로운 교통신호들을 익혀나갔다. 그렇게 미국 운전면허 한 장 들고 밤새 자유의 도로를 내달리다, 한 달만에 대형 교통사고를 냈다.

동승했던 친구들과 초조하게 경찰을 기다리고 있을 때, 상대방이 음주운전자였다는 사실이 밝혀지면서 교도소 대신 병원으로 가게 된다. 응급실에 있던 의사는, 나의 어깨를 툭툭 치며 "ok?"라고 한 것이 전부였다. 그렇게 알고 집으로 돌아왔는데, 2주 후 우리는 3,000달러에서 5,000달러가 넘는 청구서를 각각 받게 된다.

친구들은 떨리는 손으로 청구서에 적힌 숫자를 몇 번씩 확인하고 있었고, 나는 변호사를 찾아다녔다. "우린 학생이라 돈이 없다. 하지만 이건 당신들이 100% 이기는 사건이다. 우리 치료비를 먼저 내주고, 변호사 선임비도 내주면 사건을 맡기겠다." 나중에 보상금이 나오면 그 돈에서 초기 치료비와 변호사 선임비를 갚기로 합의했다. 경험 많은 변호사는 이 사건을 좋아했다. 왜 조금 더 큰 사고가 나지 않은 거냐고, 왜 조금 더 다치지 않았냐고 아쉬워했다.

나는 차를 새로 살 수 있었다. 다시 시동을 걸어 LA에서 뉴욕까지 차를 몰았다. 경찰이 안 보일 때면, 시속 190km로 달렸다. 반대편에서 달리던 경찰차가 위험하게 차선을 바꿔 내 뒤를 따라왔다.

"다행인 줄 알아. 너 5km만 더 빨리 달렸어도 법원에 가야 했어." 그는 나에게 자유의 속도를 조금 낮추라고 했다. 그리고 그것을 항상 기억하라고 250불짜리 과속티켓 한 장을 주었다.

미국에 오게 된 것은 'WEST'라는 정부 프로그램을 통해서다. 비행기값과 생활비를 지원받으며, 현지에서 일을 하는 프로그램이다. 나는 뉴저지에 있는 한 케이블 방송국에서 6개월 계약으로 인턴 생활을 시작하게 되었다. 서랍에 달라붙은 과속티켓처럼, 자유를 내려놓고 바짝 엎드렸다. 벌써 반년이 지난 줄도 모르고, 회사 내에 있는 카페에서 늘 같은 도넛을 삼키고 있던 어느 날 아침. 우리 부서 부장이 내 맞은편에 앉았다.

"회사에서 너와 계약을 연장할까 하는데."

그 말이 나에게는 이렇게 들렸다.

'회사에서 널 바보로 만들려고 해.'

"연장할래?" / '바보될래?'

그 날 이런 제안이 없었으면 계속 회사를 다녔을지도 모른다. 그런데 "연장할래?"라고 물어보는 순간 "No"라는 대답이 나왔다. 내가 미국에 온 이유는, 어딘가에 갇히고 싶지 않아서였다는 것을 6개월 만에 그가 일깨워 준 것이다.

아주 먼 길을 아주 오랫동안 달릴 생각이었다. 운전을 교대할 동행자들이 필요했다. '한없이 달려서 LA까지 가보자'는 제안에 동의한 사람들과 함께 차에 올랐다. 5시간을 달리도록 정말 아무것도 나타나지 않는 텍사스 주를 지날 때, 나는 내가 추구하는 자유를 느꼈다. 계속 달려도 더 달릴 수 있는 길이 자꾸 나타나는 게, 난 뭐가 그렇게 좋았을까. 우리 앞에서 답답하게 달리는 경찰차를, 중앙선을 넘어 추월했다. 중간에 사고가 나서 범퍼가 내려앉았을 때는, 철사로 범퍼를 묶어 다녔다. 차량 바닥의 한 부분이 반쯤 뜯겨 나갔을 때, 우리는 그것이 뭔지도 모르면서 그 부위를 가위로 잘라내고 달렸다. 그러면서 연비가 좋아졌다고 서로 즐거워했다.

LA까지 도착하는 데는 두 달이 걸렸다. 서서히 한국으로 돌아갈 준비를 하고 있는데, 내가 곧 보험금을 받는다는 사실이 떠올랐다. 미국에 오자마자 발생했던 교통사고로 인해 받을 피해보상금. 그 돈을 어떻게 써야 할지 생각했다. 결정하는데 오랜 시간이 걸리지 않았다. 난 아메리카 대륙을 보러 온 것이다. 그런데 지금 딱 반을 봤다. 그럼 그 다음은? '당연히 나머지 반을 봐야지. 곧 돈도 생기잖아. 무슨 뜻이겠어?' 내 삶을 주관하는 신이 있다면, 내 삶에서 일어나는 일들이 우연이 아니라면, 이건 분명히 여기서 쓰라고 준 돈이라 생각했다.

'아메리카의 길거리에서 번 돈이잖아. 다시 길거리에 돌려줘야지. 상대방 운전자는 감옥까지 갔어. 그렇게 하면서까지 나에게 말하고 있잖아. 그 돈을 빨리 써라. 그 돈을 지금, 이곳에서 빨리 써라. 한국에 가져가지 말고, 아메리카에서 다 쓰고 가라.'

대신 그 반쪽세상, 아랫동네 아메리카는 위험하다고 말한다. 한 사람을 만나서 맨 처음 그 얼굴을 보고 아래를 내려 보는데, 내 얼굴을 딱 잡고 '밑에는 보지 마, 위험해' 하는 것 같았다. 하지만 내가 시작했던 여행의 유일한 목적은 어떤 것에서든 벗어나는 것이었다. 위험할지도 모른다는 그 실체도 없는 울타리 앞에 멈춰 설 이유가 없었다. 한국에 있는 가족과 친구들에게 돈을 조금씩 빌렸다.

"보험금 받으면 갚아줄게 돈 좀 빌려줘. 여행 끝나기 전에 보험금 나와."

미국 비자 만료 전날, 콜롬비아 행 비행기표를 끊었다. 이렇게 시작된 반쪽 아메리카, 남아메리카 이야기는 어느 말도 안 되는 레스토랑에서부터 시작된다.

레스토랑을 오픈 한다고? 내일? 여기서?

미국에서 만난 J와 함께 심야버스를 타고 살사의 도시 칼리로 가고 있다. 콜롬비아 보고타에서 저녁에 탄 버스는 다음날 아침 칼리에 도착했다. 우리는 알렉한드로 집을 찾아갔다. 알렉한드로는 칼리에서 우리에게 집을 제공해주기로 한 호스트로, 카우치 서핑을 통해 미리 연락을 주고받았다. (카우치 서핑은 여행자와 현지인을 연결시켜주는 전 세계적인 온라인 커뮤니티다)

버스가 생각보다 일찍 도착하는 바람에, 오전 8시도 되기 전에 알렉한드로 집에 와버렸다. 한참 동안을 그 앞에 서 있으니, 알렉한드로 집에서 한 20대 청년과 60대 아주머니가 같이 오토바이를 탄 채로 문 밖을 나오고 있었다. 우리는 그들에게 달려가 "알렉한드로? 알렉한드로?"를 외쳤다. 오토바이 뒤에 타고 있던 아주머니가, 안으로 들어가 보라고 한다. 집 안으로 들어가니, 한 남자가 힘겹게 눈을 뜨면서 방에서 나오고 있었다.

"알렉한드로, 메일 받았지? 내가 재민이야, 여기는 내 친구 J."

알렉한드로는 조금씩 잠에서 깨어나고 있었다.

"밖에 아주머니 계시던데."

"우리 어머니야."

"그럼 같이 오토바이 타고 있는 사람은 동생?"

"아니, 어머니 남자친구."

당황한 티를 내지 않았다. "그렇지? 정말 잘 어울리더라."

밤새 술을 마셔 아침에 일찍 못 일어났다고 한다. 다 같이 집 안에 뒹구는 술병을 치우고 있는데 잠에서 막 깬 듯한 물라토(남미의 백인과 흑인 혼혈) 여성 한 명이 방에서 걸어 나왔다. 흑인 특유의 탄력적인 몸매 때문인지, 날씬한 공 하나가 통 통 튀어오는 것 같았다. 허리와 등이 고스란히 들어나는 상의를 입은 그 여성은 우리 앞에서 육감적인 턴을 하고서는 "수업을 원해?" 하고 물었다. 루시아라는 그녀가 살사 강사라는 말을 듣고 나니, 그 허리가 더 잘록해 보였다.

집이 어느 정도 정리되자, 알렉한드로는 수요일에 자신의 레스토랑을 오픈한다고 했다.

"그래, 가게는 어디 있어?"

"여기."

"여기? 여기는 너희 집이잖아."

"예전에 레스토랑으로 쓰이던 곳이야."

그러게, 처음 집에 들어올 때부터 일반 가정집 치고는 거실이 좀 길다는 생각을 했다. 그리고 전체적인 구조가 긴 거실을 중심으로 옆으로 방이 하나씩 나있는 식이었다. 그건 그렇다고 쳐도, 내일 모레 레스토랑을 오픈한다면 뭐라도 준비가 돼있어야 할 텐데, 아무것도 없었다. 내가 뭘 잘못

들었나 싶어서,

　"이번 주 수요일? 그러니까 이틀 뒤에 여기서 레스토랑을 오픈 한다고?"

　"응."

　순간 알렉한드로라는 사람이 어떠한 환상에 사로잡혀 있는 사람이 아닐까 생각했다. 곧 개업을 한다는데 간판도 없고, 요리사도 없고, 메뉴도 없고, 의자도 없었다. 그것보다 더 큰 문제는 이것들을 빠르게 준비해야겠다는 조급함이 없다는 것이다. '수요일이라, 오늘은 월요일이고, 그런데 너는 어제 술로 밤을 지새웠고, 오늘은 카우치 서핑으로 만난 지구 반대편의 한국 친구 둘이랑 놀고 있다.'

　조심스럽게 물어봤다.

　"준비는 잘돼가?"

　"응, 거의 다."

　그래, 하나 하나 물어보자.

　"요리사는?"

　"응, 미국에서 일하던 친구가 주방을 맡을 거야." (그 놈은 혹시 개업하기 5분 전에 올 예정이냐?)

　"광고는?"

　"뭐 딱히."

　"책상이랑 의자는?"

　"저 구석방에 있어."

"메뉴는?"

"생각해 둔 게 있어."

"………."

"네가 알렉한드로보다 레스토랑 걱정 더 하는 것 같아."

내가 혼자 있을 때도 "정말 수요일에 오픈할 수 있을까?"라고 중얼거리자, J가 한 말이다. 머릿속은 온통 그 생각뿐이었지만, 우리는 다음날부터 옆 호스텔의 단체 살사 강습을 수강했다. 여행을 하다 보면 요일 개념이 별로 없는데, 알렉한드로가 '수요일'에 레스토랑을 오픈한다고 해서, 칼리에서 지내는 동안은 요일이 중요했다.

알렉한드로는 두 명의 살사 티처와 함께 살고 있었다. 나는 오전에 단체 강습을 받으면서, 오후에는 루시아에게 개인레슨을 받았다. 알렉한드로 집 안에 조그만 살사 연습실이 있었다. 매일, 루시아와 함께 있는 그 시간을 기다렸다. 그 좁은 방 안에만 있는 열기와 그 안에서는 전혀 달라 보이는 루시아가 좋았다.

화요일이 되었다. 오전에는 호스텔에서 살사 수업을 듣고, 오후에 다운타운을 구경하기로 했다. 아침에 일어나자마자 알렉한드로의 동향을 살폈다. '오늘은 뭐 좀 움직임이 있나?' 그런데 알렉한드로는 어제와 마찬가지였다. 9시쯤 일어나 느긋하게 아침 먹고 우리와 실컷 떠들다가, 살사 강습 따라가겠다고 했다. 우리가 살사 강습을 받고 있는 동안에도, 문 박에 앉아 내내 우리를 지켜보고 있었다. 한 번씩 나와 눈이 마주치면, '이렇게 추는 거야!' 하면서 발동작을 보여줬다. 수업이 끝나고는 다 같이 칼리시내로 갔다.

"알렉한드로, 여기 시내는 안전해?"

"응, 가면 안 되는 곳도 있는데, 우리가 지금 걷고 있는 곳은 괜찮아"라고 하며 다운타운으로 이어지는 다리를 막 건너려고 하는데, 저 멀리서 누군가가 생명을 걸고 나를 향해 뛰어오고 있었다. 그 뒤로 경찰 하나가 뛰어오더니, 둘이 서로 엉켜 넘어지더 개싸움 같은 치열한 몸싸움을 하기 시작했다. 곧 경찰 둘이 뒤따라와 도둑을 제압했다. 그러더니, 도둑의 허리춤에서 총을 뺀 뒤 (앗! 총!) 드둑의 얼굴에 겨누고, 다른 한 명이 수갑을 채우면서 상황이 수그러들었다. 태어나서 처음으로, 도둑이 경찰에게 검거되는 그 현장을 지켜봤다. 도둑의 옷에서 총이 나올 때는 나도 모르게 침이 꼴딱 넘어갔다.

"알렉한드로, 나 태어나서 이런 광경 처음 봐."

"어, 나도… 이번 주에는 처음이야."

그 날 저녁, 살사를 배우고 있는 호스텔에서 파티가 있었다. 이 호스텔은 주로 칼리 여행객들이 모이는 곳인데, 알렉한드로가 시도 때도 없이 이곳을 찾아와 여행자들과 시간을 브냈다. 호스텔에는 늘 같은 남정네 대여섯이 모여 시간을 때우고 있었다. '여기서 일하느냐?'라고 물어보면, 하나같

아메리카 심야특급

이 '여기 사장과 친구다'라고 답한다. 정작 그 사장이란 사람은 한 번도 본 적이 없었다. 알렉한드로는 집 밖으로 나갈 일만 있으면 꼭 이 호스텔을 들렀다. 시내로 가는 길에 한 두 시간, 오는 길에 다시 또 몇 시간을 호스텔에 있다 오니, 낮에 복사 한 장 하러 나가서 밤에 돌아오곤 했다. 알렉한드로를 따라 다녀서인지, 호스텔에서 일하는 사람들이 이제는 내 얼굴만 보고도 그냥 문을 열어주었다.

그리고 D-1일, 알렉한드로는 밤늦게까지 우리와 살사파티에 있었다. 어제와 달라진 것은 아무것도 없었다.

칼리 걸Cali Girl

알렉한드로가 그렇게 큰소리쳤던 수요일이 됐다. 우리는 평소보다 일찍 일어나서, 오늘 어떤 마법이 벌어질지 기다렸다. 아침이 한참 지났는데, 알렉한드로는 방에서 나오지 않았다. '무슨 주문 외우고 있나?' J가 참지 못하고 알렉한드로 방으로 들어갔다.

"알렉한드로 이제 가게 로고 만들고 있어. 킥킥킥."

시간이 조금 지난 뒤, 거실에서 알렉한드로와 마주쳤다.

"오늘 레스토랑 오픈하는 거야?"

알렉한드로는 기운이 없어 보였다.

"하긴 해야 되는데….."

알렉한드로는 점심때가 되어 또 어딘가로 가버렸다. 남아있는 우리들이 더 조급했다. 나와 J 그리고 루시아가 창고에 있는 책걸상들을 모두 거실에 깔았다. 오후에 알렉한드로가 집으로 돌아왔다. 호스텔에서 놀다 온 듯 보였다. 이 집에 온 이후로 매일 물어본 말이 "정말 수요일에 오픈하는 거 맞아?"였지만, 이 날 만큼은 물어볼 수가 없었다. 그렇게 책걸상만 놓인 채 수요일이 지나가고 있었다. 저녁이 되니, 알렉한드로가 먼저 말을 걸었다.
"레스토랑은 내일 오픈할 수 있을 것 같아."
그렇게 개업 일이 하루 연기되었다.

다음날 알렉한드로가 아침부터 무척 바빴다. 어디서 받아왔는지 액자 몇 개를 가져와서 오전부터 벽에 걸기 시작했다. 오후 서너 시쯤 미국에서 일했다는 주방장이 드.디.어. 모습을 보였다. 그리고 알렉한드로의 어머니와 루시아가 주방장을 도와 부엌을 정리하기 시작했다. 알렉한드로는 장을 보러 오겠다며, 오픈 두 시간 전 다운타운에 가서 재료들을 양손 가득 가져왔다. 그리고는 부엌에 커튼을 치고 "지금부터는 이 안으로 안 들어 와줬으면 좋겠어"라고 한다. 오 분에 한 번씩 드나들던 부엌이었다. 평범한 부엌이 레스토랑 주방으로 바뀠다.

알렉한드로는 6시에 레스토랑을 오픈하겠단다. 오후 5시쯤이 되자, 알렉한드로와 주방장이 방으로 들어가서 심각한 이야기를 주고받고 있었다. 조용히 따라 들어가 보니, 메뉴를 정하고 있다! 가격도 15,000페소라고 적었다가, 주방장이 한마디 하면 19,000페소로 바꾸고, 그것을 다시 지웠다 쓰고 하고 있었다. 곧 그 메뉴를 프린트했다. 6시가 되자, 알렉한드로가 집 대문을 활짝 열었다. 선언은 안 했지만, 알렉한드로 레스토랑이 오픈하는 순간이었다.

서빙은 루시아가 맡았다. 부엌에서는 알렉한드로와 주방장 그리고 어머니가 야채를 다듬고 반찬을 만드느라 정신이 없는데, 가게는 썰렁했다. 그러게, 최소한 간판이라도 붙어야, 그 앞을 지나가던 정신 나간 사람 몇이라도 "여기 한번 들어가 볼까?" 할 텐데.

J가 주방 안으로 들어갔다.
"알렉한드로, 막 손님 둘이 왔어!"
"지금 들어왔어?"
"어, 테이블에 앉아있어. 나랑 재민이야."
알렉한드로가 기분 좋게 웃는다. 우리가 앉아있는 테이블로 루시아가 메뉴를 가지고 왔다. 우리는 까르보나라와 애피타이저 하나를 시켰다. 그리고 두 손을 모아 빌었다.
"저희가 시킨 음식이 정말, 믿기지 않을 만큼 맛있게 해주세요."
이 가게에 음식까지 맛이 없다면, 더 이상 기대할게 없다. 알렉한드로 같이 좋은 사람에게는, 내가 떠난 이후에도 좋은 일들만 생겼으면 한다. 앞으로 그가 고민해야 할 일들은 거의 이 레스토랑과 관련이 있을 것이다. 이 음식은 무조건 맛있어야 했다.

　루시아가 웨이터 흉내를 내며 까르보나라와 애피타이저를 가지고 왔다. 포크로 까르보나라를 크게 감아 입에 넣었다. 맛을 제대로 느끼기 위해 천천히 씹었다.

　아이 씨! 근데 면이 덜 익었다. 대신 소스는 괜찮다. 맛있게 먹고, 메뉴에 적힌 대로 돈을 내고, 테이블에 팁도 남기고 방으로 들어왔다. 주방만 바쁘고 가게는 조용한, 그런 레스토랑의 첫 날을 볼 자신이 없었다. 알렉한드로와 마주치기도 부담스럽고, 딱히 해 줄 수 있는 것도 자업자득이라는 말 밖에 없으니, 방 안에 들어가 있고 싶었다.

　나도 모르게 잠이 들었나 보다. 누워 있다가 시끄러운 바깥소리에 잠이 깼다. 방 유리창으로 보이는 알렉한드로와 루시아가 무척이나 바쁘게 주방과 테이블 사이를 오가도 있었다. 그리고 레스토랑은 사람들로 가득 차 있었다. 옆 호스텔에 죽치고 앉아있던 이름 모를 사내들과 여행객들, 알렉한드로 집에 사는 또 다른 살사 티처와 그 친구들이, 가게를 딱 기분 좋을 만큼 시끄럽게 만들고 있었다. 이 레스토랑을 더 시끄럽게 하기 위해, 우리도 테이블에 앉아 주스 하나씩을 시켰다. 이렇게 개업을 할 수도 있구나. 칼리

아메리카 심야특급

온 손님들이 아니라, 알렉한드로를 찾아 온 사람들이었다. 신경 쓰이는 게 한 두 가지가 아닐 텐데, 알렉한드로는 우리가 온 첫째 날과 변함없이 웃고 있었고, 낙천적인 에너지가 넘쳐났다.

둘째 날, 알렉한드로는 레스토랑 이름을 지었다. '라틴 라운지'. 컨셉은 음악과 살사 그리고 음식을 동시에 맛본다는 것이었다. A4 용지에 'Latine Lounge'란 이름을 출력했다. 루시아와 내가 투명테이프로 그것을 문 앞에 붙였다. 가게 이름이 저녁 바람에 찰랑거렸다.

"알렉한드로, 저거 바람 더 세게 불면 떨어질 거 같아."

"그럼 다시 붙이면 되잖아."

알렉한드로는 가게 중앙에 공간을 만들어, 정기적으로 루시아와 그 파트너의 살사 공연을 할 계획을 세웠다. 그리고 이 날 처음으로 공연을 했다. 루시아는 대회를 앞 둔 선수처럼 전문 살사 복장을 갖춰 입고, 부엌에서 대기하고 있었다. 나는 찬물을 들이키고 있는 루시아의 손을 잡아주었다. 알렉한드로는 부엌 커튼을 살짝 젖혀 손님들을 살피며, 언제쯤 시작하면 좋을지 타이밍을 보고 있었다. 라틴 라운지는 조금씩 앞으로 나아갔다.

이 날은 칼리에서 보내는 마지막 밤이었다. 라틴 라운지에서 살사공연을 보고 밤늦게 살사 클럽에 갔다. 중앙에 무대가 있고, 노래가 나오면 남녀가 나와서 살사를 춘다. 스무 커플 정도가 춤을 추면 꽉 차는 조그만 무대였기에, 노래 한 곡이 끝나면 춤추던 커플들이 무대를 빠져나오고, 기다리고 있던 다른 사람들이 다음 노래에 맞춰 무대를 채우는 식이었다. 커플은 매번 달랐다. 노래가 나오면 남자들이 여성에게 다가가 손을 내밀고, 여자가 그 손을 잡고 같이 춤을 췄다.

처음 클럽에 들어가 무대를 보고 있으니 자신이 없었다. 루시아와의 개인 레슨이 전혀 통할 것 같지 않았다. 실제 클럽에서 밟는 스텝과 수업에서 배운 것이 많이 달랐고, 살사를 추는 사람들을 보고 있으니 위축되었다. 좋은 구경 왔다고 생각하고 마음을 편히 가졌다. 그렇게 무대 뒤에서 한 곳을 멍하니 바라보고 있는데, 한 여성과 자꾸 눈이 맞았다. 안 보는 척 했지만, 분명히 저 멀리서 내 앞까지 걸어오는 것이 보였다. 돈 뺏으러 오는 것도 아닌데 그때는 왜 그렇게 떨었던 걸까. 그녀는 '저 살사 못 춰요' 하는 표정을 짓기도 전에, 내 손을 잡고 무대 안으로 들어갔다.

남자가 모든 것을 결정해야 하는 살사. 남자가 턴을 시키면, 여자는 남자의 손길에 따라 턴을 해야 한다. 남자가 발을 좌우로 옮기면 여자는 그렇게 따라 옮겨야 하는 것이 기본이다. 턴을 한 두 가지 배우기는 했지만, 처음 보는 여자에게 적용할 만한 수준은 아니었다. 노래가 끝날 때까지 좌우로만 왔다 갔다 하니, 노래 한 곡이 참 길게 느껴졌다. 고개가 저절로 숙여졌는데, 상대 여성이 나의 고개를 들어 자신의 눈과 맞추었다. 약간 걱정이었던 것은, 남미 클럽에서 현지인과 춤을 추면 상대방에게 술을 사줘야 한다

는 이야기를 들은 적이 있어, 혹시 그걸 바라고 왔나 하는 생각이 들었다. 하지만 그런 일은 일어나지 않았고, 노래 한 곡이 다 끝난 후 가슴에 손을 얹어 "그라시아스(고맙습니다)" 인사를 하고 다시 구석으로 돌아왔다.

'나에게 이런 일도 있구나' 하고 생각하고 있었는데, 그 날 일곱 명의 여자들이 같이 춤을 추자며 먼저 다가왔다. 먼저 다가온 이유는 살사 클럽에 유일하게 보이는 동양 남자라는 점과 우두커니 서 있는 나에 대한 동정심, 이방인에게 콜롬비아에 대한 좋은 기억을 남겨 줘야겠다는 애국심도 혹시 있었을까?

아름다운 해변과 눈부신 거리를 활보하는 건강하고 섹시한 미국 캘리포니아 여성들을 가리켜 Cali 걸(캘리포니아 걸)이라고 한다. 여기 콜롬비아 칼리의 여성들도 Cali 걸이라고 부른다. 살사로 다져진 골반을 가진, 정열적이고 유쾌한 여성들을 가리키는 말이다. 여행객들 중에는 칼리에 이삼 일 머물 예정이었다가, 몇 달간 지내는 이들이 적지 않았다. 우리 옆 호스텔에만 해도, 살사 춤을 제대로 배우겠다고 반 년 이상 칼리에 머물거나 살사 선생님과 사랑에 빠져 나머지 모든 여행 일정을 취소하는 여행객들이 있었다.

살사 티처들과 기분 좋게 뽀뽀를 주고받으며 아침에 일어나, 하루 종일 살사를 보고, 저녁에는 말도 안 되는 레스토랑에서 밥을 먹은 후 밤에는 살사 파티에서 그 안의 모든 사람들을 끌어안고 볼을 맞춘 시간들이 나도 무

아메리카 심야특급

척 그립다. 알렉한드로에게 "2년 내로 꼭 한번 시간을 내어 레스토랑이 잘 운영되고 있는지 보러 오겠다"고 했다. 짐을 싸고, 집 앞에 와 있는 택시에 오를 때까지, 서로 오래 끌어안고 작별인사를 나눴다. 루시아와는 택시에 오르기 전까지 "도스 아뇨스, 도스 아뇨스(2년, 2년)"라고 마지막 인사말을 주고받았다.

매워 죽겠냐

"이름은?"

여권을 보라고, 턱으로 여권을 가리켰다.

"이름이 뭐냐고?"

"재민."

"Full name이 뭐냐고!?"

"재민. 조."

"에콰도르에는 왜 가나?"

"여행."

내 여권을 한참 들여다본다.

"한국에서 직업은 뭔가?"

"대학생."

"전공은?"

대화가 이쯤 오니 뭔가 잘못 돌아가고 있다는 생각이 들었다. 어제 인터넷으로 확인한 결과, 여권만 주면 아무것도 안 물어보고 출국 도장을 찍어준다고 했다. 내 짧은 대답이 이 직원을 짜증나게 했나보다. 삐딱하게 서 있던 자세를 고쳐 서서 입을 떼는데, 여권에 도장을 쾅 찍어준다.

출국신고를 하고 나오는 길에, 환전상 다섯 명이 줄지어 우리를 기다리고 있었다. 콜롬비아 출국신고가 끝났다는 말은 더 이상 콜롬비아 돈이 필요 없다는 뜻이다. 여기서는 말이 필요 없다. 환율이 있을 뿐이다. 환전상들이 먼저 다가와 자신들이 들고 있는 계산기에 환율을 치고 우리에게 보여준다. 환전상을 한 명씩 지나칠 때마다 환율이 아주 조금씩 좋아졌다. 우리가 지나친 사람은, 뒤에 환전상이 과연 얼마를 치나 싶어 우리 뒤를 따라 걸었다. 맨 뒤에 있던 환전상이 가장 좋은 환율을 찍었고, 나머지 네 명의 환전상들은 허탈하게 그것을 지켜보고 있었다. 뭐, 다섯이 같은 편일지도 모르겠다. 우리가 가고 나면, 자리를 바꿔가며 조를 새로 짤지도.

걸어서 콜롬비아 – 에콰도르 국경 다리를 건너자마자 경찰 서너 명이 다가와서 "여권을 보여 달라"고 한다. 그런데 형색이 경찰이 아니었다. 사복 차림에 형광색 조끼만 하나 걸쳤다. 일부 남미 국가에서 경찰을 사칭한 사람들이 여행객들에게 여권을 달라고 하고, 돈을 뜯어낸다고 하는데 그게 딱 지금이다 싶었다. J와 눈이 마주쳤다.
'내가 볼 때 얘네들 경찰 아니야!' '내 생각도 그래'라고 눈빛을 주고받고

아메리카 심야특급

있는데, 이 경찰 무리들 바로 뒤로 경찰서가 보였다. 그리고 이들 중 한둘이 경찰서에 들어갔다 나왔다 한다. '아무리 그래도 경찰서를 가짜로 만들지는 않겠지?' 여권을 꺼내니까 책 넘기듯 여권을 넘겨본다.

"부에노.(가도 좋아.)"

에콰도르 입국신고서. 작성해야 되는 문서를 받아 각각 작성하고 있는데, 나와 J의 문서가 달랐다. 알고 보니, 한 사람당 두 장의 페이퍼를 작성해야 되는데, 우리가 한 사람분만 받고 그것을 나눠 쓰고 있었던 것이다. 직원에게 가서 "우리 한 사람분만 받았다. 한 세트를 더 줄 수 있느냐?"고 했더니, "그냥 거기 두 명이 써도 된다"고 한다. 아니, 아무리 그래도, 한 국가에 들어가는 신고서를 쓰는데 이래도 되나 싶어 다시 찾아가니, 괜찮으니 돌아가서 쓰라고 손짓했다. 페이퍼의 질문이 모텔에 투숙할 때 기록하는 것보다 더 간단했다.

에콰도르 수도 키토에서도 카우치 서핑 답장을 받았다. 호스트는 가브리엘라라는 여대생으로 법을 공부하고 있다고 한다. 어젯밤에 칼리에서 출발했는데도, 도착했을 때는 이미 그 다음날 밤이었다. 버스를 타고 다운타운 근방까지 와서 택시를 탔다. 택시를 타고 한 삼십 분 정도 달렸을까, 조금씩 불안해지기 시작했다. 밤에 택시 잡는데도 너무 시간이 걸려, 미리 가격을 물어보지 못했기 때문이었다.

목적지에 도착했다. 일단 돈 얘기는 꺼내지 않고, 트렁크에 있는 짐부터 몽땅 내려놓았다. 옷가지도 정리하고, 짐도 양손에 다 쥐고, 아쉬울 것 하나도 없다는 차림으로 운전석 창문에 턱을 괴고 기사에게 물었다.

"꽌또?(얼마?)"

"낀세.(15불.)"

"노."

택시기사가 조금 당황했다. "노"라니? 가격을 깎으려는 것도 아니고, 다짜고짜 "노?".

콜롬비아에서 택시를 탔을 때는 이상하게 소심하고, 의기소침했다. 위압적으로 소리치는 기사 앞에서 한없이 작아진 나였다. 그런데 지금 생각해보면 주눅들 이유가 전혀 없었다. 기사도 남자고 나도 남자다. 힘으로 하면 이기지는 못해도 비길 수는 있겠다 싶었다. 가격 흥정하는데 유창한 스페인어가 필요한 것도 아니고, 숫자만 셀 수 있고, 예스, 노만 말할 줄 알면 된다. 지금이 어두운 밤이라지만, 나한테만 밤인가? 기사한테도 밤인 건 마찬가지였다. 그래서 일단 차에서 짐을 다 뺐다. (돈 안 내면 어쩔 건데) 예전에 흥정할 때면 택시기사들이 자신의 손목시계를 가리키며 '나 시간 없어!' 하고 나를 재촉했는데, 이제는 내가 시계를 쳐다보며 '나 바빠!' 하며 버티고 섰다. 당황해 하는 기사에게 조금 더 큰 목소리로 "노!"라고 하니, 기사는 '주는 대로 받겠다'며 얌전한 표정을 짓는다. 10불을 건네주니, 고맙다고 말하고 사라졌다. '아, 5불 줄 걸.'

아메리카 심야특급

그런데 이 택시기사가 가브리엘라 집 앞에 우리를 내려준 게 아니었다. 그 근방이었지만, 우리와 주소체계가 다른 에콰도르에서 숫자 몇 개 적힌 주소를 보고 집을 정확히 찾아내기가 쉽지 않았다. 밤은 더 어두워졌고 물어보는 사람마다 다른 방향을 가리켰다. 우리에게 길을 알려주던 한 사설 경비원은 '해결책을 찾았다'는 표정으로 우리에게 잠시만 기다리라고 했다. 그는 곧 중국인 한 명을 데리고 왔다. '뭐야. 중국인이라도 말 안 통하는 건 마찬가지야!' 다행히 영어가 유창한 중국인이어서, 그에게 핸드폰을 빌려 가브리엘라와 통화를 했고, 가브리엘라가 우리를 데리러 왔다.

카우치 서핑으로 만난 호스트에게 줄 선물로 요리만한 것도 없다. 레스토랑에서 사주는 것이 아니니까 서로 부담도 없고, 요리를 통해 문화를 전해준다는 의미도 있다. 요리하는 과정에서 첫 만남의 어색함도 사라지니 여러모로 좋다.

우리는 다음날 저녁 한국 요리를 해주기로 했다. 문제는 J와 내가 할 수 있는 요리가 별로 없다는 것이다. 그리고 가브리엘라가 소고기와 돼지고기는 먹지 않고, 닭고기와 생선만 먹는다고 한다. 내가 자취할 때 한 번씩 몸이 쇠약해졌다고 느껴지면 삼계탕을 해 먹었었다. 닭다리 하나 사서 양파와 마늘만 넣고 삶아 먹곤 했는데, 이 이야기를 J에게 했더니 삼계탕을 만들어 보자고 했다. 삼계탕이 우리 전통 음식이기도 하고, 무엇보다 가브리엘라가 먹을 수 있는 요리였다. 마트에 가서 닭 두 마리와 마늘, 양파, 파를

샀다. 닭을 삶고 있는데, 한국에서 온 친구들이 음식 만들고 있다고, 가브
리엘라 친척들이 집으로 모여들기 시작했다. 원래 가족들끼리 조촐하게 하
려던 식사가 아홉 명으로 늘어났다. 남은 닭을 다 끓이는데, 문제는 더 넣
을 재료가 없다는 점이었다. '있는 거라도 다 넣자' 오십 개가 넘는 마늘을
통으로 집어넣었다.

"여기 냉동실에 생강이 있네?"

"다 넣어."

결국 삼계탕은 만들어졌는데, '마늘탕'이라고 해도 될 만큼, 한 숟갈 뜰
때마다 생마늘 한 두 개가 숟가락 위에 담겨있었다. 음식을 준비하고 상을
차리는데까지는 분위기가 좋았는데, 식사가 시작되면서부터 식탁이 조용
해졌다. 삼계탕을 즐겨먹는 내가 먹고 있어도, 이렇게 매운 삼계탕은 경험
해보지 못했다. 사람들이 한 숟갈 떠먹고, 물 한 잔씩을 마신다. 대화가 없
더니, 한 두 명씩 웃기 시작했다. "너도 맵냐?" 하는 웃음이었다. 자연스럽
게 음식 이야기가 나왔고, 나는 "한국 음식은 원래 이렇게 맵다"는 식으로
대화를 이끌었다. 말이 안 되는 말을 마무리하려다 보니 "이런 매운 음식
먹고 독하게 일해서 우리나라가 이렇게 발전할 수 있었다"고 하니까 사람
들이 '그럴만하다'며 고개를 끄덕거렸다. 맞은편에 있던 할아버지는 자신
이 한국 회사에서 일할 때 한국 사람들이 무척 성실해서 감명을 받았는데,
다 이런 음식 때문에 그런 거였구나 하며 '마늘탕'을 마저 드셨다.

다음날 아침에 올드타운(구시가지)으로 가서 맨 먼저 '여행자 센터'에 들렀다. 거기서 지도도 받고, 오늘 하루를 어떻게 보낼지 동선을 짜고 있었다. 처음에는 여행자 센터에 나와 J 둘 밖에 없었다. 그런데 우리가 들어오고 난 후 딱 봐도 '이런데 올 만한 사람들이 아닌' 사람들이 자꾸 여행자 센터를 왔다갔다 거리는 것을 발견했다. 누가 봐도 여기서 이십 년은 넘게 살았을 것 같은 현지인, 딱 봐도 이 사무실에 용건이 없어 보이는 (우리 둘에게 용건이 있어 보이는) 사람들이 우리 주위를 빙빙 돌고 있는 느낌이었다. 지금 생각해보면 여행자 센터가 안전한 곳이 아니었다. 여행자 센터는 멋모르는 관광객들이 오는 곳이니, 딴 마음을 먹고 있는 이들에게는 계란 노른자 같은 곳이다. 하지만 넓지 않은 여행자 센터에는 버젓이 경비도 서 있고, 직원들도 있어 그리 걱정하지는 않았다. 나는 가방을 앞으로 다시 메고, 카메라를 머리에 쓰고 그 사이에 손을 몇 번이나 넣어 거미줄처럼 감고 있었다. J도 마찬가지였다. 메고 있는 가방에서 손을 떼지 않았다.

자료조사를 마치고 막 여행자 센터를 나가려던 때였다. 나는 책상에 앉아있었고, J가 윗옷을 갈아입기 위해 잠시 (1초) 자신의 가방을 눈 앞에 놓는 순간 그 옆에 앉아있던 서양 여행자가 말을 붙였다.

"이거 네 책이야?"

"아니, 내 책 아닌데, 너 보고 싶으면 봐."

말을 하면 자연스럽게 그 쪽으로 고개가 돌아가지 않는가. 그렇게 한마디를 주고받고 다시 고개를 돌렸는데, 눈 앞에 놓아뒀던 J의 가방이 사라져

버렸다. 바로 옆에 경비가 서 있었고, 그 뒤로 네다섯 명의 직원들이 사무를 보고 있었다. 그 가방 안에는 화장품과 갖가지 액세서리, 현금 오십 달러와 J의 핸드폰, 그리고 가브리엘라와 연락을 주고받기 위해 그녀의 동생에게 빌린 핸드폰이 들어있었다. "아니 어떻게 그 짧은 시간에" 경비를 붙잡고 막 가방을 잃어버렸다고 했지만, 자신은 도둑을 잡는 사람이 아니라 이 자리에 그냥 서 있는 사람이라는 듯 J를 쳐다봤다. 붙어 있는 CCTV도 장식용이었다. 직원들은 화장실 위치를 안내해주듯 맞은편에 있는 경찰서를 알려주었다. 경찰서로 가는 길에 거의 울먹이며 J가 말했다.

"아, 타이밍이 너무 안 좋았어, 아니 어떻게 딱 그때 누가 말을 거냐?"

가방을 잃어버린 건 J였지만, 열 받은 건 나였다.

"타이밍 같은 소리 좀 하지 마!"

(어떻게 가방을 놓고 다른 곳을 볼 수 있냐 넌? 여기 남미야. 미국 아니라고)

"아니, 그래도 난 여행자 센터에 있고, 경비도 있고 해서 괜찮을 줄 알았지."

"뭐가 괜찮아? 경찰서 안에서도 가방은 쥐고 있어야지!"

경찰관은 우리가 들어오는 것을 보자, 구글 번역기에 접속했다.

"무슨 일이 일어났는지 적어 달라"고 쓰고, 영어로 번역된 화면을 우리에게 보여주었다. 경찰은 아주 일상적인 사무를 보듯 여유가 넘쳐 보였다. J가 오 분 전에 일어났던 일을 구구절절이 적고 있기에, 내가 또 끼여들었다. 튀어나오는 욕을 꾹꾹 누르며, 차근히 한마디씩 뱉었다.

아메리카 심야특급

"야, 이거 구글 번역기야, 그렇게 자세히 적으면 그게 옮겨져? 어디서 얼마 잃어버렸다는 것만 써."

타국에서 당하고, 같은 편한테도 위로 못 받는 J는 그렇게 묵묵히 조서를 써 나갔다. J가 영어로 쓰는 문장이 실시간으로 스페인어로 바뀌 경찰관에게 전달되었다. J가 "내가 가방을 잠시 놓은 사이"라고 칠 때는 웃음을 참는 경찰의 얼굴이 보였다. 문서 작성을 마치고 키보드가 경찰관에게 넘겨졌을 때, J가 다시 키보드를 붙잡고 한 문장을 더 썼다.

"그 가방을 다시 찾을 수 있을까요?"

내가 대신 답했다. "뭐 그렇게 쓸데없는 걸 물어봐? 그걸 어떻게 다시 찾아?" 경찰은 내 말을 알아듣지도 못했으면서, 내 말이 맞다는 듯 고개를 끄덕거렸다.

"나도 알아, 나도 못 찾는다는 거 아는데, 경찰관 입에서 혹시 찾을 수도 있다는 그 말이 그냥 듣고 싶어."

조서 한 장을 들고 경찰서를 나왔다.

"근데 아까 너랑 얘기하던 그 남자애는 누구야?"

"나도 몰라, 그냥 가방 놓는 순간 말을 걸더라고."

우리는 그 청년이 한패라는 사실을 알았다. 그 친구가 백인이어서, 여행자라고만 생각했다. 여행자 센터에 다시 도착했을 때, 그는 떠나고 없었다. 아침부터 기운이 빠졌다.

사람들은 여기 키토를 '빛의 도시'라고 부른다. 햇빛에 반사돼 더욱 분위기를 내는 석조 건물 때문에 지어진 이름은 아니다. '루스 데 아메리카(Luz de America), 아메리카의 빛'이란 이름은, 키토가 남미에서 가장 먼저 독립해, 이 대륙에 처음으로 빛을 전달했다는 뜻이다.

하지만 정작 키토에는 빛을 잃은 사람들 천지였다. 키토의 올드타운은 남미를 통틀어 가장 도둑이 많은 시가지 중 한 곳이다. 에콰도르의 다른 지역에서 "여기 안전한가요?"라고 물으면 "여기는 키토가 아니야"라고 여행자들을 안심시킬 만큼 악명 높은 곳이 여기였다. 삼십 분만 걸어도 식은땀이 줄줄 흘렀다. 거리 곳곳에서, 어둡고 소름 돋는 눈빛들과 마주쳤다. 이삼십 미터 마다 총을 찬 경찰들이 깔려있고, 도둑들도 깔려있었다. 저 사람이 도둑이라는 것을 나도 알고, 경찰들도 알고 있지만, 그 모든 사람들이 뒤엉켜 거리를 걸어 다니고 있었다. 사진 한 장 찍으려고 가방에서 카메라를 꺼내기만 하면, 현지인들이 다가와 "카메라 빨리 집어넣어" 하고 주의를 줄 정도였다.

어느 방향으로 걷고 있든 등 뒤가 항상 불편했다. 내 뒤를 밟고 있는 도둑이 한 두 명은 있을 거라고 느껴졌다. 주기적으로 뒷자리를 새롭게 한 것도 이 때문이다. "우리 뒤에 한번 정리할까?"라고 하면, 제자리에 서서 오 분 정도 가만히 있자는 뜻이었다. 그렇게 서서 우리 뒤를 따라오던 사람들을 다 보내고, 다시 길을 나서곤 했다.

우리는 키토에서 며칠을 더 보낸 후 에콰도르 국경까지 내려갔다. 에콰도르 다음 목적지는 페루였다. 우리는 여행 중 만났던 한 독일커플과 함께 국경을 건너기로 했다. 국경지대는 숨 막힐 정도로 어수선했다. 시끄럽고, 산만하고, 말 거는 사람은 많았다. 그 사이 에콰도르에서 출국심사도 받아야 되고, 페루에서 입국 심사를 받아야 하며, 환전도 해야 했다. "페루 넘어갈 때 300달러 이상 가져가면 안돼"라는 들어보지도 못한 말을 하며 돈을 바꿔 주겠다는 사람들이 계속 달라붙었다. 특히 에콰도르와 페루를 건너는 그 길목에는 차창으로 얼굴을 뺀 후 자신의 차에 탈 것을 강권하는 사람부터, 알아들을 수 없는 말을 붙이는 삐끼들이 너무나 어지럽고 정신 사납게 우리를 둘러쌓다. 집중해서 한 걸음 한 걸음을 옮겼다. '캐리어 있고, 가방 메고 있고, 카메라 목에 있고', 물건들을 1분에 한 번씩 체크했다.

'우린 넷이야!'를 보여주기 위해 넷이 딱 붙어서 움직였다. 한 사람이 조금이라도 늦게 오거나 빨리 걸으면 셋이 다가가 꼭 한 사람인 것처럼 걸어 다녔다. 입국 심사를 마치고 다시 오토바이 택시를 타고 국경 지대를 건너고 있는데, 갑자기 택시가 서더니 성인 두 사람이 다가와 우리 짐을 막무가내로 빼가는 것이었다. 놀라서 나가보니 택시 옆에 밴 한 대가 서 있고, "여기부터는 이 밴을 타고 이동해야 된다"며 우리 짐을 자기 짐인 양 올리고 있었다. "노! 노!"라고 소리쳐도 소용없었다. 택시 기사도 빨리 내리라고 우리를 밀어냈고, 정말 나도 모르는 사이에 환승이 돼 있었다. 밴에 올라타기 전에 기사에게 얼마냐고 물으니 대답이 없다. 그러자 뒤에 앉아 있던 현지인 한 명이 조용히 "2불이야 2불" 한다. 그걸 듣고, 기사에게 "2불 맞죠?" 하니 그럴 수도 있고 아닐 수도 있다는 듯 애매하게 고개를 끄덕거렸다.

저절로 갈아타게 된 밴이 다시 국경을 건너기 시작했다. 차가 출발하니 문을 열어주던 남자가 승객들에게 2불씩을 걷기 시작했다. 다들 주머니에서 2불씩을 꺼내는데, 남자들은 옷 안에서 꾸깃꾸깃 접은 돈을 꺼내고 있고, 내 옆에 있던 여자는 자신의 브래지어에서 돈을 꺼낸다. 우리 넷만 20달러 10달러 5달러가 뒤섞인 돈 뭉치 속에서 2불을 찾고 있었다.

에콰도르 – 페루 국경 자체가 엄청난 시장이었다. 이 국경을 건너는 사람들만을 대상으로 일하는 택시, 밴 기사들이 빽빽하게 있었고, 어디서 어디까지는 오토바이를 타야 되고, 여기부터는 밴만 타고 이동해야 되는 식으로 서로의 구역을 철저히 지켜주며 우리를 나눠먹고 있었다.

우리가 탔던 밴은 페루의 국경도시 툼베스(Tumbes) 버스터미널에 우리를 내려주었다. 수도 리마까지는 버스로 22시간이 걸린다고 한다. 버스 안에서 22시간이라… 하지만 실제로 리마에 도착한 시간은 버스를 타고 26시간이 지난 후였다. 도착 예정 시간이 한참 지난 후 기사에게 "몇 시간 더 남았냐?"고 물으니 덤덤하게 "한 네 시간?"이라고 답했다. 네 시간이나 늦게 도착하면서 어떻게 저렇게 미안한 기색 하나 없이 뻔뻔하게 이야기할 수 있을까 하며 자리로 돌아오는데, 한 시간 걸리는 버스가 조금 늦어지면

아메리카 심야특급

Bienvenido
Welcome

Siempre más ce lo cue es

Always more than you

VALEN COMO EFECTIVO

textiles lotte

Arcangel 人 Arcangel 人
EL PROGRESO FRONTERIZO

10~15분이지만 22시간 버스가 지체되면 서너 시간이 늦어질 수도 있겠구나 하는 생각에 어느 정도 수긍이 되었다.

문제는 버스에서 틀어준 영화였다. 사람을 썰고 베는 내용이 반, 창녀촌에서 시간 때우는 내용이 나머지 반인 영화가 상영되었다. 버스 안에는 가족 단위의 승객들과 학생들 그리고 네다섯 살짜리 애들이 멋모르고 남의 자리로 뛰어다니고 있는데, 어떻게 저런 영화를 틀어줄 수 있는지 이해할 수 없었다. 다른 영화는 없는지 계속 그 영화만 두 번 세 번 반복해서 틀어줬다. 엄마가 옆에서 정신없이 졸고 있는 사이, 아이들은 그 19금 영화를 호기심 어린 눈으로 보고 있었다. 영화 내용보다 더 소름끼치는 것은 남녀노소 그 19금 영화를 군말 없이 보고 있는 버스 안의 고요함이었다.

달콤한 커피

　유난히 나를 괴롭히던 K라는 선임병이 있었다. 가냘픈 이등병이 자기 앞에서 벌벌 떠는 게 남은 군생활의 낙이어서 그랬을까. 그는 나와 눈이 마주칠 때마다 매번 용건이 있었다. 땅만 보고 다녔던 기억이 난다. 대대장에게 직접 편지를 쓸 생각도 했었다. 육군 본부에서는 사십 대 중반의 중령이 그렇게 위압적인 존재가 아니겠지만 500여명의 병사들이 따로 생활하는 말단 대대에서 육군 중령은 요새의 군주 같은 사람이었다. 그 울타리 안에서 만큼은 왕이다.

　K병장은 대대장의 비서였다. 부대에서는 이 보직을 당번병이라 부른다. 한 달에 한번, 보고체계를 통하지 않고 병사들이 대대장에게 직접 하고 싶은 말을 쓰는 '마음의 편지'라는 것이 있었다. 그런데 그 마음의 편지를 당번병인 K병장이 정리해 대대장에게 전달했다. 나는 적다만 그 편지를 백일휴가 때 집으로 가져갔다.

　당번병을 부르는 별칭은 많았다. 꿀 보직(꿀처럼 달디 단 일)이라든가 커피 병(대대장 실을 CP라고 불러 CP병이라고 하는 말을 커피로 바꾼 말), 주특기 번호 1112(커피

한 스푼 크림 두 스푼)이라고도 불렸다. 어떻게든 깎아 내리려는 말이었지만, 더 깊은 곳에는 부러움이 있었다.

한 번은 커피 심부름 때문에 당번병실에 들어간 적이 있었다. 넓은 사무실에 놓인 책장에는 책이 가득 꽂혀있고, 화분과 냉장고 그리고 한 사람을 위한 난로가 있었다. 당번실이 보여주는 이 특권은 모든 부대 생활에 적용됐다. 당번병은 모든 것에서 열외였다. 아침 점호도 안 받고, 구보도 안 하고, 보고도 없이 돌아다니며, 근무도 없고 행군도 안 했다. 전날 새벽까지 문서 작업을 하던 내가 다음날 군장을 지고 걷고 있을 때, 전날 새벽까지 TV를 보던 당번병은 대대장과 함께 차 안에서, 행군하는 우리를 스쳐 지나갔다.

당번병의 유일한 책임은 대대장을 모시는 것이었다. 그 외에 누구의 간섭도 받지 않았다. 병사들 간의 계급도 초월했고 중대장들과는 친구처럼 지냈다. 대부분의 병사와 간부들이 당번병 눈치를 봤고 또 그 만큼 그를 싫어했다.

종이컵에 담긴 뜨거운 커피를 양손에 들고 당번실을 나올 때마다 중얼거렸다. "내시 같은 놈." 그렇게 말하고 잠자리에 들 때면 내가 당번병이 되는 상상을 했다. 깔끔하게 군복을 다려 입고 고상하게 커피를 타는 꿈을 꾸었다.

너무 실감나게 꿈을 꾸어서 였을까? 기적이 일어났다. 나는 당시 작전과장(소령)을 돕는 작전병이었는데, 부대에서 가장 바쁜 행정병 중 하나였다. 어느 날, 특전사 출신의 작전과장이 새로 부임했는데, 그는 입이 사나웠고 거칠었다. 대신 업무처리는 미숙해서, 작전과 간부와 병사들이 늘 야근을 해야 했다. 그래서 적이 빠르게 생겨났다. 몇 사람만 모이면 작전과장 욕을 했다. 하지만 아무리 은밀한 공간이라고 해도, 부대에서 두 번째로 계급이 높은 상급자를 대놓고 욕하기는 부담이었는지 그 억눌린 감정이 모두 나에게 투영되었다.

"새로 작전과장 오고 나서 재민이가 죽어난다던데."
"걔 이번 주에만 몇 번 밤샌 거야? 이러다 탈영이라도 하는 거 아냐?"
과장에 대한 불만이 쌓여갈수록 나에 대한 동정은 깊어졌다. 과장을 욕하고 싶은 만큼 나를 불쌍하게 만들었다. 내가 처참해 질수록 작전과장이 무능해 진다는 것을 사람들은 잘 알고 있었다.

소문은 빠르게 퍼져나갔다. 작전과에서 하루하루 있었던 일이 그 날로 전 부대에 퍼졌다. 몇몇 병사들은 '조재민 일병이 무슨 일을 저지를 것 같다'고 대대장에게 마음의 편지를 썼다. 얼마 후 대대장이 나를 불렀다.
"대충 이야기 들었다. 작전과가 요즘 좀 그렇다며?"
율무차 한 잔을 마시며 나를 가볍게 흔드는 이야기를 하던 대대장은, 율무차가 바닥날 때쯤 내 가슴을 찌르는 한 마디를 했다.
"재민아, K병장 전역하면 네가 당번병으로 나 도와주면 어떨까?"

대대장 실을 나오는데 평소에 그렇게 나를 괴롭혔던 K병장이 다가왔다.

"재민아, 이건 내 전역 선물이야."

K병장은 얼마 전부터 나를 자신의 후임으로 대대장에게 적극 추천했다. 그날 밤, 그는 내 군복을 반듯하게 다려 줬다. 도저히 이해할 수 없는 일이었다.

며칠 후, 나는 K의 부사수, 예비 당번병이 되었다. 키보드 대신 커피포트기를 잡았고, 복잡한 A4 문서 대신 유쾌한 스포츠신문을 읽었다. 방석이 있는 내 의자에 앉았고, 넓은 책장에 보고 싶은 책들을 꽂았다. 병사들이 아침점호를 받으러 나갈 때 K병장과 함께 화장실에서 머리를 감았고, 병사들이 식당 앞에서 줄을 서 있을 때 우리는 그 줄을 가볍게 스쳐 지나갔다. 간부들에게 경례를 하던 손으로 그들과 하이파이브 하는 시간이 더 많아졌고, 욕을 듣던 선임들과는 농담을 주고받기 시작했다.

누군가 비극의 시작은 달콤하다고 했던가. 나는 당번실의 달콤한 커피를 매일 마셨다.

아메리카 심야특급

2장
길거리

페루

캐러멜 사과를 파는 소녀

우리는 페루의 수도 리마에서 다시 와라스라는 도시로 건너갔다. 사실 와라스로 가는 길은, 우리가 고생해서 타고 내려왔던 버스길을 되돌아 올라가야 하는 길이었는데, 이는 순전히 와라스에 있는 호수 하나를 보기 위해서였다. '69호수'라는 믿을 수 없을 만큼 아름다운 호수가 산 정상에 있다고 들었다.

밤새 버스를 타고 내려가 이른 새벽에 와라스에 도착했다. 방문처럼 조그만 버스터미널 문을 열고 밖으로 나가는데, 문이 열리자마자 스무 명도 넘는 사람들이 갑자기 달려들었다. 그리고는 알아듣지도 못할 말들을 시끄럽게 외치기 시작했다. 순간 나는 떼강도를 만난 줄 알았다. 이 조용한 새벽 거리에, 이 많은 사람들은 땅에서 솟아나기라도 한 걸까.

멍하니 제자리에 서서 몇 초를 보낸 뒤에야, 사람들이 소리치는 말들이 조금씩 들리기 시작했다. "오스딸!(호스텔)" 이 사람들은 모두, 호스텔을 소개시켜주고 수수료를 얼마씩 받는 삐끼들이었다. 버스가 도착하는 새벽 시간에 맞춰, 터미널을 빠져나오는 문 앞에서 진을 치고 있었던 것이다. 잠에서 덜 깬 내가 눈을 껌벅거리고 있으니, '이 놈은 지금 100% 호스텔을 찾고 있다'고 싶어 달려들었던 것이다.

너무 많은 사람들이 한꺼번에 다가오자, 일단 벗어나야겠다는 생각뿐이었다. 오스딸! 오스딸! 거리는 소리 때문에 귀가 아팠고, 받는 사람 생각도 없이 마구 밀어 넣는 명함 때문에 길이 막혔다. 빠른 걸음으로 터미널을 빠져나오고 있었다. 그 삐끼들도 우리가 가는 길을 계속 따라왔다. 하지만 우리가 대꾸도 않고 계속 걸어가자, 사람들이 하나둘씩 떨어져 나갔다. 그렇게 삐끼들이 줄어들고 있는데, 그 중에 호스텔 명함 하나 주지 않고 묵묵히 우리 뒤를 따라 걷고 있는 한 중년 남성이 보였다. 얼굴을 들이밀며 공격적으로 달라붙는 앳된 10대들과 다르게, 그는 한참 뒤에서 조용히 걷고 있을 뿐이었다.

십 분도 채 지나지 않아, 그렇게 많던 삐끼들이 모두 떠나갔다. 처음부터 말없이 우리를 따라오던 중년 아저씨만이 저 멀리서 계속 걸어오고 있었

아메리카 심야특급

다. 그는 어느 순간 우리와 발을 맞췄다. 그는 그때까지도 호스텔이란 단어를 꺼내지 않았다. 그는 먼저 나의 눈을 쳐다봤고, 웃었고, 내 이름을 물었다. 그 다음 페루 여행이 어땠는지를 다시 물었다. 그때는 우리도 어느 정도 마음의 여유가 생겨서 누군가와 이야기를 할 틈이 있었다. 호스텔을 찾고 있었지만, 그렇게 한꺼번에 덤벼드는 호객꾼들 틈에서 하나를 고르기가 부담됐을 뿐이었다. 그 중년 아저씨는 우리와 적당히 말을 섞은 후 아주 자연스럽게 호스텔 이야기를 꺼냈다.

다른 젊은 삐끼들에 비해 나이가 많아서였을까. 그는 결코 서두르지 않았다. 내가 필요를 느낄 때까지 말을 꺼내지 않았다. 마치 최적의 타이밍이 올 거란 확신을 가지고 기다리는 것 같았다. 우리를 따라올 때도 마찬가지였다. 그의 얼굴에서 깊이가 느껴졌다.

우리는 중년이 소개한 호스텔로 걷고 있었다. 이 호스텔은 아까 삐끼들이 말한 것들과 비슷했다. 하지만 그 삐끼들은 지금 없다.

와라스는 작은 마을이지만 그 주위를 둘러싼 높고 아름다운 산들 때문에 관광객들이 많았다. 그래서 여기에 거주하는 거의 모든 현지인들이 관광업에 종사했다. 관광업이 된다는 소문을 타서 그런지, 여기저기서 호스텔과 여행 에이전시들이 생겨 경쟁이 치열했다. 그 중 가장 만만하게 할 수 있는 것이 택시인지, 길거리에 빈 차로 돌아다니는 택시가 아주 많았다.

그래서 와라스에 들어오는 순간부터는 자동차 경적소리를 항상 들어야 했다. 차들끼리 주고받는 소리가 아니라, 지나가던 택시가 서성이는 관광객을 보고 "너 탈래?" 하고 묻는 방식이 "빵 빵" 경적을 누르는 것이었다. 항상 고개를 내밀어 물어볼 수도 없고, 다른 택시들이 낚아채기 전에 의사를 확인해야 되니, 눈이 마주치면 일단 "빵 빵" 소리를 냈다. 그래서 이 경적소리는 우리 의사와 상관없이 우리를 향해 울렸다. 택시 업이 힘들어서일까, 나는 그 소리가 죽겠다고 내는 신음소리 같았다. "빵, 빵" 거릴 때마다 "죽겠다 죽겠어"로 들린다.

69호수는 더 아름다울 수가 없었지만 4,000미터가 넘는 곳에 위치한 그 호수를 잠깐 보는 대가는 혹독했다. 그 날 밤 심각한 고산증세가 나타나 몇 번이나 속을 게워냈는지 모른다. 다음날 점심때가 한참 지나서야, 호스텔에서 나올 수 있었다.

그리고는 와라스 시장을 둘러보았다. 털도 제대로 다 안 뽑힌 닭들이 곳곳에 걸려 있었다. 닭 벼슬이 그대로 달려 있는 닭의 목구멍에 고리를 박아, 죽는 당시의 극적인 표정을 간직한 닭들을 수십 마리씩 달아놓았다. 여기 사람들은 이런 걸 '신선하게' 보는 모양이다.

시장을 둘러보는데 저 멀리 배구 네트가 보였다. 그리로 걸어갔다. 어린 소년과 소녀들이 시장 한가운데 배구 네트를 쳐놓고 놀고 있었고, 차가 지나갈 때마다, 네트 옆에 둔 의자 위로 올라가 차가 지나갈 수 있게 네트를 올려주곤 했다. 그들은 그 옆 가게를 지키고 있는 애들이었다. 어린 나이에 놀고 싶긴 한데 가게를 봐야 하니, 그 옆에 배구 네트를 쳐놓고 손님이 없을 때마다 바람 빠진 공을 주고받고 있었던 것이다.

시장 모퉁이에서 캐러멜로 코팅된 사과를 팔고 있는 한 소녀를 보았다. 조그만 리어카 하나를 갖다 놓고, 그 캐러멜 사과를 한 개당 일 솔(400원)에 팔고 있었다. 어여쁜 얼굴이 거친 삶에 찌든 탓인지, 표정이 어둡고 또 깊었다. 사과하나 사달라고 조르지도 않고, 하나 사먹겠다 해도 좋아하지 않았다. 열 살 남짓 되어 보이는 저 귀여운 소녀는 언제부터 저렇게 생기를 잃어버렸을까 싶었지만, 사실 별로 관심 없었다. 나에게 보이는 것은 그녀가 팔고 있는 캐러멜 사과와 그것이 한 개에 일 솔밖에 안 한다는 사실이었다. 꼭 자판기에서 사과 하나를 뽑는 것처럼, 그렇게 아무런 교감 없이 사과 하나를 받았는데, 캐러멜 코팅 때문에 깨먹기가 힘들었다. 그래서 좀 잘라달라고 했다. 그러자 그 소녀가 상 밑에서 칼자루를 찾더니, 자신의 팔길이 반만 한 칼을 하나 꺼내 들었다. 칼이 그것밖에 없는 것 같았다. 성인이 들어도 큰 그 칼을 두 손에 어렵게 쥔 그 소녀는 서툴게 사과를 반으로 가르고 있었다. 몇 차례 실패를 거듭했다. "왜 이렇게 빨리 안주는 거야!" 그러다가 그 소녀가 크게 한번 칼을 내리치더니, 결국 사과가 두 동강이 났고 그것을 우리에게 주었다.

우리가 그 조각을 하나씩 들고 맞은편에 앉아 맛을 보고 있는데, 제 자리에 있어야 할 소녀가 보이지 않았다. 입에 사과를 문 채 '어디 갔나?' 싶어그 리어카 주위를 살펴보았다. 특히 관심이 있었다기보다, 그 어여쁘면서어두운 소녀를 보며 사과 씹는 심심함을 달래고 싶었다.

소녀를 발견한 곳은 사과 리어카 아래에서였다. 소녀는 웅크리고 앉아,자신의 왼손을 상을 닦던 걸레로 꽉 움켜지고 있었다. '뭐지?' 싶어 다가가서 보니, 아까 사과를 자르다가 손가락이 베여, 피를 철철 흘리고 있었던것이다. 얼핏 얼핏 보이는 소녀의 상처는 매우 깊어 보였다. 손가락이 잘릴정도는 아니었지만, 피부가 깊이 갈라져 지혈하고 있는 걸레를 붉게 물들이고 있었다. 그때서야 내가 무슨 짓을 한 건지 생각하게 되었다. 그 소녀가 그 큰 칼을 들고 몇 번이나 위험한 칼질을 하고 있는데도, 나는 그것을'일 솜에 포함된 서비스'라고만 생각하고 있었던 것이다. 그녀가 열 살 남짓한 소녀라는 사실도 잊었고, 서툰 칼질을 보고도 그녀가 다칠 수 있다는 생각을 하지 못했다. 그냥 "빨리 해 달라"는 내가 있었을 뿐이다. 어린 소녀를돈으로 사는 범죄자들과 내가 한 일은 본질적으로는 같았다. 그 소녀를 보살펴줘야 할 대상으로 보지 않았고, 이용하기만 했다.

J와 함께 맞은편 약국으로 뛰어갔다. 밴드를 사려는데 "낱개로는 안 팔고, 세트로만 판다"고 했다. 한 개만 따로 안 파냐고 물었더니, 그렇게 팔지는 않는단다. 그렇게 몇 분 가량 똑같은 질문을 하고 서 있었는데, 지금 생

아메리카 심야특급

각해보면 부끄러운 일이었다. 세트로 사도 우리 돈으로 천 얼마 할 뿐이다. 그 돈이, 온갖 병균을 닦은 걸레로 지혈되고 있는 소녀의 손가락 보다 더 가치 있다고 생각했던 걸까? 아무튼 나는, 그 약국에서 소개시켜준 '낱개로 밴드를 파는 그 옆에 약국'을 찾아갔다.

그 약국에 가니 먼저 온 손님이 기다리고 있었다. J는 더 깊은 시장으로 갔고, 나는 거기서 기다리기로 했다. 먼저 밴드를 사는 사람이 그 소녀에게 달려가기로 했다. 내가 심각하게 서 있으니 약사가 먼저 온 손님을 잠시 옆으로 보내고 뭐가 필요한지를 물었다. "밴드! 밴드!"라고 했는데 약사는 고개만 저었다. 약사 뒤로 보이는 약들을 쭉 살펴봐도 밴드가 보이지 않자, 옆에 있던 가위를 집어 들어 내 손가락을 자르는 시늉을 했다. 그러자 약사는 내가 자해라도 하는 줄 알고 "노! 노!" 하면서 가위를 빼앗아 들었다. 내가 다시 그 가위를 들고, 옆에 있는 종이를 밴드 모양으로 잘라 내 손가락을 감싸자, 그때서야 "씨, 씨" 하면서 밴드 한 개를 내주었다.

그것을 들고 아까 리어카가 있던 곳으로 달려갔는데, 그녀가 보이지 않았다. 빈 리어카에, 몇 몇 손님들만 두리번거리고 있었다. 멍하니 맞은편에 앉았다. 그렇게 이십 분 정도가 지나서야, 그 소녀가 손에 밴드를 하고 돌아왔다. 그리고 바로 뒤에 J가 소독약과 밴드를 사왔고, 우리는 그 소녀에게 다가가 헌 밴드를 벗기고, 소독을 한 후 새 밴드를 붙여주었다.
상처를 보는 내 얼굴은 일그러지고 있는데, 그 소녀는 자신의 상처를 무

아메리카 심야특급

표정하게 쳐다봤다.

내가 그 소녀를 도울 수 있는 유일한 방법은 돈을 조금이라도 주는 것이라고 생각했다. 그런데 얼마를 줘야 할까? 마음 같아서는 지금 주머니에 있는 돈을 모두 주고 싶었다. 다만 지금 내가 이 소녀에게 얼마의 돈을 건네고자 하는 것이, 그 대가로 내가 우월감을 맛보고 싶어 하는 건지, 진실되게 그 소녀를 걱정해서인지, 잠시 생각했다. 내가 드러나지 않을 만큼의 적당한 금액을 쥐어주고 그 모퉁이를 빠져 나왔다.

시장을 다 둘러보고 호스텔로 돌아가는 길에, 그 소녀가 있는 길목을 거쳐 오지 않았다. 그 소녀를 다시 보고 싶은 마음, 물론 간절했지만, 내가 만약 그녀의 환한 표정을 다시 본다면 아까 준 그 돈은 의미를 잃을 거라고 생각했다. 돈을 받을 때 조차 무표정했던 소녀의 얼굴이, 돈을 확인하고 기뻐 날뛰는 모습, 최소한 그 전에 보지 못했던 환한 미소나 나에 대한 감사함이 가득 찬 얼굴을 내가 보고 싶어 하는 거라면, 그것은 그 돈을 대가로 내가 누리고 싶은 어설픈 만족감일 테다. 그렇게 되면 그 돈은 소녀가 아닌 나를 위해서 쓴 돈이 될 거라고 생각했다. 이것저것 다 떠나서 그냥 그 소녀의 얼굴을 한번이라도 더 보고 싶었지만, 꿋꿋이 그 길을 피해 호스텔로 돌아왔다.

그 일이 한참 지난 지금에도, J와 나는 가끔 뜬금없는 대화를 주고받곤 한다.

"나 방금 와라스에서 사과 팔던 그 애가 갑자기 떠올랐어."

"응, 나도."

마추픽추의 사치스런 여행자

"앞으로 5년간 여행이나 다닐까?"

마추픽추를 보기 위해 쿠스코로 내려온 온 어느 날 아침, 유독 한국인 여행자들이 많았던 호스텔 분위기가 어두웠다. 보통 흐릿한 아침 기운을 깨우는 것은 에너지 넘치는 여행자들과 함께하는 아침 시간인데, 이 날 만큼은 다들 기운이 없었고, 밤새 잠을 못 잤는지 눈이 벌겋게 부어 있는 이들이 많았다. 그러면서 "우리 다 같이 5년간 여행이나 다니자"든지 "5년은 너무 길다"는 식의 이야기만 주고받고 있었다. 그 날은 우리의 대통령 선거 당선자가 확정된 날. 남미여행을 하고 있는 모험적인 젊은이들의 정치 성향은 비슷했기 때문에, 아침부터 서로 한숨을 주고받았다. "마추픽추를 봐서 뭐 하냐, 돌아갈 곳이 없는데."

마추픽추를 좀 저렴하게 보기 위해, 패키지 대신 마추픽추 입장권과 차편만 따로 구해보기로 했다. 입장권 파는 곳을 찾아가니 "12월 21일은 잉카 제국 마지막 날이에요. 특별한 날이라 티켓이 없네요"라고 한다. 아침에 호스텔에서는 '조국의 마지막 날' 타령을 하더니, 또 여기서는 '잉카의 마지막 날'이라며 예약이 끝났다고 했다. '마지막 날 다음날' 티켓을 사고 마추픽추로 가는 차편을 알아보는데, 슬슬 열이 오르기 시작했다.

마추픽추 티켓은 현지인보다 두 배 비쌌다. 그건 어떻게 넘어간다 쳐도, 가는 차편은 어이없게 비쌌다. 마추픽추에 가기 위해서는 '이구아스 깔리안떼'라는 마을까지 기차를 타고 이동한 후 거기서 다시 기차를 타고 최종적으로 마추픽추로 가야 되는데, 현지인들에게 단 몇 불에 파는 기차표를 관광객들에게는 백 불에 가까운 가격대로 판매하고 있었다. 기차 말고는 방법이 없냐고 묻자, 콜렉티보를 타고 가는 방법이 있는데, 길이 험해서 사고가 많이 나니 꼭 기차표를 사야 된다고 한다.

그래서 콜렉티보를 타고 가기로 했다. 지금보다 기차 값이 비쌌더라도, 현지인들에게 똑같은 요금을 부과했다면 어쩌면 기차를 탔을지도 모른다. 비싸서 안 탔기 보다 열 받아서 안탄 거니까. 여섯 시간 넘도록 비좁은 차 안에서 비포장의 좁은 길을 달리니 속이 울렁거렸다.
'이구아스 깔리안떼'에 도착한 후 다시 기차를 타고 마추픽추까지 가야 되는데, 우리는 걷기로 했다. 기차를 타면 십여 분이면 가는 거리지만, 여기까지 기차를 타지 않은 것과 같은 이유로, 걷기 시작했다. 기차가 내 앞으로 빠르게 지나갈 때 생각했다. '달려가서 뒤에 몰래 올라탈까?'

철로 하나 외에는 딱히 볼게 없는 길을 계속 걸어가다가 '아라미스'라는 우루과이 여행자를 만났다. 사 개월째 남미 여행을 하고 있는 젊은 학생이었다. 두 시간 정도 기찻길을 걸으면서 "우리 이렇게까지 해서 마추픽추 보러 와야 되냐?"고 물으니까 자신은 그 훨씬 이전의 마을에서부터 열두 시간을 걸어서 여기까지 왔다고 했다.

아라미스는 터미널이나 광장 같은 데서 하모니카를 불고, 일 솔씩 이 솔씩 받은 돈으로 여행을 하고 있었다. 어제도 아침부터 저녁까지 하루 종일 하모니카를 불어, 딱 마추픽추 입장권 하나를 사서 지금 이렇게 열 몇 시간을 걸어오고 있다고 했다. 아, 맞다. 마추픽추는 그런 데였다. 열두 시간을 넘게 걸어와서라도 잠깐 가까이 하고 싶은 곳. 내가 너무 쉽게 입장권을 구해서 그 가치를 잠깐 잊고 있었던 모양이다. 비포장도로 좀 달렸다고 튀어나왔던 입은 조용히 가라앉고 있었다.

걷기 잘한 것 같았다. 아라미스를 만나 마추픽추가 얼마나 소중한 것인지 깨달은 후 그것을 보게 됐으니 말이다. 기차 안에서 책자로 읽을 수 있는 설명보다, 아라미스의 어제 오늘이 마추픽추를 더 빛내고 있었다. 그리고 아무것도 없을 거라고 생각한 기찻길이, 시간이 지나면서 신비롭게 변해가고 있었다. 안개인지 구름인지 모를 연기가 기찻길 주위를 둘러싸기 시작하면서 묘한 장면들이 나타났다 사라지기를 반복했다.

아메리카 심야특급

두 시간이면 마추픽추 마을까지 갈 수 있다더니 세 시간이 지나도 더 깊은 기찻길 밖에 보이지 않았다. 페루에서 현지인들이 몇 시간 걸린다고 이야기하면 최소한 거기에 '1.5'를 곱해서 생각해야 된다. 현지인들이 이야기하는 거리는, 안데스 산맥에 사는 페루인들이 날아다니는 속도니까.

날이 어두워지자 가로등만이 유일한 빛이 되었고, 그마저도 없는 경우에는 셋이 더듬더듬 거리며 한 발짝씩 나아갔다. 밤이 완전 새까매졌을 때쯤 마추픽추 아래에 있는 마을에 도착했다.

우리가 호스텔을 찾고 있을 때 아라미스는 식당 옆으로 나있는 골목들을 살피고 있었다. "뭐 찾냐?"고 물어보니, 자신은 오늘 이 길거리에서 잘 계획이라고 한다. 침낭도 있고, 여기 물도 있으니까 아무 문제가 없다고 했다. 내 돈으로 호스텔 잡아 줄 것도 아닌데, "야, 그렇게 오래 걸어와서, 그리고 내일도 밤새 걸어야 할 텐데 좀 편안 데서 자야 되지 않겠냐?"고 물어볼 수 없었다.

아라미스와는 내일 새벽 네 시에 호스텔 앞에서 만나 마추픽추에 같이 올라가기로 했다. 내가 배가 고프니 아라미스도 당연히 배가 고팠겠지만, 같이 저녁 먹자고 하지 않았다. 내가 먹는 것에 맞추자면 아라미스가 돈이 없을 테고, 아라미스 먹는 것에 맞추자니 그건 내가 싫었다. 그렇다고 내가 사주겠다고 하면 아라미스가 얼마나 자존심이 상할까 하고 당시에는 생각

아메리카 심야특급

했지만, 지금 생각해보니 별 문제가 없었을 것 같다.

그렇게 아라미스를 떠나보내고 저녁을 먹은 후 커피 한잔을 마셨다. 나는 내가 거의 가장 저렴하게 여행하고 있는 부류라고 생각했다. 비싼 기차 안타고 그 멀미나는 콜랙티보에 끼여 왔으며, '이구아스 깔리안떼' 부터 여기까지도 네 시간씩 걸어서 왔다. 내일도 사람들은 버스 타고 마추픽추 입구까지 올라간다지만 나는 걸어갈 생각이다. 제일 싼 호스텔의 도미토리에 묵고 있고, 저녁도 배를 채우는 수준이었다. 하지만 아예 차를 안타고 열 시간 넘게 걸어오는 사람이 있다고는 생각하지 못했다. 저렴한 숙소가 아니라 길거리에서 자는 여행자가 있고, 싼 밥이 아니라 아예 굶는 여행자가 있었다. 숙소에서 자는 것, 끼니를 사 먹는 것은 누군가에게 사치스런 여행이었다.

이 날은 새벽에 비가 엄청나게 쏟아졌다. '왜 비가 갑자기 내려서 잘 자고 있는 날 깨우는 거야!'라며 나는 눈을 잠시 떴다 다시 감겠지만, 여기서 멀지 않은 곳에 누군가는, 급하게 잠자리를 옮겨야 되고, 침낭과 옷을 말려야 되며, 그 마르고 있는 옷과 침낭을 덮고 자야 했다.

남미에서 딱 두 가지를 볼 수 있다면, 페루의 마추픽추와 볼리비아의 우유니 사막을 봐야 한다고 호스텔에서 만난 한 여행자가 말해줬다. 나는 그 마추픽추에 올랐다.

마추픽추에 올라갈 때는 가이드가 필요 없다. 대부분이 패키지로 와서 이미 가이드를 대동하고 있는 경우가 대부분이지만, 마추픽추 입구에서부터 가이드 해주겠다고 하는 사람들 또한 많다. 직접 들어가 보면 왜 가이드가 필요 없는지를 알 수 있다. 왜냐? 온 천지에 가이드니까. 그것도 영어, 스페인어, 중국어, 일본어, 한국어 등 안 들리는 말이 없다. 가고 싶은 곳에 가서 서 있으면, 벌써 그곳에 몇 개 국어의 설명이 흘러나오고 있다. 박물관에서 자리를 옮길 때마다 자동으로 설명이 나오는 라디오처럼 말이다.

점심때가 되어 아라미스와 작별인사를 했다. 지금부터 계속 걸어가야 내일 아침에 도착할 수 있다고 한다. "오늘 꼭 가야 되냐?"고 묻기도 전에, 내일부터는 다시 하모니카를 불어서 경비를 마련해야 된다고 했다. 어두워지면 길을 찾을 수 있냐고 물어봤는데, 그렇다 아니다 말이 없었다. 그는 비에 젖은 몸으로 물이 1/3쯤 담긴 페트병을 한 손에 꽉 쥔 채, 마추픽추를 빠져나가고 있었다.

고도가 높아서 마추픽추 주위에는 항상 구름이 가득했다. 그 구름이 한 자리에 머물러 있는 것이 아니라, 수시로, 때로는 엄청나게 빠른 속도로 움직이는데, 그것과 함께 보이는 마추픽추가 멋있었다. 같은 자리에서 사진을 열 장 찍어도, 다 다른 사진이 찍혀 나왔다. 구름이 가득할 때는 배경이 온통 하얗고, 곧 구름이 걷혀 산으로 둘러싸인 전혀 새로운 마추픽추가 드러났다. 어떨 때는 구름이 막 지나가고 있는 마추픽추가 보이기도 한다. 그

아메리카 심야특급

래서일까, 다른 관광지와는 다르게 한 자리에 두 시간이고 세 시간이고 그 대로 앉아서 그저 마추픽추를 내려다보고 있는 관광객들이 많았다. 나도 오랜만에 한 자리에 한참을 앉아있었다. 다른 여행자들처럼. 나는 사치스런 여행자였다.

한여름의 크리스마스

남미에서는 한여름에 크리스마스를 보낼 수 있다. 페루에서 지내는 동안 손꼽아 12월 25일을 기다렸다. 처음으로 맞이하는 한여름의 크리스마스. 크리스마스가 다가오면서 반팔 반바지를 자주 입었다. "지금 여름이야, 그런데 곧 크리스마스라고!" 나에게 수시로 말해주고 싶었다. 재미있는 장면들을 기대했었다. 가령 반팔과 반바지를 입고 돌아다니는 산타라든지, 산타 얼굴에서 흘러내린 땀이 그 거추장스러운 수염에 모인다든지 하는 것들 말이다.

하지만 길거리에서 크리스마스를 느끼지 못하고 허탈하게 돌아오는 경우가 대부분이었다. 페루에서의 크리스마스는 우리네처럼 요란하게 바가지 쓰는 날이 아니었다. 남미 대부분이 가톨릭 국가여서 그런 걸까? 거리는 조용했고, 경건한 분위기로 가득했다. 크리스마스 당일에는 거의 모든 식당들이 문을 닫아, 마트에서 재료를 사서 저녁을 해 먹어야 할 정도였으니까.

다만, 스스로 크리스마스를 발견했다고 믿은 날이 있었다. 크리스마스를 며칠 앞 둔 페루 쿠스코의 어느 날 밤. 아침부터 거리로 나갔지만, 크리스마스라고 부를만한 어떤 의미 있는 행위도, 기념적인 사진도 찾지 못한 채, 너덜너덜해진 몸을 이끌고 중앙 광장에 앉았을 때다. 무심코 고개를 들었는데, 광장을 에워싼 높은 산들에서 환상적인 불빛들이 쏟아졌다. 나를 뱅 둘러싼 산속에는 자로 잰 듯 삐뚤어짐 없는 불빛들이 빛나고 있었다. 산 정상을 중심으로 반듯하게 이어져있는 그 불빛들은 하나의 거대한 '크리스마스 트리' 같았다.

"크리스마스가 저기에 있었구나!" 저 불빛들이 보이는 산 속에, 그들만의 소박하지만 평온한 크리스마스가 있었다. 보고 있는 것만으로 가슴 따뜻해지는 날이었다.

그리고 며칠 뒤, 그 불빛이 새어 나오는 산 속으로 들어갈 일이 있었다. 마추픽추에서 돌아온 후 쿠스코에서 보내는 마지막 날. 시내 관광 투어 코스로, 저녁 늦게 기념품 가게를 들렀을 때다. 늘 올려다보던 크리스마스의 한 가운데 있다는 사실에 나는 흥분해 있었다. 카메라를 챙겨 밖으로 나가면서 가이드에게 물었다. "아끼, 크리스마스?(여기, 크리스마스?)"

무슨 말을 하든 웃으며 받아쳐주던 가이드가 이상한 대답을 했다. "아끼, 노 크리스마스(여기, 없다, 크리스마스)"

버스 창밖으로 보이는 불빛을 손으로 가리키며 다시 물었다. "미라, 미

아메리카 심야특급

라, 무이 보니따, 크리스마스.(봐, 봐, 정말 예쁘다, 크리스마스.)"

이번에는 단호한 말투로 가이드가 답했다. "아끼, 노 크리스마스, 아끼, 노 부에노(여기, 없다, 크리스마스, 여기, 안 좋다)" '가이드가 예민한가?' 아무튼 나는 카메라를 챙겨 밖으로 나갔다.

나가자마자 다시 버스 안으로 들어와야 했다. 크리스마스 트리 한 가운데 있는 지금, 눈에 보이는 것은 크리스마스가 아니라 비극이었다. 각각의 집안에서 새어 나오는 아기자기한 불빛이겠거니 하고 생각했던 것들은 모두 가로등이었다. 밤 9시도 안됐는데, 모든 집들에 불이 들어오지 않았다. 자로 잰 듯 일정한 간격으로 빛나던 불빛을 볼 수 있었던 것은, 그 암흑천지의 세상에서 유일하게 빛을 내는 것이 가로등 뿐이었기 때문이다. 버스 안에 있는 사람들은 모두 비슷한 것을 보고, 비슷한 것을 느꼈다. 사람들이 빠르게 버스 안으로 돌아왔다.

그런데 아주머니 한 분이 버스로 돌아오지 않는 것이었다. 인적이 드문 남미 페루의 빈민가, 함부로 버스 밖을 나갈 수 있는 상황이 아니었다. 버스 헤드라이트 불빛으로 아주머니를 찾아보기로 했다. 그렇게 삼 십분 가량을 버스 안에서 아주머니를 찾았는데, 결국 찾지 못했다. 그렇게 버스는 좀 더 깊은 어둠 속으로 들어가고 있었다. 그때쯤 사람들이 이런 이야기를 하기 시작했다. "그 아주머니 혼자 택시타고 내려간 것 같은데" 관광객들 중 기를 공부하고 있다는 사람을 또 이렇게 거들었다. "맞아, 이 근처에 사람 기운이 안 느껴져, 택시 타고 내려간 게 분명해." 사람들도 그런 것 같다고 이야기하기 시작했다. 버스 안의 사람들은 너무나 진지하게 말도 안 되는 이야기를 주고받고 있었다. 이 날 가장 무서웠던 것은 아주머니가 사라진 후 버스 안에서 사람들이 주고받은 대화였다. 사람들이 내린 결론이었다.

쿠스코 시내에서 매일 밤 감상했던 그 크리스마스 트리는 아주머니 한 분과 함께 그 날 밤 사라졌다.

버스는 빠르게 시내로 내려왔고 나는 다시 중앙광장으로 돌아왔다. 멍하니 고개를 들어 산을 바라보니, 여전히 너무나 황홀한 크리스마스 트리가 거기에 있었다. 광장에 있던 서양 여행자들은 신이 나 있었다. 그 거대한 크리스마스 트리를 배경으로 서로 사진을 찍어준다고 바빴다. 그들의 사진에 담긴 크리스마스는 너무나 가족적이고 아름다운 것이었다. 나에게 다가와 단체 사진을 찍어달라고 했다. 사진을 찍어주고 사진기를 돌려주는데, 그것을 건네받은 한 여행자가 환하게 웃으며 말했다.

"메리 크리스마스."

나는 지금도, '메리 크리스마스'란 말을 들으면 기분이 묘해진다.

아메리카 심야특급

심야버스 안에서

쿠스코에서 아레키파로 이동한 후 다시 티티카카 호수를 볼 수 있는 푸노로 가기 위해 버스터미널로 갔다. 도시 간 이동시간이 긴 남미에서는 언제나 그랬듯 이 날도 심야 버스였다. 이제는 매표소에서도 흥정이 가능하다는 사실을 알고 있다. 본격적으로 창구 직원과 협상을 하고 있는데, 반응이 영 시큰둥하다. 내 말을 듣는 척 마는 척 표를 팔 생각이 없어 보였다. 조금만 깎아달라고 해도, 딱 잘라 거절한다. '얘 뭐 믿고 이러지' 하며 버티고 서 있는데 지난번 버스터미널과 분위기가 많이 달라 보였다. 창구 직원의 행동이 느릿느릿 했고, 표를 많이 팔겠다는 간절함도 안보였다. 오히려 여유가 느껴졌다. 반면에 표를 사겠다는 사람들은 표를 못 사서 안달이었다. 이게 푸노가는 마지막 심야 버스라는데, 창구 앞 모니터로 보이는 버스 자리가 빠르게 채워지고 있었다. 사람들은 서로 돈 먼저 내겠다고 몸싸움을 했다.

"J, 오늘 무슨 특별한 날이야?"

"아니, 잘 모르겠는데."

"오늘이 며칠이지?"

"오늘, 어, 12월 26일."

12월 26일. 크리스마스 다음날이다. 사람들이 크리스마스를 가족들과 보내고, 오늘 밤차로 다들 일터로 돌아가는 것이다. 흥정도 분위기 봐가면서 해야 된다. 이 날은 돈을 더 얹어주고 샀으면 샀지, 할인 해달라는 말이

아메리카 심야특급

씨알도 안 먹히는 1년에 몇 안 되는 날이었다. 아까 할인 안 해준다고 버티던 태도를 접어두고, 아주 겸손하게 티켓 2장을 요구했다. 몇 자리 안 남은 마지막 버스에 겨우 올랐다.

누군가 내 어깨를 흔들었다. 놀라서 잠이 깼는데, 눈을 떠보니 버스 안에 우리밖에 없었다. 푸노에 도착하그 버스 안에 사람들이 다 떠날 때까지 우리 둘이 계속 자고 있자, 기사 아저씨가 나를 깨운 것이다. 눈을 뜨자마자 불안감이 확 밀려왔다. "내 가방! 내 가방!" 우리는 각각 큰 가방과 작은 가방 하나씩을 들고 있는데, 버스에 탈 때면 큰 가방은 버스 짐칸에 싣고 작은 배낭은 직접 메고 탄다. 나는 작은 배낭 안에 모든 것을 넣었다. 컴퓨터, 카메라, 여권, 현금, 현금카드. 짐칸에 실은 것은 누가 가져갈 수도 있으니, 내가 직접 메고 있는 이 가방에 므든 것을 넣기로, 즉 나를 믿기로 한 것이다. 대신 그 가방이 없으면 여행은 끝이다. 옆에서 졸고 있던 J도 막 잠에서 깼다.

내 작은 가방부터 찾았다. 다행히 발에 잘 걸려있었다. 어제 밤, 버스에 타서 컴퓨터로 영화를 보려는데, 주위를 살펴보니 분위기가 조금 거칠었다. 제일 싼 버스를 타서 그런지. 버스 안에는 삶에 찌든 현지인 남성들이 대부분이었다. 여기서 컴퓨터를 꺼냈다가 내 가방이 돈 보따리로 보이겠다 싶어 잡생각을 하면서 시간을 때웠다. 내가 아무리 가방 간수를 잘 한다고 해도, 이 버스에 한 명이라도 "기필코 저 가방을 가져가겠다"고 마음먹은 사람이 있으면 무슨 일이 벌어질지 모를 일이었다. 새벽까지 잠을 못 이루다가, 잠이 막 들려고 할 때도 가방이 제일 신경 쓰였다. 발에 가방 끈을 몇 번이나 감았다. 중간 중간 잠이 깰 때마다 가방이 있는지부터 확인했다. 두 발이 이상하게 놓여있어 불편했지만, 그 가방이 없어진 나를 상상하는 것 보다는 그게 편했다.

그렇게 신경을 써서였을까, 사람들이 다 빠져나갈 때까지 기절한 듯 자고 있었지만 내 가방은 그대로 있었다. 그런데 옆에서 J가, 발밑에 놓아두었던 가방이 안 보인다고 했다. 가방이 빠져나갔을 수도 있으니, 밑을 좀 봐달란다. 그렇게 자리에서 빠져 나와 J의 발밑을 보는데, '가방이 없다!' 그 텅 빈 발아래를 보는데, 가슴이 뚫린 것처럼 횅한 느낌이 들었다. 이때 기분이 제일 끔찍하다. '있어야 할 게 없을 때.' 정말 중요한 걸 잃어버렸고, 어떻게 해서든 그것을 다시 찾을 수 없다는 사실을 인정해야 되는 짧고 끔찍한 순간이다.

"J, 네 가방이 안보여!"
"뭐!" J는 그때부터 버스 안을 펄펄 뛰어다니며 정신을 못 차렸다. "안돼! 안돼!" 막 잠에서 깬 몽롱함과 찬 아침바람에 정신은 얼얼했다. 거기다가 사색이 돼 버스를 뛰어다니는 J를 보니 나도 거친 숨소리가 흘러 나왔다.
"가방 안에 뭐 있는데?"
"여권이랑 USB, USB안에 미국이랑 남미 사진 다 있다 말이야."

버스에서 내려 터미널 내에 있는 경찰서로 가는 길, 스쳐지나가는 현지인들이 다 도둑으로 보였다. 아무것도 해줄 게 없는 경찰서에 가서 보고서를 썼다. 경찰서에 도착하자마자 J가 울먹이며 "또 잃어버려서 미안" 한다. 지난번 J가 가방 잃어버렸을 때 내가 하도 화를 내서 그랬나 보다. 자신의 가슴은 지금 무너질 텐데, 나한테 미안하다고 하는 말을 들으니 죄책감이 들었다. '내가 그때 그렇게 화를 냈나? 미안.'

곰곰이 생각해보니, 뒤에 앉았던 그 현지인이 의심스럽다. 버스에 타기 전에 우리와 대화를 나눴고, 우리 바로 뒤에 앉았고, 우리가 푸노에 간다는 것을 알고 있었다. 자신도 푸노에 간다고 했는데, 도착했을 때 우리를 깨워주지도 않았다. 아무튼 그 사람이 의심스럽다고 경찰에 얘기했다. 하지만 별로 소용없다는 것도 안다. 이 경찰들을 보고 있으니까, 그 사람이 가방을 들고 가는 것을 직접 봤고, 그 사람 이름, 주소를 안다고 해도, 절대 그 집에 찾아가서 우리 짐을 찾아줄 사람들이 아니었다.

영어를 전혀 못하는 경찰. 다행히 근처에 있던 여행 가이드가 통역을 해주었다. 통역을 해주다가 조금만 틈이 생기니까 푸노 호스텔을 추천해 주겠다고 한다. 티티카카 호수 패키지도 세트로. '분위기 파악 좀 해라 임마!' 그 이야기만 진작 꺼내지 않았어도, 그 가이드를 신뢰할 뻔 했는데, 꼴도 보기 싫어졌다. 조서를 다 쓴 순간부터 그 가이드와는 한 마디도 하지 않았다.

"난 남미에 퍼주러 왔나봐. 가난한 사람들 도와주면 기분이라도 좋지."

경찰서에서 조서를 꾸민 뒤, 그 조서를 가지고 다시 시내에 있는 여행자 경찰서로 향했다. J는 그때까지도 마음을 진정시키지 못했다. 여권을 다시 발급받으려면 24시간 버스를 타고 리마로 돌아가야 된다고 한다. 하루하루가 급한데, 리마에서 또 얼마나 시간이 걸릴지 모를 일이다. 그리고 미국에서의 1년, 그리고 지난 4년간의 사진들이 사라졌다. 구글 번역기로 경찰과 대화를 하는데, 결론은 뻔했다. '찾기 어렵다는 것.' (그럼 너는 여기 왜 앉아 있냐?) 그나마 해준다는 말이 "그 대용량하드는 페루의 아레키파나 리마, 쿠스코 아니면 볼리비아의 라파스로 갔을 것이다. 거기에는 다 블랙마켓이 있다. 거기서 너희가 직접 찾는 수밖에 없다"고 했다. 남미 경찰서는 도둑을 잡는 곳이 아니라 조서를 쓰는 곳이라는 사실을 다시 한 번 확인하고 경찰서를 나와야 했다.

'USB는 어디 판다고 쳐도 여권이랑 가방 같은 거는 버리고 가지 않았을까?' 이런 믿음이 생겼다. 호스텔에 짐을 싹 두고, 다시 버스터미널을 찾았다. 도둑이 어떻게 빠져나갔을까를 생각하면서 터미널 주위를 살펴보았다. 놀라운 것은 터미널 바로 옆에 작은 블랙마켓이 있었다는 사실. 비싼 것은 벌써 대도시에 다 팔아먹고, 돈 안 나가는 중고품들, 예를 들어 양말, 속옷, 카메라 가방, 신발, 신발 밑창 등을 팔고 있었다. 물론 J의 것은 없었다.

터미널을 계속 걸어가니 점점 의욕이 사라졌다. 사방으로 길이 나있는데 여기서 어떻게 길을 찾을 것이며, 설령 가방을 여기 버렸다 해도 지금 한 나절이 지났는데, 우리가 볼 수 있는 곳에 있다면 누군가 벌써 가져갔을 것이다. 그리고 인적이 드문 곳으로 더 깊숙이 들어갈 수는 없었다.

"아, 내가 내 가방 찾는데도 이렇게 의욕이 없는데, 경찰들은 오죽할까?"

가방 찾는 것은 포기했다. J는 당장 쓸 수 있는 게 없어서 터미널 옆 깡통 시장에서 생필품들을 고르고 있었다. 그러면서 한참을 구시렁거린다.

"내가 페루 이 싸구려 시장에서 이러고 앉아 있을지는 상상도 못 했네."

유리 벽에 갇힌 티티카카 호수

도둑맞은 곳들은 대부분 관광지로 손색이 없는 지역이다. 이전에 에콰도르 키토가 그랬다. 티티카카 호수의 출발지인 여기 푸노처럼.

티티카카는 세계에서 가장 높은 호수다. 무려 3800m에 위치해 있다. 남미에서 가장 큰 호수라는데, 실제로 가보면 "여기가 세계에서 가장 넓은 호수가 아니라는 거야? 도대체 여기보다 더 큰 호수가 어디야?" 하고 놀랄 만큼 그 크기가 어마어마하다. 그 호수 안에 섬이 36개나 있고 호수 가운데로 페루와 볼리비아의 국경이 지나간다. 우리나라 전라북도와 비슷한 크기다. 페루 가이드들은, 페루가 티티카카 호수를 70%정도 가졌다고 하고, 또 볼리비아에 가면 볼리비아가 이 호수를 한 55%는 가졌다고 주장한다. 실제로는 티티카카 호수의 60% 가량이 페루에 속한다.

푸노 선착장에서 티티카카 호수의 우로스 섬까지 가는 길. 가이드는 스페인어로 먼저 설명을 하고 그 다음에 영어로 반복 했는데, 영어 파트 설명이 영 부실했다. 스페인어로 설명할 때는 사람들이 웃고 난리인데, 같은 말을 영어로 할 때는 웃는 사람들이 없다. 뭔가 통역이 잘못되고 있다는 뜻이었다. 설명을 계속 듣고 있으니까, 스페인어가 모국어인 이 가이드는 스페인어로 할 때는 생기가 넘쳤다. 하지만 같은 말을 영어로 하기 시작하면서 기운이 싹 사라지는 것 같았다. 자신도 영어가 서툴고, 영어로 똑같은 감동을 줄 수도 없고 하니 아예 농담이나 여담은 알아서 생략했다. 했던 말 또해야 하니 귀찮기도 하고 했겠지. 이러니 배 안에서는 자연스럽게 잠이 왔다. 자는 귀로 들기로, 우로스 섬에 가면 거기 사람들이 스페인어를 못 쓰니, 현지어를 반드시 써야 된다고 한다. 그러면서 현지 인사말을 몇 가지 알려주고 있었다. "자 여러분 따라해 보세요."

우로스 섬이 보인다. 섬들이 정말 물 위에 둥 둥 떠있었다. 떠다니고 있는 것처럼 보이기도 했다. 파도가 한 번 치면 저 뒤로 밀려갈 것처럼 물살에 섬이 출렁거렸다. 수영을 해서 그 섬 끝을 잡고 헤엄치면 그 섬을 옮길 수도 있을 것 같다. '불안해서 어떻게 저기 서 있냐.'

아메리카 심야특급

배가 섬 앞에까지 도착했다. 서른 명 정도의 관광객들이 우르르 내리려는데, 왠지 이 사람들이 한꺼번에 내리면 섬이 가라앉을 것 같은 기분이 들었다. 섬이 어떠한 견고한 기반 위에 있는 것이 아니라, 나무 지푸라기 모아 놓은 것 같은 것들 위해 아슬아슬하게 놓여있었기 때문이다. 가이드가 배에 묶여있던 밧줄을 힘차게 섬으로 던지자, 우리나라 초등학생 정도 체격의 원주민 아주머니가 그 밧줄을 능숙하게 잡는다. 그런데 그 아주머니 힘이 장사다. 아주머니 혼자서 밧줄을 끌어당기고 하면서 배를 섬 앞까지 고정시키고, 여유 있게 그 밧줄을 묶고 있었다. 아주머니는 '걱정 마, 이 섬이 보기보다 튼튼해, 나처럼'이라고 말하고 있었다. 그것을 보고 놀란 건장한 여행객 서너 명이 아주머니를 돕겠다고 나섰는데, 다들 밧줄을 잡자마자 휘청거렸다.

배가 섬 가까이 가면서부터 현지인들이 나와 환영인사를 했다. 화답으로, 내리면서 "안녕하세요" 하고 인사를 할 생각이었다. 딱 내리는 순간, 잠결에 들었던 가이드의 이야기가 생각났다. "우로스 섬 사람들은 스페인어 못합니다. 반드시 현지어로 인사를 해야 돼요. 자 따라해 보세요." 맞다. 그 말은 기억나는데 그 인사말이 뭐였는지는 모르겠다. 물어보면 되겠다 싶어, 환영인사를 하고 있는 아주머니에게 물어봤다. "여기 말로 '안녕하세요' 가 뭐였죠?" 하니까 대답을 해주었다. 아 맞다. 그거였지. 그렇게 인사를 하고 섬으로 들어왔는데, 어, 잠깐, 근데, 금방 나는 분명히 영어로 물어봤는데.

누군가 페루 티티카카 호수를 가봤다고 한다면 '우로스 섬 – 아만따니 섬 – 따낄레 섬' 이 세 가지를 보고 왔다는 뜻이다. 이것은 푸노에서 출발하는 1박 2일 패키지인데, 예외 없이 코스가 같기 때문이다. (이는 페루에서 티티카카 호수를 봤을 때의 경우. 볼리비아로 넘어가면 또 다른 티티카카의 모습이 있다) 오전에 우로스 섬에 갔다가, 오후에는 아만따니섬으로 이동해서 현지 민박을 한다. 그리고 다음날에 따낄레 섬을 들러 푸노로 돌아오는 코스다. 이 티티카카 호수 투어만큼은 이 패키지에서 벗어나기가 힘들다. 전기도 없는 아만따니 섬에서 카우치 서핑을 할 것도 아니고, 민박들은 이미 여행 에이전시와 연결돼 예약이 끝난 상태다. 그 넓은 호수를 돌아다닐 배 구하기도 쉽지 않다. 그래서 모든 여행객들이 스쳐가는 이 세 가지 섬, 우로스, 아만따니, 따낄레는 여행지 냄새가 진동하는 곳으로 변해버렸다.

나에게는 이 섬들이, 사람 사는 곳이라기보다 하나의 거대한 박물관처럼 느껴졌다. 유물들이 갇혀있는 유리 상자가 조금 큰.

오후에 아만따니 섬에 도착하니, 민박집 주인들이 줄을 서서 우리를 기다리고 있었다. 그 옆에서 가이드가, 여행자들과 민박집 주인들 사이에 짝을 지어준다. 생각보다 긴장되었다. 민박집 주인들이 구별이 안됐기 때문. 복장도 똑같고, 머리에 쓴 것도 똑같고, 또 한결같이 뜨개질을 하고 있었다. '다른 주인 따라가면 안 되는데.' 뒤에서는 여행자들의 킥킥거리는 소리가 들렸다. "아, 제일 좋은 아줌마 떠났어. 이제 몇 명 안 남았는데." '뚱뚱

　　　　　　　　　　　　아메리카 심야특급　　•

한 아줌마 = 요리를 많이 할 것 = 좋은 호스트'라며, 뚱뚱한 원주민이 나올 때마다 자신이 그 집에 가야 된다고 농담을 주고받고 있었다.

나도 '짝'이 정해졌다. 남미에서 인사할 때 가끔 눈치를 봐야 할 때가 있었다. 일반적으로 현지인들끼리는 '허그+볼 터치'를 한다. 현지인과 외국인 여행자도 '허그+볼터치'를 하는데, 남미에 놀러 온 두 외국인이 만났을 때는 상황을 조금 봐야 된다. 악수를 할 것 같이 생긴 백인이 칠레나 아르헨티나에서 온 남미 사람일 수 있다. 그럼 남미에서 만난 사람은 무조건 껴안자고 했을 때, 뉴욕에서 온 여성 여행객이 "남미 현지인들은 인사법이 그러니까 그렇다고 쳐도, 갑자기 네가 왜 나를 안고 지랄이야!" 할 수도 있다. 아무리 남미라지만, 한국 여행객과 일본 여행객이 서로 허그하는 건 좀 이상하잖아. 그래서 남미에서 처음 만난 외국인들과 인사를 할 때는, 가까이 다가가면서 상대방이 손을 내밀면 나도 손을 내밀고, 반대편에서 안는 포즈를 취하면 그때 나도 상대방을 안아주곤 했다. 물론 반대의 경우도 있었다. 당연히 남미 사람이겠거니 해서 허그를 하려는데, 반대쪽에서 손을 내밀었다가 나를 보고 재빨리 그 손을 감추고는 남미식 인사를 했던 적이 몇 번 있었다. 여기의 원주민들과는 또 인사법이 달라질 수 있는데, 우리 민박집 아주머니는 내게 악수를 권했다. 악수를 하자마자 너무 놀래서 손을 확 빼버렸다. 손이 나무껍질 같다는 말을 그때 처음 이해했다.

그럴만한 것이 이 섬의 여자들은 한 시라도 일을 놓지 않았다. 가이드가

아메리카 심야특급

우리와 민박집 주인 사이에 짝을 지어주고 있을 때부터, 그 기다리는 몇 분 사이에도 바느질을 그렇게 열심히 했다. 그리고 그 바느질은 섬을 빠져나가는 순간까지 끝나지 않았다. 우리를 자기 집으로 데려가는 길에, 물 끓는 동안에, 우리가 밥 먹고 있을 때 항상 바느질을 하고 있었다.

아만따니의 여성들을 보면서, 예전에 봤던 다큐멘터리 하나가 생각났다. 그 다큐멘터리에는 원시생활을 하는 두 부족이 나온다. 강을 사이에 두고 남과 북으로 지역을 달리하고 있는 이 두 부족은, 경계를 마주하고 있는 다른 부족과 마찬가지로 사이가 안 좋았다. 누가 먼저 넘어왔니, 경계를 침범했니, 하면서 싸우기도 하고, 또 화해도 하면서 늘 긴장 관계 속에서 지내는 사이였다. 하지만 각 부족은 그 테두리 안에서 풍요로웠다. 철저한 자급자족 생활로 오늘 먹을 것만큼 사냥하고, 필요하면 또 사냥하면 됐다. 먹을 것이 주위에 널려있으니, 서두를 일도 없고, 조바심 낼 것도 없었다.

문제는 여기에 '총'이 들어오면서 시작된다. 둘 중 한 부족이 문명인들로부터 권총을 하나 사게 된다. 그 다음부터는 예상했겠지만, 위협을 느낀 다른 부족이 따라서 총을 사고, 그러니 여기서는 또 더 좋은 총을 샀다. 그렇게 몇 년이 지나고 다시 그 부족들을 찾아갔는데, 기관총만 한 네다섯 대 있고, 동네는 비참해졌다. 전 부족이 1년을 꼬박 일해야 겨우 기관총 한대를 살 수 있으니, 그 돈을 버느라 온 부족이 정신없이 바쁘기만 했다. 그렇다고 평화가 자리 잡은 것도 아니다. 이제는 사소한 거라도 싸움이 났다 하면 총질을 해대니, 사람만 더 많이 죽고 서로에 대한 복수심은 배가 되었다.

겉으로 번듯해 보이는 아만따니 섬도 모든 것을 잃어가고 있었다. 문명과 만나면서 필요 없는 것을 사기 위해 끊임없이 일해야 했고, 바깥 세상에 의해 매겨진 이곳의 노동 가치는 턱없이 낮았다. 주민들은 '더 가난한 섬'을 만들기 위해 하루 종일 일하고 있었다. 마을은 이미 관광을 중심으로 최적화되어 있었고, 매일 민박객들을 받는 아주머니들에게 자기 생활은 없었다. 저녁에는 관광객들을 데리고 마을회관에 춤추러 가야 되고, 잠깐 틈이 생기면 바느질을 해야 했다. 일은 예전보다 더 열심히 하지만 그럴수록 자신들의 마을과 삶은 사라지고 있었다.

전통이 남아있지 않은, 다만 전통이라는 컨셉의 상품을 판매하는 이 거대한 섬에서 유일하게 마음에 들었던 것은, 밤길을 걷는 것이었다. 그것만 딱 좋았다. 아만따니 섬에서 보내는 첫날밤에는 민박집 주인과 함께 마을회관에 간다. 거기서 그 날 이 섬을 찾은 모든 여행자들과 원주민들이 같이 춤을 추는 시간을 갖는데, 집에서 마을회관까지 가는 길에 가로등이 없어 앞사람이 비추는 조그만 랜턴 하나에 의존해서 가야 했다. 이렇게 불빛 하나 없는 밤길을 걸어본 적이 하도 오래 전이어서, 어릴 적 가족들과 새벽 등산을 하던 기억이 떠올랐다.

아메리카 심야특급

아만따니 마을회관에서 추는 춤은 형식이 없다. 그냥 '둥글게 둥글게 춤'
이다. 스텝도 없고 박자도 없고 자기 마음대로 '손뼉을 치면서 노래를 부르
며' 추는 춤. 남미에 오고부터 가끔은 이런 춤을 기다려 왔었다. 특히 콜롬
비아에서 살사를 배울 때, 상대방과 스텝 맞추기가 어려워서 짜증날 때가
많았다. 나 즐겁자고 내 돈 내고 와서 춤추는 건데, 파트너 눈치 봐야 되고,
주위에서 나를 어떻게 볼까 초조해 하며 식은땀을 흘려야 했다. 그냥 몸 가
는 대로 추는 춤 있으면 안 되나 생각했는데, 그런 춤을 여기서 춰보니까 그
때가 나았다 싶은 생각이 든다. 일단 여기서 추는 막 춤에는 교감이 없었다.
살사는 열 번 틀리다가도 한번 호흡이 맞을 때, 그 통했다는 맛이 있었다.
동시에 상대방에게 한 걸음 가까이 갔다는 그런 느낌이 있는데, 여기서는
그냥 따로 노는 기분이다. 규칙이 없어서 더 정열적이고 파격적이 될 것 같
지만, 실제로는 의욕이 사라졌다. 도발은 정해진 격식을 아슬아슬하게 넘
나들 때, 정열은 그 형식을 지배하고 압도할 때 나온다는 것을 배웠다.

다음날 따낄레 섬을 둘러보고 내려오는데, 정말 기가 막힌 문이 하나 나
타났다. 돌을 간신히 붙여 만든 문 그 자체도 멋있었지만, 그 문 사이로 보
이는 티티카카 호수의 전경이 더 눈에 들어왔다. 나보다 먼저 온 외국인이
사진을 찍으려고 하고 있길래, 뒤에서 차례를 기다렸다. 앞 사람이 막 사진
을 찍는 순간, 주위에 어슬렁거리던 아이들이 그 문 주위에 모여 '찰칵' 하
는 소리에 맞게 일제히 뛰는 것이었다. 네다섯 차례 사진을 찍는 동안 계속
그 행동을 반복하는 아이들. '어딜 가든 아이들은 사진 찍히는 것을 좋아하

는 구나'라고 생각하고 있었는데, 그 여행객이 사진을 다 찍고 내려가기 시작하자 아이들이 치열하게 달라붙어 돈을 요구하기 시작했다. 그 순간, 아이들은 더 이상 아이들이 아니었다. 그들의 엄숙한 표정은, 방금 전까지 뛰어다니던 애들의 것이 아니었다. 사실, 찰칵 소리에 맞춰 뛸 때부터 그들은 지금처럼 진지했을 것이다.

여행객에게 몇 솔씩을 받은 아이들은 다시 올라오고, 못 받은 아이들은 그 여행객이 계단 맨 아래까지 내려갈 때까지 끈질기게 매달렸다. 내가 막 사진을 찍으려고 할 때는, 처음에 돈을 받은 아이들이 하나 둘 올라오기 시작할 때였다. 그러다가 사진기를 들고 있는 나를 보고는, 자신은 사진기가 너무 신기하다는 듯 그 문 주위를 둘러싸기 시작했다.

티티카카 호수를 떠나는 그 순간까지도, 이 섬이 어떤 곳인지, 이 곳 사람들은 어린아이부터 노인까지 무슨 생각을 하는지, 미래의 이 섬은 어떤 모습일지를 보여주고 있었다.

아메리카 심야특급

Esse 담배를 피우다

가슴이 뛰기 시작한다. 누군가 대대장 실로 들어갔기 때문이다.

"금방 1중대장이었어. 왜 들어갔지? 1중대장이 들어갈 일이 없는데."

오 분 경과. '왜 빨리 안 나오지? 지금이라도 커피 들고 들어갈까?'

얼마 후 1중대장이 걸어 나온다. 또 벨이 울릴 것 같다. 귀를 찢는 쇳소리, 그만 듣고 싶다. 두 손바닥으로 귀를 막고 기다렸다.

"삐!!!" 반사적으로 몸이 움직인다. 문을 열고 대대장실로 들어갔다.

"야 임마! 넌 커피 한 잔 안 내오고 하루 종일 뭐하고 있냐."

"죄송합니다."

당번병이 된 이후의 일상이다. 커피 타는 것은 쉬웠지만, 커피를 드릴지 말지 결정하는 것은 쉽지 않았다. 손님이 대대장실로 들어갈 때마다 문 열고 들어가 물어볼 수 없었다. 대대장은 질문 받는 것을 싫어했다. 대신 모든 것이 알아서 준비돼 있기를 바랐다.

대대장실로 누가 들어가기만 하면, 머리가 복잡해지는 이유가 이 때문이다.

아메리카 심야특급

간부들이 대대장 실로 들어가는 이유는 다양하다. 서류에 사인 받으러 잠깐 들어갈 수도 있고, 중대원이 사고를 쳐서 불려 들어갈 수도 있다. 간부가 생일일 수도 있고, 부모가 상을 당했을 수도 있다. A간부를 문책하기 전에 A간부와 가장 친한 B간부를 먼저 불러 이것저것을 물어볼 수도 있다. 하루 30여 명이 대대장실로 들어가지만, 그 중 서너 차례 정도만이 차를 가지고 들어가야 할 자리였다. 하루 종일 멍하니 앉아서 하는 생각도 그거였다. "지금 커피 타이밍인가?"

그 서너 차례를 정확히 집어내기 위해서는 대대장실의 민감한 분위기를 CCTV로 지켜보듯 파악하고 있어야 했다. 이것은 시간이 지나도 익숙해지지 않았다. B간부는 분명히 혼나러 들어갔다는 사실을 알고 있다. 대대장실에서 고함소리도 들리고 해서 확신하고 자리에 가만히 앉아있었는데, B간부가 나가고 나서 대대장은 왜 차를 안 내어 왔냐고 화를 냈다. 문책하는 자리가 맞았지만, 후반부에는 '힐링'으로 대화가 이어졌기 때문이다. 그 치유가 시작되는 시점에 나는 녹차를 가지고 들어갔어야 했다. C간부는 서류에 사인을 받으러 들어갔다. 그런데 십 분이 지나도 나오지 않았다. '사인을 받다가, 다음 주에 있을 교육 훈련 이야기하고 있는 구나" 해서 율무차 두 잔을 들고 들어가면, 보고서가 마음에 안 들었는지 대대장이 말없이 보고서를 보고 있었다. 문을 여는 순간 어두운 분위기를 감지했지만, 바로 나가는 것도 이상했다. 올바른 순서는 욕을 한 번 듣고 나가는 것이다.

"너 뭐하냐? 지금 커피나 마시고 있으라고!?"

대대장실에는 벨이 있고, 당번실에는 스피커가 있었다. 벨을 누르면 쇳소리가 당번실에 울리는데, 그 소리가 비정상적으로 컸다. 무슨 의도로 그렇게 소리를 키워났는지는 모르겠지만, 한 번 그 소리가 터지면 한동안 귀가 멍멍해졌다. 건물 전체에 울릴 만한 소리가 바로 옆에서 들리기 때문이다. 그 벨소리는 불편한 메시지를 담고 있었다. 벨이 울렸다는 말은 일단 내가 뭔가 잘못했다는 뜻이다. 대대장이 뭔가 불편하고, 있어야 할 게 없어서 누른 벨이기 때문이다. 그래서 그 소리는, 매우 화난 누군가가 "빨리 안 튀어와!" 하고 고함치는 것처럼 들렸다.

Esse 담배로 바꿔 피기 시작한 것도 이때쯤이다. 당시 대대장이 태우던 담배가 Esse였다. 대대장이 담배 한개 피를 피우면, 곧바로 나도 한 대를 폈다. 대대장이 밥을 남기면 나도 비슷한 양을 남겼다. 대대장이 마시는 커피를 나도 똑같은 시간에 마셨다. 그러고 나서, 내가 마시고 싶거나 먹고 싶은 것이 생기면 그것을 그대로 대대장에게 내어 드렸다. 그 벨소리가 울리는 것이 싫었다.

하지만 커피는 워낙 변수가 많았다. 휴가를 나갔을 때 "CCTV를 하나 사올까?" 하는 생각에 그 가격을 검색해 보기도 했다. 너무 모르겠어서, 대대장 실에 귀를 대고 대화를 엿듣기도 했고, 밖으로 나가 창문을 통해 그 안을 훔쳐보기도 했다.

난 뭔가가 왜 그렇게 서툴렀을까? 창문을 통해서 대대장과 몇 번 눈이 마주

첫고, 문 앞에 기댄 내 그림자가 종종 대대장에 밟혔다. 한 번은 대대장이 나를 정면으로 바라보고 말했다.

"너 뭐 하는 놈이야? 너 나 감시하냐!" 그 몇 마디는 오랫동안 나를 괴롭혔다.

감시한 거 맞다. 하지만 의도는 순수했다. 커피 한 잔을 제 시간에 내어드리고 싶을 뿐이었으니까. 이제는 컨닝도 할 수 없었다. 누군가가 대대장실로 들어갈 때마다 몸이 떨렸고, 그 사람이 나올 때까지 흥분해 있었다. 그리고 누군가가 나가면, 나는 고개를 숙인 채 귀를 막았다.

제2부

아메리카에서
가장 불쌍한 여행자

3장

의심

볼리비아

모든 것에는 정가가 있다

티티카카 호수에서 돌아오니 현실의 문제들이 보였다. J가 여권을 새로 발급 받기 위해서는 한국대사관이 있는 리마까지 돌아가야 되는데, 거기까지는 버스로 20시간이 넘는 거리였다. 대신 푸노에서 조금만 더 가서 볼리비아로 가면, 볼리비아 관광하면서 거기서 여권을 발급받을 수 있을 것 같았다. 인터넷을 찾아보니 '여권 사본으로는 국경을 건널 수 없다'고 나와 있었다. J는 어떻게 해서든 바로 콜리비아로 넘어가겠다며 방법을 찾아다녔다. 그래서 여행자 경찰서를 몇 번씩 찾아갔는데, 그것을 가엾게 여긴 경찰관이 '내일 일 마치고 볼리비아 영사관으로 같이 가주겠다'고 했다. 다음날 그 경찰과 함께 볼리비아 영사관을 찾았는데, 인터넷에서 찾아본 정보와는 다르게 여권사본과 경찰 보고서만으로 국경을 건널 수 있다고 했다. 영사는 자기 번호를 직접 적어주면서, 혹시 국경에서 문제가 생기면 여기로 바로 전화를 하면 된다고 했다.

볼리비아 코파카바나로 가는 버스에 올랐다. 이 버스를 타고 페루-볼리비아 국경을 건너기 때문에 승차 전에 볼리비아 입국 서류를 작성해야 했다. 국경을 건널 때는 늘 긴장이 되지만 이번에는 J의 여권문제가 걸려있어 더욱 떨렸다. J는 어제 구글번역기를 이용, 상황이 어떻게 된 건지를 스페인어로 적어왔다. 입국 심사에서 딱 걸리면 그거라도 읽을 생각이었다. 하지만 크게 걱정은 되지 않았다. 볼리비아 영사관에서 된다고 했고, 그 직원 번호가 우리 손에 있다. 어떤 상황이 나와도 우리한테는 '전화찬스'가 있었다.

버스가 국경 근처에 도착하니, 감독관 한 명이 버스에 탔다. 이 버스가 통째로 국경을 넘는 거니까, 버스 안의 사람들이 출국과 입국심사를 잘 마치는지 검사하는 사람이었다. 버스가 국경에서 멈추고, 본 게임이 시작되었다. 페루 출국사무소에서 먼저 출국심사를 받고, 그 옆에 있는 볼리비아 입국사무소에서 입국심사를 받으면 된다.

페루 출국사무소 앞에 줄을 섰다. J 차례가 돼서 여권사본과 경찰보고서를 딱 내미는데, 사무소 직원은 여권 사본을 보자마자 'No'라고 한다. 리마로 돌아가서 여권을 받아와야 된단다. 무슨 서류를 같이 내든, 여권 사본으로는 국경을 건널 수 없다고 했다. 여권을 잃어버린 상황이 적힌 문서와 경찰조서를 아무리 보여줘도 읽지도 않았다. 버스타기 전까지만 해도, 이런 상황이 발생하면 충분히 그 직원을 설득할 수 있을 거라고 생각했다. 그런데 막상 직원이 딱 잘라 안 된다고 하니까 어떻게 할 방법이 없었다. 말이 통하는 것도 아니고, 창구 뒤에는 사람들이 기다리고 있었다. 그래서 우리의 필살기, 영사관 직원 전화번호를 내밀었다. 그러자 "내가 여기 전화할 이유가 없다"며 쪽지를 다시 돌려준다.

절망적이었다. 버스 안에는 우리 짐이 다 들어있었고, 여기를 벗어날 다른 교통수단도 보이지 않았다. 브라질 청년 한 명이 우리 곁으로 왔다. 우리 분위기를 보고, 통역이 필요하겠다 싶어 나온 것이었다. 우리는 이 번호로 (영사관) 제발 전화 한 통화간 해 보라고 했지만, 사무소 직원은 "내가 왜 여기 전화를 해야 하냐!"고 되풀이했다. 그래도 정말 끈질기게 늘어지니 "그럼 볼리비아 입국사무소에 가서 입국허가를 받으면, 여기서 출국심사를 해 주겠다"고 한다.

일단 OK! 다시 그 서류들을 챙겨서 브라질 청년과 함께 옆에 있는 볼리비아 입국사무소로 가려는데, 이 과정을 한 걸음 뒤에서 지켜보던 버스 감독관이 J의 서류를 빼앗아 들고 우리를 가로막았다. 브라질 청년에게 무언가를 한참 이야기를 하는 감독관. 처음에는 그 청년이 몇 마디 대꾸를 하는데 곧 감독관의 말에 고개만 끄덕거린다. 분위기가 좋지 않았다.

어제 우리가 정하기로, 혹시 국경에서 J가 통과를 못하면 그때부터는 따로 여행을 다니기로 했다. 같이 남미여행을 시작했지만, 언젠가는 각자 일정대로 가자는 생각을 하고 있었는데, J가 다시 리마로 돌아가야 한다면 그때가 갈라서야 할 때라고 이야기를 나눴었다. 한 사람이 누군가를 일방적으로 기다리는 것은 서로에게 좋지 않을 테니까.

감독관과 브라질 청년의 대화가 끝나자, 감독관은 어딘가로 사라졌다. 브라질 청년은 "볼리비아 입국사무실에 가도 도움이 안 될 거라고 합니다. 대신 저 감독관이 입국을 시켜주겠다고 합니다"라고 했다. 처음에는 무슨 뜻인지 이해할 수 없었지만, 일단 긍정적이라고 생각했다. '그럼 방법이 있다는 뜻인가?' 하고 생각하고 있는데 "그런데 아마 감독관이 돈을 요구할 거예요"라고 덧붙이자 상황이 깔끔하게 정리되었다. "저 그럼 혹시 얼마나 줘야 되는지 좀 대신 물어봐 줄 수 있으세요?" 그렇게 브라질 청년한테 부탁을 했는데, 감독관은 끝까지 정확한 대답을 해주지 않았다. 상황이 조금씩 무서워지기 시작했다.

"푼돈 받으려고 이러는 거는 아닐 거 아냐?"

"내 생각도 그래, 근데 나 지금 돈 없어."

"나도 볼리비아 가서 카드로 뽑을 생각이었는데. 달러도 다 은행에 있어."

"얼마나 달라고 할까? 한 500달러 달라고 하는 거 아니야? 그럴 거면 리마 갔다오는 게 낫잖아."

아메리카 심야특급

우리는 감독관의 제안에 "예스"라고 한 적이 없는데, 상황은 그렇게 진행되고 있었다. J의 여권사본, 경찰조서 등의 서류도 이미 감독관의 손에 있었다. J는 버스로 돌아갔고, 나는 거기서 페루 출국심사와 볼리비아 입국심사를 마치고 버스로 돌아왔다. 내가 제일 늦게 버스에 온 것 같았다. 사람들이 다 나를 기다리고 있었다. 버스가 막 출발하려는데, 옆자리에 있어야 할 J가 없었다. 내가 자리에 앉지 못하고, 승객들을 향해서 '여기 내 친구가 없다!'는 제스처를 취하자 아까 그 브라질 청년이 "네 친구는 다른 차를 타고 올 거야!"라고 한다. 이미 버스 안에 사람들은 무슨 일이 진행 중인지 알고 있었다. 내 뒤에 앉은 아저씨는 내 어깨를 주무르면서 "큰일 아니니까 너무 걱정하지 마" 하며 위로까지 해준다.

버스를 타고 그렇게 국경을 지나고 있는데, 마음이 가라앉지 않았다. J가 어디로 갔는지는 아무도 모른다. 여기는 페루와 볼리비아의 국경지대. 둘 다 치안이 불안한 나라여서, 이 경계에서 사라진 J는 영영 사라질지도 모른다. 내 옆에서, 뒤에서 "걱정 마"라고 말하는 현지인들이, 막상 코파카바나에 도착하고 나서 "제 친구 어디 있어요? 다른 차타고 갔다면서요?"라고 물었을 때, "몰라? 어디 있겠지 뭐, 나도 그렇게 들었어"라그 하면 도리가 없다. 그래서 부랴부랴 경찰서를 찾으면, 또 조서 한 장 받고 나오겠지. J가 끝내 안 나타나도 전혀 이상하지 않을 분위기다. '그래. 침착하자. 볼리비아에 도착하고 나서도 J가 없으면 어떻게 해야 할지부터 생각해보자. 일단 현지 경찰서에는 갈 필요가 없고, 호스텔로 가서 볼리비아 한국대사관으로 바로 전화를 하자. 그리고 여기 버스회사, 버스번호, 기사이름 적어가서 같이 보고하자. 맞다, 아까 보니까 페루 출국심사하는 놈이랑 여기 감독관이랑 인사도 주고받고 아는 사이 같았어. 그 사람은 여기서 계속 일하니까, 그 사람부터 타고 올라가면 뭔가 나올 거야.' 이런 생각을 하면서 복잡한 심경을 가다듬고 있는데, 잘 가던 버스가 인적 없는 외길로 들어서더니 갑자기 멈춘다. 무슨 일이지 싶어서 앞을 보니, 앞문으로 J가 들어오고 있었다.

"J, 어떻게 된 거야, 지금까지 어디 있었어? 여기까지는 어떻게 찾아왔어?"

"나도 지금 뭐가 뭔지 모르겠어."

J에게 아까 벌어진 일. 내가 볼리비아 입국심사를 받고 있는 동안, 감독관이 J를 따로 불렀다. 감독관은 어딘가에서 택시 하나를 구해왔단다. 지금 너(J)는 저 버스를 타면 안 되고, 나와 같이 이 택시를 타고 국경을 건너야 된다고 했단다. 이 아저씨를 어떻게 믿고, 이렇게 인적이 드문 길을 둘이 간단 말이야. 불안하긴 했지만 상황을 살필 여유가 없었다. 아니면 페루로 돌아가야 되는데 그것은 더 답이 없었으니까. 그리고 자신의 신분증과 서류를 감독관이 가지고 있었다. 빨리 택시 타고 가야 된다며, 이렇게 꾸물거릴 시간 없다고 해서 어떻게 택시에 타게 됐는데, 처음에는 우리 버스 뒤를 따라가서 안심이 됐단다. 직접 택시를 몰고 있는 감독관도 백미러를 통해 자신에게 "노 프로블레마! 노 프로블레마!(No Problem)"를 연발했다. 그래서,

아메리카 심야특급

아, 이렇게 나는 국경을 건너는 거구나 하고 생각했는데, 갑자기 택시가 속도를 내기 시작하더니 버스를 앞질러 가기 시작했다. "아니, 이게 뭐지" 하고 생각해도 어떡하겠는가. 지금부터는 이 택시가 자신을 어디로 데려가든 방법이 없었다. 주위에 인가도 없고, 경찰도 없었다. 이제는 뒤쪽으로 우리 버스가 보이지도 않았다. 버스를 앞지르고 나서는 이상한 길로 내달리기 시작했단다. 운전대에 앉은 감독관은 계속 "노 프로블레마!"라고 말할 뿐이었다. 그렇게 극도로 불안한 상황 속에서 한참을 가다가, 주위에 정말 아무것도 없는 외길에 와서야 택시가 섰단다. "여기로 왜 데려왔지?" 그렇게 조금 시간이 지나니, 그 택시 뒤로 우리 버스가 조용히 와서 섰다고 한다.

"너 이제 저 버스 타."

우리가 이런 이야기를 주고받고 있을 때, 감독관은 브라질 청년과 함께 우리 앞으로 왔다. 왜 왔는지 알고 있다. 자기가 할 일을 다 했으니, 이제는 돈을 줄 차례라는 것이었다. 버스 안에 있는 모든 사람들이 이 광경을 지켜보고 있었다. '과연 얼마나 달라고 할까?'

"30 달러."

'30'이라는 숫자가 들리는 순간, 그 숫자가 천 단위가 아니고 백 단위가 아니라는 것을 확인하는 순간, '아! 살았다' 싶었다. 현금이 당장 없었지만, 그 정도는 볼리비아에 도착해서 충분히 줄 수 있는 돈이다. 도착하자마자 론리 플래닛에 메일 보내서 '30불이면 비자 없이 볼리비아 국경 건널 수 있다'고 전해줘야지 하고 생각하고 있는데, 버스 안에 있던 승객 몇몇이 그것을 듣고 자리에서 일어났다.

"그거 30불 아니야! 15불이잖아! 15불!"

"15불만 주면 돼, 더 이상 주지 마! 15불이야 15불!"

15불이라는 소리가 버스 내에 울려 퍼졌다. 그러자 감독관도 그냥 15불만 달라고 한다.

'이 양반아! 이렇게 딱 정가가 나와 있는데 어디서 바가지를 씌우려고.'

그런데 문제는, 우리가 캐시가 없었다는 것이다. 페루 돈은 이미 다 쓰고 왔고 볼리비아 돈은 가서 찾을 생각이었다. 브라질 청년에게 "코파카바나에 도착하면 돈을 주겠다"고 통역을 부탁했다. 그러자 감독관은 내 여권을 달라고 했다. 우리가 15불을 주면, 내 여권을 돌려주겠다는 거였다. 가방에서 여권을 꺼내 주려는데, 뒷자리에 앉아있던 승객이 여권을 주지 못하게 내 손을 꽉 잡았다.

"여권 집어넣어."

그 말을 듣고 나도 여권을 꽉 붙잡았다. 우리가 돈도 안주고, 여권도 안주고 있자, 운전석에 있던 운전기사까지 우리에게 다가와 소리쳤다.

"30불 없으면 15불이라도 빨리 내!"

우리가 도착하면 돈 주겠다는 말만 반복하니, 감독관이 꽥꽥 소리를 지르기 시작했다. 자리를 박차고 나가면서 브라질 청년을 향해 무서운 문장들을 내뱉기 시작했다. 결국 우리에게 하는 말이다. '폴리시아(경찰)' '프로블레마!(문제, 사고)' 등의 단어들이 반복적으로 들렸다. 지금 당장 경찰에 신고해서 우리 둘을 곤경에 빠트리겠다고 협박하고 있었던 것이다. 브라질 청년도 감독관과 비슷한 볼륨으로 "노 네세시토!(그럴 필요까지 없잖아요!)"를 외쳐 댔다. 둘의 말싸움은 격렬했다. 감독관은 '지금 당장 경찰을 불러 오겠다'며 버스에서 내렸고, 감독관이 버스에서 내리는 순간까지 브라질 청년은 목이 터져라 대꾸했다.

"노 네세시토!" "노 네세시토!" "노 네세시토!" "노 네세시토!"

오늘 국경을 건너는 과정에서, 버스의 모든 눈과 귀가 가장 긴장했던 순간이었다.

일단 감독관이 나가자 버스가 출발했고, 분위기도 좀 가라앉았다. 감독관은 다른 차를 타고 온다고 한다. 주위의 승객들이 하나둘씩 조언을 해주기 시작했다.

"왜 일을 이렇게 크게 만들려고 그래, 그냥 15불 줘."

"어렵게 생각하지 마. 그냥 이번 일은 15불짜리야. 주고 끝내버려."

"아니, 근데 저희가 정말 돈을 안 주려고 그러는 게 아니라, 진짜 주머니에 돈이 없어요. 돈을 뽑아야 돼요."

그러자 아까부터 우리를 챙겨주던 뒷좌석 아저씨가 15달러와 가치가 비슷한 100 볼리비아노(볼리비아 돈)를 꺼내줬다.

"그럼 일단 이걸로 해결하고. 나중에 볼리비아 도착해서 갚아줄래?"

"네, 그럼요. 정말 감사합니다. 그라시아스. 무차스 그라시아스.(감사합니다. 정말 감사합니다.)"

"아, 그리고 어떤 경우가 있어도 네 여권을 주면 안돼. 절대! 여권 주는 순간 이거 15불로 안 끝나. 저 사람이 달라는 대로 줘야 돼. 다음번에도 말이야."

볼리비아 코파카바나에 도착했다. 버스에서 짐을 내리고 있는데, 먼저 도착한 감독관이 거기 서 있었다. 우리 짐을 뺀 뒤에 감독관에게 "그라시아스(감사합니다)" 하면서 100 볼리비아노를 주니까, 얼굴의 반만 웃으며 돈을 주머니에 넣는다. 그리고 브라질 청년을 불러 몇 가지를 일러준다. 일단 이전 페루에서 받은 경찰보고서나 문서는 여기 도착하자마자 아무도 모르게 찢어버리고, 볼리비아 경찰서를 찾아가서, 여기서 여권을 잃어버렸다고 말하란다. 그렇게 해서 경찰조서를 받고, 라파스 한국대사관에 가서 여권을 새로 발급받으면 된단다. 그리고 오늘 일었던 일은 '우리 둘 만의 일'이라며 다른 사람한테 얘기하지 말라고 했다. 그런데 '비밀로 해달라는' 그 말조차, 모든 버스 승객들이 같이 듣고 있었다. 그 다음 감독관으로부터 J의 서류를 돌려받고, 오늘 우리를 도와주었던 정의로운 승객들과 한 명씩 인사를 나누었다. 내 여권을 사수해준 사람, 정가를 알려준 사람, 특히 통역을 해주었던 그 브라질 청년과는 오랫동안 포옹을 했다. 사람들과 헤어지고 나서는, 현금인출기에서 돈을 뽑아 뒷자리 승객에게 100 볼리비아노를 돌려주었다. 라파스에 산다고 하길래, 라파스에 가서 꼭 한번 보자고 연락처를 주고받았다.

"무차스 그라시아스 아기고.(정말 고마워요, 친구)"

링으로 만들어진 도시

티티카카 호수에 둘러싸인 코파카바나에서는 호수를 건널 수 있는 교량이 없어, 중간에 차를 배에 실어 라파스로 이동해야 했다. 사람들이 먼저 배를 타고가 호수 건너편에서 기다리고, 나중에 우리 차가 배를 타고 건너왔다. 버스를 비롯한 모든 차가 이렇게 이동해야 했다. 우리는 배가 건너올 때까지 마음을 졸이며 서 있었다. 차에 같이 탔던 서양 여행자 두 명도, 배가 들어오는 곳에서 우리처럼 초조하게 차를 기다리고 있었다. 나머지 현지인들은 보이지도 않다가, 막상 차가 도착하니까 어디 있다 왔는지 일사분란하게 차 앞으로 모였다.

볼리비아 수도 라파스에서 J는 여권을 발급받았다. 라파스에서부터는 J와 따로 여행을 다니기로 했다. 우리는 너무 오래 같이 다녔다.

라파스 버스터미널에서 각자 다른 버스에 올랐다. J는 수크레 행 버스를 탔고, 나는 몇 시간 후에 산타크루스 행 버스에 올랐다. 볼리비아는 라파스 말고도 역사적인 도시 스크레, 식민시절 은 채광의 중심지 포토시 등 가볼 만한 곳들이 몇 군데 있다. 하지만 산타크루스는 큰 도시이지 관광지는 아니었다. 수크레나 포토시를 두고 내가 산타크루스로 향한 이유는 거기서 나를 초대한 사람이 있었기 때문이다.

볼리비아에서부터는 다시 본격적으로 카우치 서핑을 할 계획이었다. 수크레와 포토시 그리고 산타크루스에 각각 카우치 서핑 요청을 보냈는데, 답장을 한 군데서도 받지 못했다. 그런데 라파스를 떠나기 며칠 전, 힐다라는 여자애가 나에게 먼저 초대장을 보냈다.

"재민, 산타크루스에서 아직 잘 곳을 못 찾았으면 우리 집에 와도 괜찮아. 가족이랑 같이 살아서 방은 따로 없는데, 거실을 빌려줄 수 있어." (내가 어떤 지역에서 호스트를 찾고 있다는 사실이 그 지역에 사는 카우치 서핑 회원들에게 공개되기 때문에, 리퀘스트를 보내지 않은 사람에게 이렇게 쪽지가 오기도 한다)

주로 먼저 이렇게 초대를 하는 경우에는 잘 응하지 않지만, 그 외에 갈 곳이 없어 망설여졌다. 그래서 그 힐다라는 여자애의 프로필을 천천히 읽어보고 있는데, 딱 '한류'에 빠진 소녀 같았다. 카우치 서핑 프로필에는 자신이 구사할 수 있는 언어를 기록하는 란이 있다. 힐다의 프로필에는 '스페인어 상급, 영어 상급, 한국어 중급'이라고 적혀 있었다. '한국어 중급? 볼리비아에서 무슨 한국어 쓰는 애가 다 있지?'라고 생각했는데, 그 옆에 '자신이 가고 싶은 국가' 항목에는 한국과 미국을 적어 놨다. 미국보다도 한국이 더 먼저. '아, 한국어도 조금 쓰고, 한국을 가고 싶어 하는 볼리비아 소녀' 그래서 나한테 초대장을 보낸 거군. 산타크루스에는 볼 것이 없지만 이 소녀가 궁금했다. 가서 왜 한국을 좋아하는지, 한국을 어떻게 좋아하기 시작했는지 알아보고 싶었다.

남미에서 처음으로 버스를 혼자 타게 됐다. 라파스에서 산타크루스까지는 버스로 18시간. 혼자된 것을 다시 한 번 확인시켜주는 18시간이었다. 버스 안에서 남은 일정에 대해 생각해 봤다. J가 없다고 생각되자 갑자기 모든 것이 진지해졌다. J의 적극적인 성격 때문에 이전에는 가만히 있어도 주위에 친구들이 많았다. J가 친구들을 사귀면 자연히 나도 같이 어울릴 수 있었는데, 이제는 그런 것도 없다. 버스 안에서 여러 가지 생각이 들었다. '새롭게 친구는 사귈 수 있을까, 사람들이 나를 좋아할까, 혼자 다녀도 괜찮을까?' 편하게 앉아서 머리만 쓰고 있으니 어둡고 암울한 생각들만 떠올랐다. 그런 생각을 하게 만드는 이 버스에서 빨리 벗어나고 싶었다. 18시간이 정말 길었다.

다음날 아침 산타크루스에 도착했다. 만나기로 한 중앙 광장에서 기다리니 힐다가 나타났다. 힐다 옆에는 지훈이라는 한국 남자애가 있었다. 세계여행을 다니는 친구였는데, 나와 동갑이어서 빠르게 친해졌다. 지훈이도 며칠 전에 카우치 서핑으로 힐다를 만나서 그 집에 지내고 있었던 것. 다 같이 힐다 집으로 갔다. 거기에는 세 형제와 어머니가 있었다. 나와 지훈이는 집 앞 마당에서 서로의 여행 이야기를 나눴고, 힐다와 어머니는 우리를 위해서 점심을 만들고 있었다. 날씨가 좀 덥다 싶었는데, 힐다가 레몬에이드 두 잔을 가져와서, 밖에 앉아 있는 나와 지훈이에게 한 잔씩 준다. 한 시간 전만 해도 남미 한가운데서 외롭게 길거리를 헤매는 나를 상상했는데, 지금 나는 마음 맞는 동갑 친구가 생겼고, 따뜻한 현지인 가족을 만났다. 산타크루스의 이름 모를 식당에서 혼자 밥을 먹고 있을 거라고 생각했지만, 지금 가족 전체가 나를 위해서 바쁘게 점심을 준비하고 있고, 그거 기다리느라 고생한다고 시원한 레몬에이드도 준다. 레몬에이드에는 얼음이 가득 들어있었다.

지훈이가 저녁으로 한국음식을 만들자고 했다. 힐다 집에서 신세를 지면서 뭔가 보답을 하고 싶었는데, 한국인이 하나 더 생겼으니 같이 음식을 만들자는 것이었다. 그리고 나에게 조용히 물었다.

"너 한국 요리 할 줄 아는 거 있어?"

"어, 삼계탕. 근데 그걸 사람들이 안 좋아해."

"괜찮아. 카레 만들면 돼, 나 세상에서 카레 싫어하는 사람 못 봤어."

"근데, 카레가 한국 음식이야?"

"어, 한국 카레는 한국 음식이야."

"그래, 그럼 카레는 만들 수 있어?"

"광장 근처에서 한국 마트 봤어. 거기서 사면 돼."

"사오자고?"

"걱정 마, 시간을 좀 끌면 돼."

아메리카 심야특급

우리의 작전은 간단했다. '시간 끌기'. 음식을 한 3시간 넘게 하는 거다. 그럼 마트에서 아무리 사들고 와도, '원재료로 만드는 구나' 하고 생각할 것이다. 그리고 일단 음식이 맛있으면 사왔건 만들었건 그런 말이 안 나온다. 사람들을 한 세 시간 기다리게 만들면, 웬만해서는 다 맛있을 수밖에 없다는 것이 우리의 생각이었다. 한인 마트에 가서 오뚜기 카레와 돼지고기, 당근과 기타 야채들을 샀다.

"재민아, 쌀도 사자."

"밥은 힐다 집에 많이 있잖아."

"아니야, 한국 카레는 한국 쌀로 만들어야 돼."

"걔네들이 먹는 쌀 있잖아. 우리 둘만 먹을 것도 아닌데, 그 사람들 입맛에 맞는 걸로 만들어야지."

"오뚜기 카레는 한국 쌀로 만들라고 돼 있어."

지훈이의 고집대로 한국 쌀도 샀다. 카운터는 한국인 사장이 보고 있었다.

"한국에서 왔어?"

"네. 여행 왔어요."

"뭐 볼게 있다고 여기까지 와? 카레 해 먹을라고?"

"아니요. 여기 현지인들한테 해주려고요."

"그래? 그럼 이거 가져가야지" 하면서 카운터 밑에서 김치 한 봉지를 주셨다. 가끔씩 새로운 한국인들이 마트에 찾아오면 주려고, 김치를 몇 봉지씩 카운터 밑에 두는 것 같았다.

　김치도 받았겠다, 양손 가득 재료를 들고 당당하게 힐다 집으로 갔다. 그때가 저녁 7시. 세 형제들과 어머니, 그리고 아버지까지 집에 모여 있었다.

　"자, 모두 부엌에서 나와 주세요. 요리 시작해야 됩니다."

　부엌에서 사람들을 다 쫓아내고 요리를 시작했다. 아주머니가 한국 음식 만드는 것을 보고 싶다고 했는데, 음식 하는데 방해돼서 안 된다고 했다. 우리의 조리법(오뚜기 카레)을 공개할 수는 없었다.

　"지금이 7시 반이니까, 한 10시 반쯤 주면 돼."

　"10시 반?"

　"응, 그러면 사람들이 사왔다고 생각 안 해. 그리고 음식은 걱정하지 마. 오뚜기 카레잖아."

　음식을 시작한지 두 시간 반이 지나도 아무 소식이 없자, 형제들이 한 명씩 와서 물어보기 시작했다. "저, 아직 좀 더 기다려야 되나요? 아버지가 물어보라고 해서." 온 가족들이 집 앞 마당에 의자를 갖다 놓고 한없이 기다리고 있었다. 부엌 창문을 통해 이야기했다.

　"솔로 싱꼬 미누또.(오 분만 더.)"

　가족들이 다 같이 "노~" 한다.

　"다 됐습니다." 10시쯤 돼서 밥통과 카레를 가지고 마당으로 갔다. 밥도 우리 밥처럼 꼬들꼬들하게 잘 만들었다. 이 사람들은 허물허물하고 싱거운 밥 먹던데, 이게 입맛에 갖을까 싶다. 힐다 아버지께 먼저 카레를 퍼주고, 그 다음 어머니, 형제들에게 차례로 나눠 주었다. 우리도 자리에 앉자마자 카레 맛부터 보았다. '제대로다. 어릴 때부터 맛보던 오뚜기 카레 그대로!'

　가족들이 한 입씩을 먹었다.
　"리꼬! 리꼬! 리꼬!(맛있어, 맛있어, 맛있어)" 사람들이 카레를 좋아했다. 특히 이 밥. 자기네들은 밥만 먹을 때는 소금을 쳐서 먹던가 하는데, 이렇게 맨 밥만 먹어도 맛있는 밥은 처음이란다. 역시 우리한테 맛있는 밥은, 이 사람들한테도 맛있는 밥이다. 김치도 잘 먹었다. 그 저녁 식사가 있은 후로, 아버지나 어머니가 나를 부드럽고 사랑스럽게 바라봤다. 그리고 시도 때도 없이 "카레, 부에노(카레, 좋아)" 하면서 엄지손가락을 치켜세웠다.

　다음날 저녁, 힐다가 '일본 전통댄스 수업'에 가는데 같이 가지 않겠냐고 물었다. 저녁에 특별히 할 일도 없고 해서 같이 가게 되었다. 산타크루스에 있는 일본학교에서 하는 무료 수업. 그 학교 근처로 일식당들을 비롯한 일본 커뮤니티가 형성돼 있었다. 수업을 듣는 학생들 반은 일본인 2~3세들이었고, 반은 일본 문화에 관심있는 볼리비아 학생들이었다. 스모를 연상시키는 일본 전통춤을 두 시간 가량 연습했다. 십여 명이 모여서 하고 있었는데, 수업은 진지하게 진행되었다. 수업이 끝나고 같이 수업을 듣던 볼리비아 친구 차를 타고 집으로 돌아오고 있었는데, 자기네들은 오늘 술을 마시러 갈 예정이라며 같이 가겠냐고 물었다. 나를 제외한 셋은 여자였다. 고민하는 척을 잠시 하다가, 가겠다고 했다. 일단 힐다 집에 우리를 내려주고, 한 시간 뒤에 데리러 오기로 했다.

좀 전에 수업 들을 때는 중학생 정도로 보이던 친구들이 화장을 하고 원피스를 차려 입어, 숙녀가 되어 돌아왔다. 넷이서 한 술집에 들어갔다. 나이를 물어보니 '스무 살', '스무 한 살'이라고 한다. 그 중에서 남자처럼 숏커트를 한 여자애가 있었는데, 그 짧은 머리 때문에 아까는 아주 앳된 모습이었지만, 화장과 드레스로 덮인 지금은, 그 머리 때문에 더 성숙해 보였다. 자기를 '봉 춤 선생님'이라고 소개했다.

"봉 춤이면 스트립 댄스 출 때 잡는 그 봉?" 농담 삼아 물어봤는데, 진짜 그 봉이란다. "아니, 그런 것도 가르치는 데가 있고, 선생님도 있어?"

"여기 있잖아 나. 봉 춤 선생님."

그러면서, 핸드폰 구글에서 봉 춤을 검색해 나에게 그 사진들을 보여주었다. 사진이 몇 백 개가 검색되었는데, 그것을 하나하나 클릭해서 자꾸 보여준다.

나를 유혹하는 거라고 생각했다. '나 이런 거 가르치는 여자야!' 하며, 지금 자신의 관능미를 어필하고자 하는 거 아닐까. 그렇게 생각할 수밖에 없었던 것이, 구글에서 검색된 사진 대부분은 옷이 거의 없는 나체 수준의 사진이었는데, 그것을 아까부터 계속 보여주고 있었으니까. 그리고 술집에

아메리카 심야특급

들어오기 전에는 뜬금없이 내 영어 발음이 멋있다고 했다. 내 영어 발음은 좋지 않다. 그것을 스스로 잘 알고 있기에 영어 쓸 때 신경이 많이 쓰이는데, 사실이 아닌 부분을 칭찬했으니까, 이건 영어 발음을 칭찬한 것이 아니라 나를 칭찬한 것이라고 생각했다. 언제 한번 자기네 봉 춤 교실로 오라고 했고, *전화번호*도 받았다.

사실 나도 그 친구에게 관심이 있었다. 그녀의 차를 타고 여기로 오는 동안, 그 운전하는 모습에 끌렸다. 나는 예전부터, 남자가 더 잘할 것 같은 어떤 분야를 여자가 나보다 더 잘할 때, 그녀에게 호감이 생기곤 했다. 대학에서 교양수업으로 승마를 배울 때였다. 말이 크고 무서웠고, 떨어지면 어떡하나 싶어 조심조심 겨우 말에 오르곤 했다. 말에 올라서도 막 달리지는 못하고, 오 초 뛰면 한 십 분 걷고, 또 한 십 초 달리면 이십 분 걷고를 반복해서 교양선생님이 "너는 혼자 소 타냐?"며 뭐라고 했었는데, 저 건너편에서 한 여자가, 나보다 더 큰 말 위에 올라 말머리가 날리도록 운동장을 가로지르며 달리고 있었다. 그게 나에게는 그렇게 멋있고 예뻐 보일 수가 없었다. 나도 미국에서 운전을 했지만 항상 조심스러웠다. 길을 못 찾아서 네비게이션 없으면 집 앞 슈퍼도 잘 못 갔는데, 특히 여기 남미에서 거칠게 운전하는 사람들을 보면서 '여기서는 절대 운전 못 하겠다' 는 생각을 했었다. 그런데 이 거친 길을 그녀는 능숙하게 운전했다. 신호를 막 무시하는 라티노들 틈에서, 알아서 끼어들고, 꼬리 물고, 과감히 파고들면서 도로를 누볐다. 서슴없이 길을 만들어 내는 그 모습에 반했다.

특히 여기 산타크루스는 길 찾기가 아주 까다롭다. 보통 도시는 스퀘어로 도로가 구성된다. 대부분이 한 번씩 대각선이 나오는 직사각형 모양이다. 하지만 여기는, 도시가 원형으로 이루어져있다. 중앙 광장이 첫 번째 원안에 들어가 있고, 그 첫 번째 원은 두 번째 원 안에 들어가 있다. 그렇게 총 열 개의 서클로 이루어져 있는 곳이 산타크루스다. 그래서, 여기서 지리를 인지하는 개념은 '링'이다. 사람들에게 "너 어디 살아?"라고 물어보면 "응, 이전에는 두 번째 링에 살았는데, 지금은 네 번째 링과 다섯 번째 링 사이로 이사 갔어"라고 대답한다. 그리고 주의를 줄 때도 "재민아, 밤에 클럽 갈 때는 다섯 번째 링 밖으로는 가지 마, 거기부터는 위험해" 하는 식이다. 그래서 이 산타크루스에서 길 찾는 것이 나에게는 무척 힘들었다. 길을 물어보면 두 블록 가서 좌회전하라는데, 도시가 원으로 되어 있으니 내가 지금 직전을 하고 있는 건지, 좌회전을 하고 있는 건지, 원을 돌고 있는 건지 알 길이 없었다. 이런 수수께끼 같은 곳을 네비게이션 하나 없이 찾아다니는 그녀가, 나에게는 감동이었다.

술집에서 여자애 둘이 물었다.
"넌 힐다를 어떻게 만난 거야?"
"카우치 서핑."
"그게 뭔데?"
"이렇고 이런 거야."
"그런 게 다 있어? 정말 공짜로 지낸단 말이야? 나 다음 달에 일본 가야

아메리카 심야특급

되는데, 혹시 그거 일본에도 있어?"

"볼리비아에서 하는 사람보다 벅배는 많을 걸."

"어떻게 가입하는 거야?"

그 자리에서 친구 둘이 카우치 서핑에 가입했다.

그 날 이후 시간을 내어 그녀의 봉 춤 교실로 가기로 돼 있었는데, 그 전날 내 여행을 통째로 바꾸어 놓은 '사건'이 발생한다.

집에 돌아가는 길에 힐다에게 물었다.

"힐다, 여기 산타크루스는 왜 원으로 만들어진 거야?"

"그건 생각해 본적이 없는데."

쭉 여기서 살았던 힐다에게는 어쩌면 당연한 것일 수도 있겠다. 집으로 돌아가 제일 연장자에게 물어보기로 했다. 마침 할머니가 아직까지 안자고 있었다. 힐다에게 통역을 부탁했다.

"할머니, 여기 산타크루스는 왜 원으로 만들어졌어요?"

"내가 1952년부터 여기 살았는데 그때부터 그렇게 돼 있었어." 잘 모르겠다는 말이었다. 그런데 힐다가, 미국에서 공부한 삼촌에게 물어보면 된다고 한다.

"삼촌이면 매일 아침마다 꼬치 만드시던 그 분?"

"응. 삼촌은 다 알아."

삼촌 방에도 아직 불이 켜져 있었다.

"가족들한테 물어보니까 아저씨는 모르는 게 없다면서요?" 하니까, "가끔 모르는 것도 있어" 하면서 되게 좋아하셨다. 그러고 나서 링에 대해 물으니 삼촌의 눈이 반짝거리기 시작했다. 산타크루스 관련 역사책들을 들고 나와, 아예 역사 수업을 시작했다. 그 늦은 밤에 단둘이 한 시간 반을 앉아 있었다. 삼촌의 열정을 중간에 끊을 수가 없었다. 아무튼 그 한 시간 반짜리를 요약하면 이렇다. 도시가 이렇게 커진 것은 최근 한 40년 사이에 일어난 일이라고 한다. 사실, 라파스, 수크레, 산타크루스 이 도시들이 모두 스페인 식민시절 포토시에서 채굴한 은을 효과적으로 운반하기 위해 만들어진 작은 기지였다가, 그 타운에 사람들이 모이기 시작하면서 지금 만큼 커졌단다. 물론 그때만 해도 이렇게 원이 열 개나 생길지는 아무도 몰랐다고. 처음에는 그냥 원 하나를 만들었단다. 사람들이 광장 중심으로 모여 살기 시작하면서, 그 주위가 굉장히 복잡했었다. 그리고 중앙 광장은 역사적인 건물들이 모여 있는데, 그것들을 보호하면서도 그 복잡한 길을 통하지 않고 이쪽저쪽으로 효율적으로 다닐 수 있는 길을 찾다가 그 둘레에 원이 하나 만들어졌다고 한다. 가운데로 가로질러 가는 것보다, 원을 타고 반대편으로 가는 것이 훨씬 빨랐으니까. 그러다가 도시가 조금씩 커져서 원이 몇 개가 더 생겨났다. 그 이후에는 사람들이 물밀듯이 밀려왔는데, 모든 것이 중앙 광장을 중심으로 퍼지는 라틴 아메리카 도시 구조상, 가운데 이미 큰 원이 몇 개나 생겼는데, 그 이후부터는 사각형으로 도시 계획을 할 수 없었단다. 그 원으로 만들어진 도시교통을 사람들이 편하게 느끼기 시작한 것

아메리카 심야특급

도 그때쯤이었다. 이후 도시가 성장함에 따라 하나씩 더 만들어진 원이 지금은 열 개나 된다고 한다.

"그럼 라파스나 다른 도시들은 왜 그렇게 안 했어요?"

"다른 도시들은 애초부터 이런 설계가 불가능해. 라파스 가봤지? 온통 산이잖아. 올라갔다 내려갔다, 그런 산간 지역에서는 원을 만들 수가 없어. 그런데 여기 산타크루스는 볼리비아에서 보기 드물게 완벽한 평지야. 그래서 이런 설계가 가능해."

산타크루스가 원으로 만들어진 덕분에, 그렇게 차가 많아도 교통체증이 심하지 않다고 한다. 도심을 가로지를 필요 없이 원을 타고 가고 싶은 곳까지 가서, 거기서 원 안으로 들어가면 되니까. 양방향으로만 도는 원에 교통체증이 생길 일이 없다. 그래서 여기는 두 종류의 버스가 있다고 한다. 첫째는 원만 계속 도는 버스. 각 열 개의 링에는 그 각각의 링만 주구장창 도는 버스가 있다. 그리고 그 원과 원 사이를 넘나드는 두 번째 버스가 있다. 여행자들한테는 어려워 보이겠지만, 여기 사는 사람들에게는 이런 시스템이 정말 편하단다. 버스노선도 곳곳으로 뻗어있어, 개미처럼 도시의 모든 구석으로 갈수 있다고 한다. 그러면서 "나랑 내일 도서관 가서 이 링에 대해서 더 찾아볼래?" 하고 물어보셨다.

"아니요, 저 내일은 지훈이와 사마이파타(Samaipata) 가기로 했거든요."

"사마이파타. 멋진 곳이지."

늦은 밤, 남의 집 담벼락을 넘었던 이유

"일 년째 세계여행 한다면서 짐이 그게 다야?"

산타크루스에 머무는 동안, 지훈이와 함께 1박 2일 일정으로 사마이파타에 갔다 오기로 했다. 사마이파트는 고대 암벽화로 이름 난 관광지인데, 나도 산타크루스에 와서 그 이름을 처음 들었다. 지훈이는 사마이파타에서 바로 수크레로 가기로 했고, 나는 다시 산타크루스로 돌아올 예정이었다. 끌고 다니는 여행가방과 여권, 현금과 현금 카드 등 중요한 모든 것들은 힐다 집에 두고, 옷 한 벌과 약간의 현금만 챙겨 작은 가방 안에 넣었다. 지훈이는 모든 짐을 챙겨 나왔다는데, 조그만 백팩 하나가 전부였다.

사마이파타에 도착해서 점심을 먹고 호스텔에 짐을 푸니, 벌써 오후 네 시 가까이 되었다. 거리로 나와서 광장 근처에 있는 여행 에이전시를 찾아갔다. 여기서는 '엘 푸에르떼 데 사마이파타(El Fuerte de Samaipata)'라는 유적지와 폭포가 가장 볼만하다고 했다. 하지만 '엘 푸에르떼 데 사마이파타'는 한 시간 뒤인 다섯 시에 문을 닫고, 폭포도 최소한 반나절 일정이라 내일 아침에 갈 수 있다고 한다. 오늘 '엘 푸에르떼 데 사마이파타'를 봤으면 하는데, 지금 갈 수 있냐고 물어보니까, 안 된단다. 차를 타고 이삼십 분 가야 되는데, 지금 가면 문을 닫을 거고 입장료도 따로 내야 되니, 여유 있게 내일 아침에 가는 것이 좋을 거라고 했다.

아메리카 심야특급

우리는 그 에이전시를 나오면서 '그래도 그냥 가볼까?' 했다. 어차피 가도 제대로 못 볼 거, 돈 들여서 택시 타고 갈 필요가 없다고 생각했다. 도착해서 입구가 닫혀 있으면, 담을 넘기로 했다. 성인 남자 둘이 머리를 맞대고 생각한 거 치고는 굉장히 비논리적인 결론이었다.

A. '지금 가도 어차피 못 보니까 _ 택시 타지 말고 걸어가자.' 못 보면, 내일 가자는 결론이 나왔어야 했다.

B. '도착해도 어차피 안보이니까 _ 담을 넘어가자.' 어두워서 안 본거나 마찬가지니까 입장료를 안 내도 된다는데 공감했다.

C. 못 보는데 왜 가나? _ 여기까지 왜 생각하지 못했을까.

걷기 시작했다. 여행 에이전시에서는 '무조건 택시 타고 가야 된다'고 했는데, 걷기 시작하니까 그 말이 무슨 뜻인지 알 것 같았다. 마을에서 '엘 푸에르떼 데 사마이파타'까지 가는 길에는 인도가 따로 없었다. 차들이 지나다니는 차도로 그냥 걷는 것이다.

"차로 한 이삼십 분 걸린다 그랬으니까, 걸으면 한 세 시간 하면 가겠지?"

"응, 가는 길은 알아?"

"여기 지도 보니까, 한 두 시간 걷다가 오른쪽으로 빠지면 돼."

여섯 시가 넘어가면서 어두워지기 시작한 길은, 일곱 시가 되면서 깜깜해졌다. 주위에 가로등 하나 없으니 의지할 수 있는 빛이 없었다. 가는 길에 표지판을 보고 찾아갈 수 있을 거라고 생각했는데, 30cm 앞에 있는 지훈이도 잘 안 보였다.

"이제 대충 오른쪽으로 빠져야 되는 거 아니야?"

"나도 찾고 있어. 우리가 두 시간 반 걸어왔더라고. 지금쯤 하나 나올 때 됐어."

그렇게 삼십 분을 더 걸어가니, 정말로 오른쪽으로 길이 하나 나있었다. 그런데 그 앞에 유적지를 알리는 표지판도 없고, 안내문도 없었다.

"여기 '엘 푸에르떼 데 사마이파타' 맞아?"

"일단 조금만 더 들어가 보자."

나 있는 길로 쭉 들어가니, 입구에 문이 잠겨 있고 그 옆으로 담이 쳐져 있었다. '중요한 곳이니 담이 있겠지' 하는 생각으로 '여기가 맞다'는 결론을 내렸다. 그리고 한 명씩 그 담을 넘었다. 담을 넘고 그 안쪽으로 걸어가는데, 갑자기 개 짖는 소리가 들렸다. 그러더니 사냥개 두 마리가 우리를 향해서 미친 듯이 달려오는 것이었다. 저 멀리서 개 짖는 소리가 난 후 삼사 초 만에 그 개들이 우리 코앞까지 와 있었다. 지훈이가 재빨리 속삭였다.

"야, 절대로 움직이지 마. 눈도 깜빡이지 마."

우리는, 우리가 생명체가 아니라는 듯 그 자리에 정자세로 섰다. 이빨을 갈면서 으르렁거리는 사냥개 두 마리도 놀라울 만큼 움직임이 없다.

"개는 본능적으로 움직이면 물어."

아까보다 더 조용하게 지훈이가 말했다. 총잡이들이 총 앞에 손을 갖다

아메리카 심야특급

놓고 상대방을 노려보고 있는, 그런 긴장감이 흘렀다. 우리가 움직이지 않더라도, 주위에서 바가지가 떨어지거나 해서 마찰음이 발생하면 사냥개들이 죽어라 달려들 것이다.

　지훈이가 유언을 남기듯 한마디를 더 했다.
　"개들이 달려들면 왼팔을 앞으로 내밀어."
　"왜?"
　"그러면 나머지 부분은 살아."
　왼팔 하나는 내줄 수 있다는 각오로 서 있을 때였다. 저 멀리서 구세주 같은 사람이 걸어오고 있었다. 그 사람을 보고 개들도 어느 정도 긴장을 푸는 듯 했다.
　"당신들 여기서 지금 뭐합니까."
　"저 여기가 어딥니까?"
　"우리 집입니다."
　"아, 저희는 여행객들인데 '엘 푸에르떼 데 사마이파타' 가는 길이었습니다."
　"그런데 남의 집에는 왜 들어왔습니까?"
　"저희는 여기가 '엘 푸에르떼 데 사마이파타' 인줄 알고."
　"예? 거기는 오후 다섯 시에 문 닫잖아요. 지금 밤 여덟 시인데요. 그거 몰랐어요?"
　"알고 있었는데, 아무것도 안 보이는 밤에 보는 것도 괜찮을 것 같아서."

내 자신도 설득할 수 없는 이야기다. '우리가 도둑이다'라고 가정하지 않고서는 이해할 수 없는 변명이었다. 실제 도둑이 들어왔어도, 우리보다는 더 그럴듯한 이야기를 했을 것이다.

"그럼 여기까지는 어떻게 왔어요?"

"걸어서 왔습니다."

"어디서요?"

"마을에서부터."

"네? 거기서부터 여기까지 걸어왔다고요? 아까는 '엘 푸에르떼 데 사마이파타' 간다면서 왜 택시 안타고 왔습니까?"

"시간이 늦어서 못 볼 거 같아서, 그럴 바에는 그냥 돈 쓰지 말고 걸어가자고 해서."

"아니, 그럼 이 밤에 거기 가서 뭘 보겠다고 온 겁니까?"

"볼게 없으니까, 걸어왔다고 했잖아요."

주인의 한숨 소리가 여기까지 들렸다.

"그럼 거기 갈 것이지, 남의 집 담은 왜 넘어 왔습니까?"

"원래 '엘 푸에르떼 데 사마이파타' 담 넘으려고 했어요."

"왜요?"

"어차피 못 볼 거 돈 내고 들어가면 아깝잖아요."

"아니, 그럼 못 볼 거 알면서 왜 들어왔냐고요!"

"그래서 아까 택시 안타고 걸어왔다고 말씀 드렸잖아요."

아메리카 심야특급

말이 안 되는 이야기다. 그런데 더 비극은 이것이 사실이란 것이다.

주인은, 자기 옆에 서 있는 두 마리의 사냥개를 쳐다본다. '안 물고 뭐했냐?'는 표정이다.

"아, 알겠으니까 빨리 나가세요, 빨리."

우리는 주인이 보는 앞에서, 우리가 넘은 그 담을 다시 넘어가고 있었다. 그 집은 사택이었고, 그 개들은 사택을 지키는 개들이었다. 우리 같은 사람 물라고 맨날 밥 먹는 그런 개들.

개들이 우리에게 달려들지 않은 것. 그리고 주인이 경찰을 부르지 않은 것은 정말 다행이었다. 경찰서에 가서 아까 했던 이야기를 그대로 경찰관에게 했다고 상상하면, 끔찍하다. 걸어왔던 길을 따라 다시 세 시간을 돌아갔다.

"지훈아, 너 아까 죽는 줄 알았지?"

"아니, 난 사실 별 걱정 안 했어."

"왜?"

"개들이 뛰어올 때 직진으로 안 오고 빙 둘러오더라고. 걔네들도 시간을 벌려고 했던 거야. 우리만큼 쫄았던 거지."

다음날 폭포를 보러 갔다. 택시기사와 흥정을 하는데, 가는데 40볼리비아노, 오는데 '40볼리비아노 + 기다리는 시간 추가 요금'이라고 한다. 40볼리비아노 내고 가기만 하겠다고 하니 '다들 왕복으로 가서 돌아오는 차편이 없을 것'이라고 했지만, 상관없다고 했다. '남미 와서 내가 한 두 번 속냐?'

사람들을 따라서, 사람들이 없을 때는 발자국을 따라서 산 깊숙이 들어갔다. 곳곳에 폭포가 있었고, 거기서 폭포를 즐기는 사람들이 있었다. '앞으로 계속 폭포가 나올 것 같으니 더 멋진 폭포가 나올 때까지 조금만 더 가자'는 생각으로 올라갔다. 그렇게 산 중턱에 올라가서 적당한 폭포를 찾았다. 옷을 벗고 폭포에 막 들어갔는데, 그때부터 비가 내리기 시작했다. 곧 그치겠지 했던 비는 계속 굵어지더니 한 삼십 분쯤 지나니까 폭포수처럼 내렸다. 물놀이를 하던 사람들은 다들 짐을 싸서 밑으로 내려가기 시작했다. 수건도, 갈아입을 옷도 안 챙겨온 우리는 폭포 물에 젖은 그대로 떨고 있었다. 지훈이와 같이 있을 때는 '젊다'는 이유로 뭐든지 준비를 안 하는 경향이 있었다.

"가는 길 알아? / 아니, 우린 젊잖아."
"갈아입을 옷 가져가? / 아니, 우린 젊잖아."

비는 그칠 생각이 없었다. 몸이 심하게 떨리기 시작했다. 한 시간이 지나니까 이까지 달달거렸다. 나를 보고 있던 지훈이가 갑자기 땅을 파기 시작했다. 한참을 파다가 나보고 빨리 들어가라고 했다. 지훈이가 맨손으로 파낸 그 공간에 내 몸을 눕혔다. 지훈이는 즉시 내 몸에 모래를 덮었다. 여름날 백사장에서 치던 장난처럼, 난 얼굴만 내 놓고 모래 속으로 들어갔다.

아메리카 심야특급

모래가 다 젖은 거 같지만, 그 몇 cm 안의 모래들은 아직 퍼석퍼석했다. 모래가 이불처럼 따뜻했다. 뜨거운 물에 샤워를 하는 것처럼 몸이 사르르 녹았다. 비를 등으로 맞으며 나에게 모래를 덮어주던 지훈이는, 자기 옷으로 내 얼굴을 덮어주고는 다시 나무 밑으로 갔다.

"너는 안 추워?"
"어, 나는 추위 잘 안타. 걱정하지 말고 한숨 자. 비 그치면 깨워줄게."
몸이 고정되어 있으니까 뒤척이지도 못하고 이십 분 가량을 그냥 눈 감고 누워 있는데, 땅이 쿵쿵거리는 소리가 들렸다. 혹시 소가 내 옆에서 걸어 다니는 게 아닌가 싶었다. 오는 길에 소가 길가에 서 있는 것을 몇 번 봤다. '비가 와서 피할 곳을 찾다가 여기까지 온 게 아닐까? 혹시 모래가 덮인 나를 밟고 지나가면 이건 중상이다' 싶다. 그렇다고, 이제야 겨우 몸이 녹고 있는데, 이 모래에서 나갈 자신이 없었다. 고개를 필사적으로 돌려 수건을 걷어냈다. 그러자 보이는 것은 소가 아닌 지훈이었다. 지훈이는 자기 손바닥만한 돌을 구해 와서 내 옆에서 땅을 파고 있었다.
"너 뭐해?"
"나도 들어가려고. 추워."

지훈이는 땅을 파고 자기 몸을 눕혔다. 한 쪽 팔로 모래를 어깨까지 덮고, 그 팔을 모래 깊숙이 집어넣었다. 그렇게 한 시간, 비가 그칠 때까지 우리는 나란히 누워있었다.

비가 그치고 모래를 해체하고 있는데, 그 주위에 있던 사람들이 우리를 이상한 눈으로 쳐다본다. '저기 저 사람들은 남의 나라 와서 지금 뭐 하는 거지? 선탠 하는 것도 아니고, 비를 피하는 것도 아니고, 그렇다고 맞는 것도 아니고. 왜 꼭 비 오는 날 폭포 앞에서 저렇게 모래를 덮고 자고 있는 거지? 미친놈들인가?'

설명할 시간이 없었다. 산 아래로 빠르게 내려왔다. 산 입구에 있는 택시를 잡았는데, 다른 손님을 기다리고 있다고 한다. 자신은 왕복으로 와서 자기 손님을 태워야 한다고 했다. 그 기다리는 동안에 마을에 후딱 좀 갔다 오자고 하니까, 언제 내려올지 모르니 그럴 수 없다고 한다. '배부른 소리 하고 앉아있네. 너만 택시냐?' 그 앞을 지나다니는 택시를 잡으려 하는데, 시내에서 그렇게 많이 보이던 택시가 안보였다. 우리를 거절했던 택시기사는 "여기로는 택시가 안 온다. 택시가 와도 왕복으로 오지 손님 없이는 안 온다"고 말했다. 그렇다고 자신이 태워주겠다는 것은 아니었다. 그냥 그렇다는 것. 택시를 잡더라도, 안 올 거 알고 잡으라는 뜻이었다.

히치하이킹을 하기로 했다. 각각 엄지손가락을 올렸다. 그렇게 한참을 도로 앞에 서 있었는데, 세워주는 차가 없었다.

"우리 좀 경쟁력이 없는 거 같아."

"왜?"

"우리를 봐."

일단 우리 둘 다 팬티 같은 반바지를 입고 있다. 그리고 둘 다 홀딱 젖었

아메리카 심야특급

다. 그런 우리가 나란히 서서 엄지손가락 들고 있으니, 남자 운전자든 여자 운전자든 차 세우기가 힘들어 보였다. 그렇게 기다림의 시간이 지나가고 있는데, 저 뒤로 버스 오는 것이 보였다.

"저 버스는 무조건 마을로 가는 거야."

지훈이와 내가 필사적으로 차를 세웠다. 거의 차도에 서서 차를 막았다고 봐야 된다. 그 버스는 오는 속도 때문인지 우리를 피해 한참 앞에 차를 세웠다. 달려가서 차에 탔다.

버스에 올라서는데 버스 안내원이 내 맨 등쌀을 찰싹하고 때렸다. 째려보니, 자기 손에 붙은 모기 두 마리를 보여줬다.

"내 등에 모기 많이 물렸어?"

"장난 아니야. 다 모기자국이야."

버스 요금을 내고 올라탔다. 앞에 한 자리가 비어서 먼저 탄 지훈이는 앉았는데, 나는 자리가 없었다. 정면을 보고 서 있으니, 버스에 탄 모든 승객과 눈이 맞았다. 체질적으로 깡마른 나는, 남미에 와서 몸무게가 5kg 이상 더 빠진 상태였다. 앙상하고 가냘픈 팔 다리 내 놓고, 팬티만 입은 채 물을 뚝뚝 떨어뜨리고 사람들을 마주하고 있자니 민망했다. 그래서 등을 돌리고 섰는데, 자꾸 내 뒷모습이 떠오른다. 앞모습에 모기 자국만 추가 하면 바로 뒷모습이다. 나의 첫 히치하이킹은 이렇게 악착스럽고 애처로웠다.

다음날 나는 산타크루스로, 지훈이는 수크레로 가기로 했다. 일정이 맞으면 볼리비아 우유니 사막에서 다시 보자고 했다. 여기서 산타크루스로 돌아가는 밴은 수시로 광장 앞에 서 있는데, 따로 출발 시간이 없이 네 명이 모이면 출발했다. 타기 전에 맥주 하나씩을 마시고 있는데, 우리 앞을 이스라엘 여자 셋이 지나가고 있었다. 아까 식당에서 아침을 먹을 때, 잠깐 인사했던 사이였다.

"우리 지금 동물원 갈 건데 같이 갈래?"
"아니, 난 오늘 산타크루스로 돌아가야 되고, 이 친구는 수크레로 가기로 해서."
"내일 가면 되잖아."
잠깐 고민했지만, 산타크루스로 돌아가야 된다고 다시 말했다. 요 며칠 사이에 마음의 여유가 많이 생겼다. 외로울까봐 두렵지도 않고, 일정이 꼬일까봐 걱정되지도 않는다. J와 따로 여행을 다니기 시작하면서 '남은 여행이 고문이 되지 않을까' 걱정했지만, 가는 곳마다 친구들이 있었고, 새롭고 즐거웠다. 지금 산타크루스에 돌아가면, 힐다와 그 가족들이 있고, 봉 춤티처도 있다. 또 누구를 더 만날지 모른다. 이미 여기서 하루를 더 있었는데, 여자 셋이 먼저 놀자 했다고 따라갈 이유가 없었다. 대신 우리는, 그 친구들의 뒷모습이 사라질 때까지 그 쪽을 바라봤다.
"우리 그냥 오늘 동물원 갔다가 하루 더 자고 내일 갈까?"라고 몇 번 농담만 주고받다가 나는 산타크루스로 다시 돌아왔다.

단 한 번에 모든 것을 잃다

산타크루스로 돌아간 다음날, 힐다 집에 새로운 여행자가 오기로 했다. 캐나다 출신의 여행자를 아침에 만나서, 힐다 부모님과 함께 '리오 뻬레이'(강)로 놀러 갔다. '리오 뻬레이'는 산타크루스 시의 다섯 번째 링과 닿아 있는데, 강 가운데를 제외하고는 대부분 진흙처럼 말라 있었다. 겉보기에는 괜찮아 보여 차를 몰고 물이 흐르는 곳까지 가다가, 중간에 차바퀴가 반쯤 빠져버렸다. 아저씨와 아주머니는 빠진 차바퀴를 빼기 위해 즈위에 도움 줄 사람을 찾고 있었고, 나와 힐다 그리고 캐나다 여행자 이 셋은 강가로 수영을 하러 갔다. 강으로 걸어가는 길도 예전에 다 물이 흐르던 곳이어서, 곳에 따라 발이 무릎까지 쑥쑥 빠지기도 했다.

강에는 다른 현지인들도 같이 수영을 하고 있었다. 당시 산타크루스는 가만히 있어도 땀이 줄줄 흐르는 더운 날씨였다. 햇빛이 워낙 강해 강물도 뜨끈뜨끈 했었다. 한 삼십 분 정도 온천 같은 강가에서 수영을 하고 있는데, 우리 앞으로 현지인 두 명이 지나갔다. 그런데 그 눈빛이 이상했다. 우리를 쳐다보는 것도 아니고, 안 쳐다보는 것도 아니었다. 눈길을 피하는 것 같기도 하고, 눈치를 보는 것 같기도 했다. 눈빛이 그렇게 애매한데 반해, 발걸음은 빨랐다. 얼굴은 까무잡잡하고 손은 거칠었다. 위장한 듯한 검은색 계열의 옷을 비롯해 전체적인 분위기가 무척 어두웠다. 그때서야 바퀴가 반쯤 빠진 우리 차가 생각났다. 특히 오늘은 현금과 카드, 컴퓨터가 모두 가방 안에 있었다. 그리고 이전 남미 여행의 기록들이 담긴 내 수첩도 있었다. 아저씨가 사람 부르러 간 사이, 비어있는 차로 누군가 들어올 수도 있을 것이다. 지금 빨리 차로 돌아가야겠다는 생각이 들었다. 강물에 눕혀 놓았던 몸을 일으켜 세웠다. 내 뒤에 있던 캐나다 여행객도 동시에 자리에서 일어섰다.

"나 먼저 차에 가 있을게."

"어, 나도."

캐나다 여행자도 나와 같은 것을 보았고, 같은 생각을 했다.

옷 안에 들어간 모래를 털고 있는데, 저 멀리서 힐다 아버지가 우리를 향해 걸어오고 있었다. 우리 앞에 서자마자 힐다에게 무슨 이야기를 하기 시작하는데, 그 목소리 속에 긴박함이 있었다. 얼핏 얼핏 몇 단어가 들린다.

"또도! 또도!"

또도란 말은 '전부 다'라는 뜻이다.

그렇다. 불길한 기운이 느껴지기 시작한 것은 이때부터였다.

"힐다, 지금 무슨 이야기 하고 있는 거야?"

"아버지가 가방을 도둑 맞으셨대."

힐다는 멍한 채로 아저씨 이야기를 계속 듣고 있었다. 중간에 이야기를 끊고 다시 물었다.

"누구? 누구 가방을 잃어버렸단 말이야?"

아메리카 심야특급

대답을 듣지 않았지만 대답을 알고 있었다. 인간의 직감 때문이었을까.

"Everything."
알파벳 하나하나가 내 가슴에 탁혔다. 메아리처럼 그 말이 온 몸을 통해 울려 퍼졌다.

'Everything, Everything, 뭘 자꾸 생각하냐. 모든 것을 잃어버렸다고. 컴퓨터, 현금, 카드, 수첩, 이거 다!' 그건 내 가방 안에 있는 모든 것이 아니었다. 내가 가진 모든 것이었다. 남미 여행의 모든 것이었고, 현재 나의 모든 것이었다.

'아'라는 말 밖에 나오지 않는다. 욕할 기운조차 도둑맞았다. 앞으로 어떻게 될 건지에 대한 생각을 차마 할 수가 없다. 내일을 열어 볼 수가 없었다.

넷이 차로 걸어가고 있었다. 차가 안 나타났으면 좋겠다. 계속 걷기만 했으면 한다. 누가 죽었다는 이야기를 듣는 것과 그 시체를 확인하는 것은 또 다른 차원의 고통이니까. '정말 한순간이구나.' 집을 떠난 지 일 년 반이 지나도록 한 차례도 강도를 만난 적이 없었다. 하지만 그 통계는 중요하지 않다. 단 한 번에 모든 것을 잃었으니까. '혹시 내 가방은 어떻게 남아 있지 않을까, 가방 다 들고 가기 힘드니까 하나 정도는 그 옆에 던져놓고 가지 않았을까.' 그 터무니없는 희망의 힘으로 지금 걸어가고 있다. 캐나다 여행자는 한 발짝 내디딜 때마다 욕이다.

"가라호! 부따! 이헤르 부따!"

차에 도착했다. 텅 비어있는 차를 내 눈으로 보고 말았다. 아주머니는 차 주위에서 숨을 헐떡거리며 울고 있었다. 울 힘까지 잃어버린 나를 위해, 누군가 대신 울어주고 있는 것이었다. 이제는 여행을 계속할 수도 없지만, 한국으로 돌아갈 차비도 없었다. J가 가방을 잃어버렸을 때마다, 매번 화를 냈었다. '그거 하나 간수 못하고 뭐하냐고, 도대체 어디 쳐다보고 다니냐고' 그 쌓인 화를 그대로 쏟아냈다. 당시 나는, 그것이 J를 위하는 길이라고 생각했다. 그렇게 해서 더 조심할 수 있으니까. 하지만 그 일을 똑같이 겪고 있는 지금, 생각이 조금 다르다. 이 상황에서 필요한 것은 위로 밖에 없다. 다른 모든 이야기는 들리지도 않고 필요하지도 않다. 위로하고, 위로하고 또 위로해야 된다. '괜찮아, 괜찮을 거야, 괜찮아, 괜찮을 거야'라고만 해야 된다. 이런 일은 재수가 없어서가 아니라, 그냥 일어나는 일이니까. '나는 왜 그때, 말도 제대로 못하던 J를 따뜻하게 위로해주지 못했을까. 화는 또 왜 냈을까. 한없이 위로해주고, 끊임없이 이해해줬어야 했다. 무조건 공감하고 같이 아파했어야 했는데, 왜 그때…' 이제는 그 모든 것을 혼자서 감당해야 했다. 나는 남미 한가운데 서 있는 무일푼의 여행자가 되었다.

"20분째 통화가 안돼."

지금 사람들은 친구한테 전화를 하고 있는 것이 아니다. 경찰서에 전화를 하고 있는 것이다. 그런데 20분째 전화받는 사람이 없다.

아메리카 심야특급

아까는 이랬다. 우리는 강에서 수영을 하고 있었고, 아저씨와 아줌마는 차 바퀴를 빼기 위해 그 주위를 살펴보고 있었다. 그때 저 산에서 남자 셋이 차를 향해 걸어왔다. 차에 가까이 오자, 그 남자 셋 중 두 사람이 돌연 총을 꺼내 들었다. 두 사람은 총을 겨누고 있고, 나머지 한 사람이 차 안을 뒤지기 시작했다. 트렁크에 있는 짐을 일단 다 빼고, 차 바닥까지 뜯어내 모든 구석을 샅샅이 들췄다. 아저씨는 본능적으로 차 안으로 들어간 도둑의 팔을 잡아챘고, 총을 겨누고 있던 두 남자에게 머리를 얻어맞았다. (아저씨의 머리에는 다음날까지 시퍼런 멍이 남아 있었다) 도둑들은 아저씨에게 경고를 한다. 손을 쓰는 거는 이번이 마지막이라고. 세 명의 도둑 중 한 명이 짐들을 큰 가방에 담아 사라졌다. 그 다음으로 총을 겨누고 있던 나머지 둘이 우리가 수영을 하고 있던 강 쪽으로 달아난 것이다.

강에서 같이 수영을 하고 있던 사람들이 다 모였다. 큰 나뭇가지들을 구해 차바퀴 밑에 깔고 후진을 해서 차를 빼냈다. 그리고 바로 경찰서로 갔다. "이게 어딜 봐서 경찰서야?" 경찰서는 입구에서부터 '우리는 아무것도 해 줄게 없다'고 말하고 있었다. 사무실에는 스무 개 넘는 자리가 있는데, 단 두 사람이 그 사무실을 지키고 있었다. 그 둘도 추리닝을 입고 책상에 엎드려 자고 있었다. '이 사람들 경찰 맞아?' 하는 생각이 들었지만, 실제 경찰도 하는 일이 없으니 그 사람들이 경찰이든 아니든 별 차이는 없었다.

자리에 앉으니, 책상 밑에서 '사다리 타기 하면서 점심이나 사 먹었을 것 같은' 노트를 하나 꺼낸다. 우리가 하는 말을 그 노트에 끄적거리며 적고 있었다. 옆에서는, 우리나라에서 이십 년 전에 이미 실종된 타자기로 그것을 치고 있다. 그렇게 또 조서하나를 받아 들고 경찰서에서 나왔다. 우리가 나가면, 또 아까 하던 대로 책상에 엎드려 잘게 뻔한 경찰들이었다. 나오는 길에 캐나다 여행자와 경찰이 시비가 붙었다. 경찰서를 나오면서 캐나다 여행자가 "남미 경찰들은 XX 다 똑같아! 도대체 하루 종일 XX 너희들이 하는 일이 뭐야!"라고 소리쳤고, (캐나다 여행자는 스페인어가 능숙했다) 경찰이 그 말에 화가 났다. 여행자와 경찰이 서로 몸을 부딪치며 욕을 주고받았다. 소리가 커지자 주위 사람들이 나섰다. 나는 아무 상관없었기에 자리에 그대로 앉아 있었다. 욱하는 성질이라도 내 본 캐나다 여행자가 가진 희망, 그 조그만 가능성만큼도 나에게는 남아 있지 않았기 때문이다.

사태가 수습되고, 경찰서가 다시 조용해졌다. 캐나다 여행자는 경찰에게 정중히 사과했고, 경찰은 내일 그 사고 현장에 같이 가주겠노라고 마음을 쓴다. 우리는 경찰서를 나오면서 차를 타고 강 주위를 돌아다녔다. 우리가 도둑을 직접 잡는 것 외에는 방법이 없다는 사실을 모든 사람이 알고 있었다. 하지만 그것도 알고 있을까, 지금 차를 타고 강가를 달리는 것 또한 쓸데없다는 것을.

곧 날이 어두워졌고, 우리는 집으로 돌아와야 했다. 집으로 돌아오는 길, 아저씨가 차에 있는 창문을 모두 열었다. 달리는 차창 밖으로 욕을 하는 것 외에는 우리가 할 수 있는 게 없었다.

아메리카 심야특급

"부따! 부따! 부따!(젠장!)"

한국에 전화 한 통화 할 수 있는 돈이 없었다. 넉넉지 않은 힐다 집에서 국제전화를 쓸 수도 없는 노릇. 대신, 힐다에게 인터넷을 잠깐 쓰게 해달라고 했다. 가는 길에 인터넷이 되는 지인 집을 들렀다. 바로 페이스 북으로 들어갔다. 로그인 되어 있는 친구 목록을 살폈다. 한국은 지금 일요일 새벽, 사람들이 한참 잘 시간이다. 그런데, 2년 전에 필리핀에서 한 달간 같이 어학연수를 했던 여자 동생이 막 로그인을 했다. 2년 만에 말을 걸었다. "혜지야, 나 지금 볼리비아에 있는데, 강도를 만나서 돈이 하나도 없거든. 내가 한국으로 지금 전화를 못하니까, 여기 집 번호 ○○○-○○○○로 부모님한테 전화 좀 달라고 해줘. 우리 어머니 번호는 이거야 010-○○○-○○○○"

"갑자기 뭔 소리야 그게?"

"나 시간 없어. 거짓말 아니니까 내가 말한 대로 전해줘. 그리고 여기 국가번호와 지역번호는 인터넷으로 찾아보라고 그래."

몇 줄의 메시지 속에 내 다급함이 전해졌기를 바래야 했다.

힐다 집에 가자마자 쓰러졌다. 오늘은 더 이상 걱정할 힘이 남아있지 않다. 모든 것을 내일로 미뤘다. 옆방에서는 보험회사와 통화를 하고 있는 캐나다 여행자의 목소리가 들렸다. 그렇게 신경질적이고 큰 목소리가 들렸는데, 통화가 끝나기도 전에 어떻게 잠들 수 있었는지 모르겠다.

"저는 지금 당장 수표가 필요하다고요. 지금 당장이요."

"네? 왜 2주나 시간이 필요하다는 거예요?"

"조사를 한다고요?! 뭘 조사를 할 건데요? 경찰 조서랑 사건번호 불러 드
렸잖아요. 도대체 여기 볼리비아 와서 무슨 조사를 할 건데요? 아니 진짜
말을 한 번 해보세요. 구체적으로 어떻게 조사를 할 건데요? 경찰도 아무
일도 못하는데, 여기로 와서 뭘 알아본다는 거예요!"

아침에 나를 깨운 것은 전화 한 통이었다. 아주머니가 전화기를 들고 방
안으로 들어왔다.

"여보세요?"

"재민 학생인가?"

"네."

"그래, 아저씨는 너희 엄마 친구 김상권 아저씨다. 전에 메일 주고 받았
제?"

김상권 사장님은 아르헨티나에서 사업을 하고 있는 어머니 대학 동창이
다. 남미 여행을 출발하기 전 아르헨티나에 가면 뵙겠다고, 메일을 주고 받
았었다. 어머니가 남미에 있는 아저씨에게 연락을 한 것이다.

"네, 아저씨."

"재민아, 그래 걱정하지 말고, 니 지금 어디서 지내고 있노?"

"네, 여기 볼리비아 현지인 집에 있습니다. 어제 여기 가족 전체가 다 같
이 강도를 만났거든요."

"그래, 일단 그 집에서 짐 다 싸서 당장 나온나."

"예??"

"니는 거기 잠깐 여행하고 있지만, 아저씨는 몇 십 년 남미에서 살아 봤다이가. 거기는 현지인하고 도둑하고 다 짜고 여행자들 벗겨먹는 경우가 진짜 많다. 니는 뭐, 그 가족들을 좋게 보고 있을지 모르겠지만, 아저씨는 여기 이민 와서 살면서 그런 경우 많이 봤다. 거기는 다 그렇게 한다. 그러니까 일단 그 집에서 빨리 나오너라. 내가 돈은 붙여 줄 수 있는데, 니 그 집에 있으면 보내준 돈도 그 사람들한테 다 뺏긴다. 내가 볼리비아 그 쪽에 아는 사람이 있거든, 전문수 씨―고 있다. 번호가 ○○○-○○○○다. 어떻게든 그 사람 찾아가 있어라."

전화를 끊고 생각했다.

'아저씨, 아저씨가 이 집에 안 있어봐서 그래요. 아저씨가 이 가족들과 같이 카레를 안 먹어봐서 그런 말씀 하시는 거라고요. 여기 사람들 절대 그럴 가족이 아니에요.'

나는 지금도 힐다 가족을 의심하지 않는다. 우리는 다 같이 도둑을 만난 것이 틀림없다.

그런데 아저씨에게 그 이야기를 들은 후부터, 이상한 생각들이 계속 들었다. 나중에 안 것이지만 우리가 갔던 그 강가, '리오 삐레이'라고 하는 곳은 현지 신문에 매일 기사가 나는 산타크루스의 우범지대 중 우범지대라고 한다. '나를 왜 그쪽으로 데리고 갔을까, 왜 새로운 여행자가 자신의 모든 짐을 메고 나타났을 때 꼭 거기를 가야 했을까? 거기는 차가 빠지기 쉬운 곳인데 왜 차를 몰고 그 안으로 들어갔을까, 왜 우리가 없는 사이에 꼭 도둑을 만났을까, 도둑이 도망가는 사이에 아저씨 아줌마는 어디에 있었을까.' 의심이 계속 드는 것을 막을 수가 없었다. 그럼에도 불구하고 난 아직까지 우리 모두가 피해자라고 믿고 있다. 시간이 많이 지나서 이제는 그 사건의 실체를 알지 못한다. 그렇기 때문에 내가 믿는 내용이 나에게 있어서는 사실이다. 내 여행에서 내가 그렇게 믿으면 그게 진실인거다. 한비야가 여행 중에 테러리스트와 사랑에 빠졌고 진짜 그렇다고 스스로 믿으면, 그게 실제로 삐끼였던 현지 양아치였던 별로 중요한 게 아니다. 그 사람이 한비야한테는 테러리스트인 것이다. 일주일 넘게 같이 있으면서 내 카레를 그렇게 좋아했던 이 가족들은, 확실히 나와 함께 강도를 만난 피해자들이다.

그런데 이 날 아침, 조금 이상한 낌새가 느껴지긴 했다. 내가 전문수라는 이 사람에게 전화 한 통화를 쓰고 싶다고 했더니, 지역이 달라 전화요금이 많이 나온다며 집 전화를 빌려줄 수 없다고 했다. 전문수라는 사람은 분명히 같은 지역, 이 산타크루스에 살고 있다. 그러면서 자기네들은 도둑을 잡으러 어제 그 강가로 갈 생각이니, 같이 가자고 한다. 긴장감이 살짝 돌았지만 태연히 그러겠다고 대답했다. 방으로 돌아가서 남은 짐을 다 챙겨 나왔다. 가족에 대한 의심이 자꾸 생겨나는 마당에, 그 집에 계속 있을 수는 없었다. '내가 기억하고 싶은 힐다 가족' 만을 머릿속에 두고 차에 올랐다.

아메리카 심야특급

그런데 나에게는 갈 곳이 없다. 도대체 어디서 내려야할까. 이 수수께끼 같은 도시에서 '전문수'라는 그 사람을 어떻게 찾을 수 있을까.

시동이 걸리고 차가 달리기 시작했다. 링으로 만들어진 도시를 빙빙 돌고 있으니 빠져나갈 수 없는 곳으로 들어가고 있다는 생각이 들었다. 더 깊은 곳으로 빨려 들어가기 전에 내려야겠다는 생각뿐이었다.

차는 계속 같은 자리를 돌고 있는 것 같은데, 주위의 원은 바뀌고 있었다. 현재 위치에 대한 아무런 감각이 없을 때였다. 저 건너편에 한글로 '교회'라는 간판이 보였다.

"요, 아끼.(나, 여기.)" "께?(뭐?)" "아끼! 아끼! 아끼!(여기! 여기! 여기!)" 나의 말은 불분명했지만 그 의지와 태도는 명확했다. 차가 그 앞에 섰다. 그 동안 고마웠다고 빠르게 사람들과 볼을 맞추고 차에서 내렸다.

오늘은 일요일. 마침 강도를 만난 날이 토요일이었다. 교회 안으로 조심스럽게 들어가니 그룹으로 모여 성경공부를 하고 있는 사람들이 보였다. 천사를 찾기 위해 눈을 돌렸다. 한 분이 눈에 확 들어왔다. 온화하게 웃으며 한 고등학생을 가르치고 있는 아주머니였다. 그 그룹에 들어갔다. 아주머니는 나를 보자마자 묻는다.

"학생은 여기 처음 오셨나 봐요?"

마음이 급했다.

"네, 아주머니. 제가 실은 어제 강도를 만나서 모든 것을 잃었어요. 돈도 없고 카드도 없고 그래서 전화도 못 써요. 그러니까 저 좀….″

이렇게 다급하고 급박한 이야기를 하고 있는데, 아주머니가 내 말을 가차 없이 끊었다.

"알겠으니까 그만하세요.″

"네???″

"지금은 성경공부 시간이잖아요. 그 이야기는 나중에 예배 다 드리고 해요.″

아니 어떻게. 나는 평생 한번 겪을까 말까 하는 생사의 갈림길에 놓인 이야기를 하고 있는데, 매주 있는 그 일상적이고 형식적인 성경공부 한다고 내 말을 끝까지 들어주지도 않다니. 내가 생각한 시나리오는 이런 게 아니었다. 내 말을 들은 아주머니가 '아니, 그런 일이 다 있었단 말이에요!' 하면서 있는 호들갑을 다 떨며 모든 성경공부가 중단되고, 목사님 불러오고, 그래서 모두 모여 나를 위한 대책회의를 할 거라고 생각했다. 그런데 지금, 아무렇지 않게 '오늘의 성경 말씀'을 시작했다. 그렇게 성경공부 삼십 분, 예배 한 시간이 흐르고 있었다. 한 시간 반을 기다리면서 생각했다. '그래, 이게 교회 룰이야. 어디든지 룰이 다르잖아. 여기는 모든 것을 하나님께 먼저 기도하고, 그러고 나서 사람이 할 일을 하는 곳이야. 기다리자.'

예배가 끝나고 점심식사가 준비됐다고 해서, 교회 식당으로 갔다. 사람들은 이미 다 자리에 앉아 있었고, '어디 빈자리 없나?' 하고 내 자리를 찾고 있을 때였다. 아까 그 아주머니가 "저기 재민 형제 자리 있네요" 하며 손가락을 가리켰다. 목사님 바로 맞은편 자리, 교회 주요 인사들에게 둘러싸인 가운데 자리였다. 그 자리가 갈해주고 있었다. 네가 가진 문제는 이미 해결된 거나 마찬가지라고. 어디서든 앉는 자리가 참 중요하다. 내 자리가 식당 뒷줄에 있었다면, 이 사람들에게 나는 뒷전이라는 뜻이다. 하지만 내 자리는 목사님 맞은편이었고, 그것은 내가 오늘 이 점심식사의 한 가운데 있으며, 사람들 관심의 중심에 있다는 뜻이었다. 모든 사람들이 내 쪽으로 몸을 돌려서 밥을 먹고 있었다. 내 이야기는 목사님의 추임새와 섞여 사람들에게 전달되고 있었다.

점심식사가 끝나고, 아까 성경 공부한다고 나를 뒤로 미뤘던 아주머니가 나를 방으로 불렀다.

"좀 전에 하던 이야기 계속해보세요."

"이렇게 저렇게 됐어요. 그래서 저희 어머니 친구 분이 이 분한테 연락을 해보라고 연락처를 줬어요."

"그 분 연락처 좀 봐요."

"여기요."

"전문수씨라. 전문수? 이 분 우리 교회 전 집사님 동생 분이신데?"

그렇게 앞이 안보이던 일이 몇 분 만에 차례차례 해결되고 있었다. 성스러운 경험이었다.

전문수씨 형이라는 집사님을 만나, 전문수씨에게 전화를 했다. 내 신분도 확인됐고, 같이 만나자는 약속도 잡았다. 다음 여행지로 갈 때까지, 자신의 집에서 지내도 된다고 했다. 그 집에서 한국으로 전화를 할 수 있었다. 부모님이 전문수씨 집으로 약간의 여행 경비를 보내주셔서, 당장의 금전적인 문제가 해결되었다. 그 일요일부터 며칠 간을 전문수 아저씨 댁에서 보냈다. 한국 음식도 실컷 먹고, 국제전화도 느긋하게 쓰고, 잠도 많이 잤다. 마음이 조금씩 안정되었다.

전문수 아저씨도 볼리비아 산타크루스에 살면서 도둑을 만난 적이 적지 않다고 한다. 이민을 와서 처음 강도를 만나, 경찰서를 찾았을 때 이야기다. 사정을 다 들은 경찰들이 대뜸 밥값을 달라고 했단다. 도둑을 잡으려면 회의를 해야 되는데, 우리도 뭐 먹으면서 해야 되지 않겠냐고. 그러면서 도둑 잡을 생각은 않고, 증거물로 전문수 아저씨 물건들만 잔뜩 가져갔다고 한다. 그것을 돌려주지 않아서, 몇 달간을 그거 돌려받는다고 경찰서를 들락거려야 했단다.

경찰들이 도둑을 잡지도 않지만, 잡아도 소용없다고 한다. 미국 달러 700불과 고가의 카메라를 도둑맞은 친구가 있었다. 경찰서에 신고도 하고, 조서도 받았다. 그런데 며칠 뒤, 기적적으로 그 도둑들이 다른 도시로 넘어

아메리카 심야특급

가다가 경찰에 잡혔다. 그래서 그 조서를 들고 도둑들이 잡힌 곳으로 갔단다. 문제는 여기부터다. 도둑들의 호주머니를 털어보니, 미화 705달러가 나왔다. 그러니 경찰은 이런 주장을 했단다.

"조서를 보니까, 당신이 잃어버린 돈이 700달러라고 돼있네요. 그런데, 이 사람들은 지금 705달러를 가지고 있어요. 음, 이건 당신들의 돈이 아니에요. 700달러가 아니잖아요."

그 돈은 그대로 경찰들의 포켓 속으로 들어갔다. 그러면 카메라라도 돌려받아야 한다. 고가의 DSLR 카메라. 조서에 적힌 브랜드와 기종이 일치했다. 경찰들도 어떻게 우길 건더기가 없는 상황. 경찰들은 카메라에 찍힌 사진들을 살펴보기 시작했다. 그 카메라 안에는 도둑들끼리 히죽 히죽 웃으면서 찍은 사진이 몇 장 있었다. 카메라를 훔쳤으니까, 기념으로 자기네들끼리 찍은 사진이 몇 장 있는 것은 아주 자연스러운 일이다. 그걸 본 경찰은 또 이렇게 주장한다.

"기종이 일치한다고 이 카메라가 당신 꺼라고 어떻게 확신합니까? 여기 카메라를 보세요. 이 사람들 사진이 있잖아요. 이건 이 사람들 카메라예요."

"아니, 카메라 안에 우리 사진이 더 많잖아요."

"이 사람들 사진도 있잖아요!"

그럼 경찰들이 그 카메라를 도둑들한테 돌려줬을까?

훔친 물건들은 산타크루스의 '카치마치'라고 하는 블랙마켓에서 거래되고 있다고 한다. 그럼 상식적으로 이런 생각이 들 수 있다.

"거기 가서 싸게 사면되겠네?"

과연 그럴까.

전문수 아저씨도 '카치마치'에서 핸드폰을 산 적이 있다고 한다. 아저씨는 싼 핸드폰이 필요했고, 그것이 누구한테 훔쳐온 것이든 별로 상관이 없었다. 전화만 잘 터진다면.

'카치마치'를 거닐다가 핸드폰 한 개를 발견했다. 겉도 멀쩡하고, 전화도 잘 터지고, 일단 가격이 믿을 수 없이 저렴했다. 핸드폰을 파는 사람은, 그 자리에서 직접 전화를 걸어, 송수신에 이상이 없음을 눈으로 보여줬다. 그런데, 그 사람이 자꾸 주위를 살피면서 안절부절 못했다고 한다. "여기는 단속이 나올 수도 있고 하니, 일단 다른 데로 갑시다"라며 자신에게 보여준 핸드폰을 주머니에 넣고 자리를 옮겼다. 정상적인 마켓이 아니니, 그럴 수도 있겠다 싶어 그 사람을 따라갔다. 그리고는 돈을 지불하고, 주머니에 있던 핸드폰을 받아 돌아왔다고 한다. 그런데 이상한 것이, 아까는 잘 터지던 핸드폰이 집에 돌아와 보니 안 되는 것이었다. 분명 '카치마치'에서 전화벨이 울리는 것을 확인했다. 이상하다 싶어 핸드폰을 까보니, 겉모양만 똑같고 그 안에는 돌과 휴지로 채워져 있었단다. 겉모양이 똑같은 핸드폰 두 개를 들고 와서, 정상적인 것을 보여주고, 팔 때는 다른 것을 판 것이다. '카치마치'에서 주위 눈치를 보고, 자리를 옮기고, 막 서두르고 했던 것도 다 연출이었던 것.

아메리카 심야특급

대신, 편한 점도 있다고 한다. 돈만 내면 모든 것을 구해줄 수 있으니까. 한 번은 주차 해놓은 차에 사이드 미러를 누가 훔쳐갔다고 한다. 사이드 미러가 없으면 운전이 힘드니까 그 날로 정비소를 찾아갔다. 물품을 주문해야 되니 한 삼사 일 걸리겠다 싶었는데, 직원 하나가 밖에 나가서는 몇 시간 만에 사이드 미러를 구해왔다고 한다. 잠시 기다리라고 한 사이에, 다른 차에서 사이드 미러를 하나 떼 온 것이다. 신속한 제품 조달의 비법은 의외로 가까이 있었다.

사막이면서 바다면서 하늘인 곳

산타크루스에서 충분히 쉰 후 우유니 사막으로 가는 버스를 탔다. 우유니 사막에 도착한 날 밤, 머리가 깨질 것 같았다. 고도 때문인가? 산타크루스는 고도가 500m였다. 여기 우유니 사막은 3600m. 69호수에서 한 번 고생한 이후로 고산증세가 완전히 사라졌다고 생각했는데, 하루 만에 3,000m 이상을 올라왔으니 고산 증세가 나타날 법도 했다. 아무튼 두통은 심각했다.

"코카차, 코카차." 코카차가 필요했다.

창문 하나 없는 좁은 1인실. 빛이 들어오는 구멍이 없으니, 불 꺼진 방은 깜깜했다. 어느 방향에 문이 있는지조차 분별이 안 될 정도의 어둠이었다 자리에 누울 때를 떠올려, 내 발 밑쪽으로 나가는 문이 있다는 사실을 기억해냈다. 일어서서, 벽을 더듬거리며 불 켜는 스위치를 찾고 있었다. 책상에 올려 두었던 짐들을 우르르 떨어뜨리고는, 불을 켰다. 이 새벽에 웬만하면 참고 자겠지만, 머리가 너무 아팠다. 코카차가 없으면, 코차잎이라도 물고 자야했다. 1층 카운트로 내려가서, 엎드려 자고 있는 주인을 흔들어 깨웠다.

"코카, 코카 뽀르빠보르. 코카, 코카.(코카, 코카, 제발요, 코카, 코카)"
웬일인지, 주인이 코카잎을 한 가득 담아, 옆에 있는 포트기로 물을 끓여 바로 코카차를 내줬다. 올라가는 길에 그 뜨거운 코카차를 다 마셨다. 컵에 남아있던 코카잎을 한 입에 다 넣어 씹으니까, 좀 살 것 같았다. 자리에 누웠는데 속은 뜨겁고 입에서는 코카잎 냄새가 났다. 두통이 미세하게 줄어들고 있는 것이 느껴졌다. 두통이 남아 있지만, 잠이 드는 데는 문제가 없었다. 편하게 눈을 감는데, 어디서 방 문 열리는 소리가 들렸다. 열쇠로 문을 여는 소리다. '이 새벽에 들어오는 사람도 있나?' 하고 다시 눈을 감으려는데, 내 방 문이 조심스럽게 열렸다. 그러더니, 아까 그 주인이 다른 현지인과 함께 방으로 들어왔다. '무슨 일이세요?' 하면서 일어서려는데 몸이 움직이질 않는다. 손도 발도 목도 의지대로 옮길 수가 없다. 눈만 깜빡 거릴 수 있었다. 주인과 조수는 '끽끽, 쟤 완전 뻗었어' 하는 표정을 주고받더니, 내 가방을 뒤지기 시작했다. 곧이어 가방 안에서 현금이 든 복대가 나왔다. 내가 보는 앞에서 내 피부를 벗기고 장기를 꺼내가는 기분이다.

아메리카 심야특급

또 꿈이다. 볼리비아에서 강도를 만난 이후 비슷한 꿈을 자주 꾸었다. 잘 놀다가 집에 돌아가려는데 복대가 없다든지, 복대 안에 있어야 할 돈이 없어서 가슴이 철렁한 순간을 경험하는 식이었다. 카드 없이 현금만 들고 다녀야 한다는 사실과 만약에 한 번 더 도둑을 만나면, 그 순간 내 여행이 끝난다는 사실이 엄청난 부담이었다. 그렇게 됐을 때, 또 누구에게 도와달라고 할 수 있는 염치도 명분도 없었다. 한 번 부정출발 한 선수가 라인에 다시 섰을 때 가지는 중압감이라고 해야 할까, 이제는 마지막이라는 생각이 나를 짓눌렀다. 그 마지막 순간이 오늘이 될 수도 있었다. 꿈에서는 깼지만 두통에서는 벗어나지 못했다. 그 날 밤 실제로 심각한 두통에 탐새 시달렸다. 고산증세와 섞인 스트레스, 그리고 골방에 갇혀 있으면서 드는 외로움과 불안감 때문인 것 같았다. 이게 꿈인지 아닌지 헷갈리는 상황에서 카운트로 내려갈 자신은 없고, 어디 떨어져 있을지도 모를 코카잎을 찾아 방 구석구석을 뒤졌다. 먼지가 쌓일 대로 쌓인 침대 밑이나 옷장 밑도 자세히 살폈다. 먼지는 그냥 '후' 불어버리고, 코카잎만 입에 넣으면 된다.

코카잎은 보이지 않았다. 대신 '고산 증세에 물을 많이 마시면 좋다'라는 글을 읽은 것이 기억나 화장실 수돗물을 그렇게나 마셔댔다. 배가 아플 때까지. 그렇게 그 날 밤은 외롭고 아프고 어두웠다.

우유니 마을의 아침은 활기가 넘쳤다. 이 마을은 우유니 사막 여행자들을 위한 베이스 캠프로 호스텔, 레스토랑, 여행 에이전시로 이루어진 작은 마을이다. 출발을 기다리는 여행자들의 얼굴에서 우유니 사막에 대한 기대와 열정을 느낄 수 있었다. 에이전시들이 모여 있는 거리로 나가면 나이트클럽 화장실에서나 볼 수 있는 흥분과 열기가 느껴졌다. '우유니 소금 사막'에 대한 엄청난 기대감과 호기심이, 여행자들 서로 서로를 들뜨게 만들고 있었다.

우유니 마을에 도착한 어제, 나는 한 에이전시에서 1박 2일 우유니 투어를 신청했다. 우유니 사막 투어에서는 동행자가 중요하다. 같은 차를 타고 1박 2일 동안 함께 다니기 때문이다. 디즈니랜드 같은 곳에 가서 혼자 놀다가 돌아오는 곳이 아니다. 사막 한 가운데 떨어뜨려 준 후 "너희끼리 놀아라"는 식으로 몇 시간이고 죽치고 있는 곳이다. 특히 우유니 사막은 서로 사진을 마음껏 찍어주기 위해서라도, 사람들이 어떻게든 동행을 만들어온다. 나처럼 혼자 온 경우는, 에이전시를 돌아다니면서 미리 투어를 신청한 사람들의 리스트를 살펴보고 그룹을 결정할 수 있다. 총 다섯 명이 모이면 한 그룹이 만들어지는데, 에이전시를 통해 현재 만들어지고 있는 그룹의 국가, 이름, 나이, 성별을 알 수 있다. 나를 일본인으로 착각한 삐끼들이 "여기 일본 사람 4명 있어요. 이 그룹에 들어와요"라고 말을 거는 경우도 있었다.

그룹의 리스트만 봐도, 대충 그 팀의 분위기가 드러났다. 비슷한 또래의 독일 여행자 네 명이 적혀 있다면, 독일에서부터 친했던 친구들이 같이 여행을 왔을 거라고 짐작해 볼 수 있다. 내가 거기 다섯 번째로 끼였다가는 1박 2일간 투명인간 되는 거다. 그렇게 천천히 에이전시들의 리스트를 보고 있는데, 일본인 두 명, 한국인 두 명이 적혀 있는 그룹이 있었다. 여기 재미있겠다 싶어 다섯 번째로 내 이름을 적었다. 오늘 그 에이전시를 가보니, 한국인 부부와 여성 일본 여행객 두 명 그리고 나까지 포함한 다섯 명의 그룹이 만들어져 있었다. 나쁘지 않은 조합이다. 외국인이 끼여 있어 여행분위기도 나고, 한국인이 있어 같이 떠들 수도 있었다.

일본인 여행객 두 명은 일주일 휴가를 받아서 우유니에서 삼 일, 뉴욕에서 삼 일을 보낼 거라고 했다. 아니 휴가로 고작 일주일 받아서 왜 그렇게 동선을 짰냐고 물어보니까, 세상에서 가장 가고 싶은 두 곳이 여기 우유니 사막과 뉴욕이라고 했다. 마추픽추도 그랬지만, 최고의 관광지에는 늘 그것을 빛나게 하는 '이상한' 관광객들이 있다. 오직 우유니 사막 1박 2일을 보기 위해 일본에서 남미까지 비행기 타고 왔다? 우유니 사막은 그런 곳이었다.

일본 TV, 특히 음식 소개 프로그램을 보면 별 것도 아닌 것에 여자 게스트들이 과장된 목소리로 감탄을 연발하는 장면들을 자주 본다. 그건 TV 연출이 아니었다. 여기 같이 차를 타고 가고 있는 일본 여자 여행객 둘이, 쌍으로 엄청난 효과음을 만들어내고 있었다. 아직 본격적인 우유니 사막에 도착하지도 않았는데 "스고~이(굉장해)" "스고~이" 하며 탄성을 지르고 있었다. 둘이 만들어내는 하모니 때문에 꼭 버라이어티 중계 프로그램 속에 있는 기분이다.

소금 사막에 가기 전에 맛배기로 기차역 같은 곳을 들른다. 이것도 정해진 패키지 코스이므로 거의 모든 차량들이 정차하는 곳이다. 이제는 못 쓰게 된 기차들을 꼭 박물관 전시품처럼 모아 놓은 곳이다. 그곳에 도착하니 운전사 겸 가이드가 스페인어로 한참동안 무슨 말을 했다. 앞부분 말은 전혀 못 듣다가, 마지막에 "퀸세 미누또"라는 말만 귀에 딱 들어왔다. '십오 분'이라는 뜻이다. 우리 차 안에는 스페인어를 할 줄 아는 사람이 아무도 없어서 서로의 얼굴만 쳐다보고 있었다. 보조석에 앉아있던 내가 "여기서 십오 분 준대요. 다들 십오 분 내로 이 차로 다시 모이세요"라고 영어로 통역하자, 다시 일본 여자들의 탄성이 나왔다. "스고~이" 그 효과음을 듣자 나도 모르게 한 마디가 더 나왔다. "곧 우유니 사막에 도착하니까, 여기서 너무 시간 끌지 말라는데요." 이건 내가 지어낸 말이다. 그렇지만 그냥 지어낸 말이 아니다. 그럴듯하게 지어낸 말이다. 다시 탄성이 터졌다. 갑자기 나에게 호감을 갖기 시작한 일본 관광객들. 차에서 내리자마자 나를 따라왔다.

"스페인어는 언제 공부하신 거예요? 아까 보니까 완전 유창하시던데."
사실 내가 알아들은 말은 '십오 분'이라는 것 밖에 없었다. 그렇다고 말을 했어야 했는데, 존경스럽다는 듯이 나를 보고 있는 두 여성의 얼굴을 마

아메리카 심야특급

주하고 있으니 다른 말이 나왔다.

"언어가 제한된다는 건 세계관이 제한된다는 뜻이잖아요. 그래서 남미 여행 하기 전에 혼자 공부했어요." 완전 거짓말이다. 그러나 일본 여행객들은 '이 사람 완전 제대로야' 하는 표정으로 나를 바라봤다. 그때부터 내가 차 안의 통역관이 되었다. 나는 조수석에 앉아 있었는데, 가이드가 무슨 말을 하면 사람들이 나를 쳐다봤다. 그래서 실제로 통역을 했다. 생각보다 간단했다. 가이드가 아무리 말을 길게 한다고 해도 결국은 "몇 분 뒤에 모이세요" 밖에 없잖아. 앞에 말은 다 흘려듣고, 몇 분, 그러니까 그 숫자만 들었다. 앞에 말은 분위기를 보고, 가이드가 어디를 보고 이야기 하는지를 보고 대충 지어냈다. 가이드가 하늘을 자꾸 쳐다본다 싶으면 "오늘 우리가 운이 좋은 거래요. 이렇게 밝은 날 또 이렇게 물이 가득 차 있기가 힘들거든요. 그리고 여기서 점심 먹기 전까지, 그러니까 한 시까지 있겠다고 하네요." 영어를 못 알아듣는 가이드부터, 차 안의 모든 사람들이 고개를 끄덕거리며 내 말을 듣고 있었다.

차를 타고 가는데 이정표가 없었다. 표지판도 없고 신호도 물론 없다. 생각해보면 여기는 사막이다. 앞뒤좌우를 다 둘러봐도 위는 하늘이고 땅은 사막이다. 그런데도 길을 어떻게 그렇게 잘 찾아갈까. 조수석에서 유심히 보니, 길에 나 있는 이전의 차바퀴 자국을 보고 따라가고 있었다. 그러니까 지금 이 차도, 이정표를 만들고 있는 셈이다.

우유니는 세계 최대의 소금 '사막'이다. 바다도 아니고 강도 아니다. 지각변동으로 솟아올랐던 땅이 건조한 기후를 만나 예전에 있던 바닷물이 다 증발하고 소금이 천지에 깔리게 된 것이다. 특히 12~3월 우기에는 내린 비가 빡빡한 밑바닥에 스며들지 못하고 고이게 되는데, 그 모습이 이 사막을 바다나 호수처럼 보이게 만든다. 또한 그것이, 이 볼리비아의 촌 동네를 세계적인 관광지로 만들어 놓았다. 차를 타고 사막을 건너고 있으면 꼭 배를 타고 바다를 건너는 기분이 든다. 우리 옆으로 지나가는 다른 차를 봐도 영락없는 배다.

우리는 1박 2일간 이 소금 사막에 있을 예정이고, 오늘밤에는 이 사막의 한 가운데 있는 소금 호텔에서 자게 된다. 소금 호텔, 말 그대로 소금으로 지은 호텔이다. 우유니에 오기 바로 전까지만 해도, 남미 인터넷 카페에는 이런 글들이 많았다. "소금 호텔에 일본 국기는 있는데 우리나라 국기가 없어요. 거기 가시는 분들 있으면 우리 국기 좀 챙겨가서 달아주세요." 막상 소금 호텔에 도착하니, 그 사이에 벌써 누군가가 한국 국기를 달아 놓았다.

낮에는 이 호텔 안이 완전 노랗다. 전기도 없고, 전구도 없는 이 호텔이 노란 빛을 띨 수 있는 이유는 지붕에 노란색 판지 같은 것을 끼워 넣었기 때문. 햇빛이 노란색으로 바뀌서 호텔 안으로 들어오는 것이다. 멋진 자연 조명인 셈이다. 소금으로 지어진 호텔이니까, 밥을 먹을 때 따로 소금을 챙겨올 필요가 없다. 옆에서, 밑에서 소금을 긁어 뿌려 먹으면 된다. 물론 그렇게 하는 사람은 아무도 없다.

이 호텔에서 잘 생각을 하니 조금 불안했다. 만약에 비라도 오면, 짠 물이 내 눈으로 입으로 뚝뚝 떨어지는 게 아닌가 하는 생각이 들었기 때문이다. 실제로 그 날 밤에 비가 엄청나게 쏟아졌다. 하지만 무서운 것은 따로 있었다.

점심을 먹고 우유니 사막을 돌아본 후 소금 호텔로 돌아왔다. 저녁에는 다른 에이전시에서 온 일본인 팀과 함께 소금호텔에서 지내게 됐다. 그 날 호텔에는 한국인 우리 셋과 나더지 일본인 십여 명이 전부였다. 밤에 빛을 낼 수 있는 것이 아무것도 없어 다 마신 맥주 캔에 양초를 꽂아두고 식사를 준비하는데, 꼭 생일 파티를 하는 것처럼 낭만적이었다. 나중에 이 소금사막이 스타벅스와 와이파이에 둘러싸이는 날이 온다면, 사람들은 예전을 그리워할지도 모른다. 그런 것들이 들어온다면 지금처럼 밤하늘의 별이 잘 보이진 않을 것이다. 특히 지금처럼 사막에 물이 고인 우기일 때는 하늘의 별이 호수 속에 들어 있는 듯한 장면을 볼 수 있다. 그것만 보고 있어도 멋진 밤이다. 그리고 무엇보다 이런 분위기는 공포이야기 하기에 딱이다.

저녁을 마친 뒤에 바로 공포이야기가 시작됐다. 이 호텔에는 소금으로 만들어 놓은 사람 형상들이 있는데, 낮에는 몰랐지만 양초에 비친 그것들이 그렇게 공포스러울 수가 없다. 그래서 새벽에 화장실을 찾다 비명을 지르는 사람들도 있었다. 공포 영화가 시작되는 모든 조건이 갖추어져 있는 셈이다. 호텔은 외부와 철저히 단절되어 있고, 어둡고, 전기도 전화도 안된다. 오늘밤 이 호텔을 벗어날 수도 없고 외부에서 들어올 수도 없다. 저녁을 맛있게 먹었고 바깥에서는 빗소리가 들리기 시작한다. 그리고 한 가지 더, 우리 모두 낮에는 아주 '즐거운 시간'을 보냈다는 사실이다. 이제 남은 것은 한 명씩 사라지는 것뿐이다.

다음날 우리는 다시 우유니 사막으로 갔다. 우유니 사막 투어는 정말 간단하다. 차를 타고 우유니 사막 가운데로 가서, 밥 먹기 전까지 그 곳에 있는 것이다. 그리고 그 다음날에도 차를 타고 우유니 사막 어딘가로 가서 알아서 노는 것이다. 이렇게 단순해도 될 만큼 우유니 자체가 특별하다는 뜻이다.

우유니 사막은 그 넓이도 어마어마하다. 우기를 맞아 전 세계에서 그렇게 많은 관광객들이 몰리지만, 차를 타고 조금만 가도 시야에 다른 관광객들이 아무도 없는, 그래서 꼭 하늘 위에 있는 듯한 느낌을 받는 곳을 찾을 수 있다.

처음에 차를 타고 갈 때는 바다 위를 건너는 기분이었는데, 실제로 내려서 뛰어다니니 하늘 위에 놓인 기분이다. 물도 따뜻하고 햇빛에 반사된 물 안으로 구름이 가득하다. 사방으로 끝없이 펼쳐진 하늘(사막)을 보면, 그 시

아메리카 심야특급

야가 끝날 때까지 달려가고 싶다는 마음이 생긴다. 그래서 한참을 뛰고 있으면 스스로 구름 위를 뛰어 다니고 있다고 믿게 된다. 전에 알지 못했던 걸 보는 것보다, 내가 알고 있는 것들에서 일어나는 변화가 더 놀랍고 신비했다.

둘째 날 차 위에 일본친구와 같이 올라탔는데, 이 친구가 달리는 차 반대 방향으로 오줌을 누고 있었다. 호텔에 숙박하는 관광객들에게는 화장실 요금이 원래 공짜다. 하지만 오늘 주인이, 체크아웃은 한 시인데, 화장실 이용은 열한 시 까지라고 우겼다. 대부분 사람들이 체크아웃 하면서 화장실을 쓰는데, 그 때 5볼리비아노(700원)를 더 챙기기 위해서였다. 일본 친구에게 "지금 너 차 위에서 뭐하냐?" 하니까, "보면 몰라, 5볼리비아노 벌고 있잖아"라고 한다.

여기가 소금 사막인지 강인지 헷갈릴 때마다, 그것을 알려주는 것이 한 가지 있다. 이 물에는 소금 결정체들이 농축되어 있어, 몇 분만 뛰어 놀아도 얼굴과 옷에 소금들이 한 가득 묻어난다. 그것을 보고 "아 내가 지금 소금 사막에 있구나' 하는 것을 알 수 있다.

둘째 날 마지막 시간에는 차에 올라가서 낮잠을 잤다. 여기를 하루 보기 위해 일본에서 온 여행객들이, 시간에 쫓겨 카메라를 들고 정신없이 왔다 갔다 거리고 있을 때, 내가 얼마나 멋있게 이 소금 호수를 즐기고 있는지를 보여줬다. 내 발에, 내 옷에 묻은 소금 결정체들을 보면서 차 위에 올라가

편하게 누었다. 일본 친구들이 USB를 가져와 차 안의 스피커로 일본 음악을 틀어주었다. 음악을 듣지도 않고 "beautiful music(음악 좋아)" 하니까, 어디서 구해왔는지 한국 음악을 틀어주었다.

곧 잠시 후 내 귀에 총소리가 들린다.

아메리카 심야특급

잃어버린 탄피

사격이 시작됐다. 나는 무조건, 오늘, 18발을 맞추고 돌아와야 한다. 같이 총을 쏘고 있는 2중대 병사들은 내일 다시 사격을 할 수 있겠지만, 나는 아니었다. 내일 다시 올 수 없다. 집중해서 조준을 했다. 숨을 참고 한 발. 또 숨을 참고 한 발. 12발이 연달아 과녁을 때렸다. 13발 째 방아쇠를 당겼을 때, 탄창 덮개가 튀어나갔다. 이대로 계속 쏘면, 나머지 탄피들이 사방으로 흩어질 것이다. 군대에서 탄피는 총알과 마찬가지다. 탄피 하나가 사라졌다는 것은 총알 한 개를 잃어버렸다는 뜻이며, 그 총알 한 개 때문에 전 부대가 곤란해 질 수도 있었다. 그래도 상관없다. 나는 계속 사격을 해야 했다. 악착같이 총대를 잡고 20발을 다 쐈다. 그 중에 18발이 명중했다. 그렇게 사격이 끝났다.

"여기 뭐야? 탄피가 왜 19개 밖에 없어?"
사로를 돌던 2중대장은 내 앞에서 심각해졌다.
"여기서 사격한 사람 누구야?"
옆에 있던 2중대 병사가 말한다.
"본부중대 당번병이 사격했습니다."

"나머지 탄피는?"

"아까 사격할 때 탄창덮개가 날라갔는데, 당번병이 그냥 계속 썼습니다."

"뭐!?"

2중대장이 나를 쳐다봤다.

"야. 너 지금 남의 중대 사격하는데 와서 뭐 하는 짓이야. 탄창덮개가 나갔으면 사격을 중단해야 될 거 아냐!"

"몰랐습니다."

"뭐! 몰라? 너 미쳤냐? 너 완전 하는 짓거리가 네 사수랑 똑같구나. 당번병은 원래 그렇게 제멋대로냐? 대대장 없으면 그냥 너 하고 싶은 대로 하는 거야?"

중대장을 바라봤다. 별로 긴장되지 않았다.

"야 뭐해. 탄피 찾아야 될 거 아냐, 다 올라와."

나를 마지막으로 그 날 2중대 사격은 끝났다. 모든 중대원들이 손가락 반 마디만한 탄피를 찾아다녔다.

"오늘 이 탄피 찾을 때까지 여기 있는다. 다들 알겠어?"

미안한 말이지만, 시간을 되돌려봐도 나는 같은 행동을 했을 것 같다. 우리 부대는 사격우수부대였다. 많은 부대에서 그 비결을 찾기 위해 대대장을 찾아왔다.

"어떻게 이렇게 명중률이 높을 수 있는 겁니까? 이거 선수들 뽑아서 한 거 아닙니까?"

아메리카 심야특급

"무슨 소리요. 우리 부대는 당번병도 18발 이상 맞추는데."

"당번병도 18발 맞춘다고요?"

어느 부대를 막론하고, 당번병은 열외의 상징이었다. 그러니 당번병도 한다는 말은, 모든 병사들이 그 이상을 한다는 뜻이었다. '당번병도 18발'이라는 말 한마디로 모든 잡음을 없앨 수 있었다.

대대장이 어제 저녁 나를 불렀다.

"너 사격장 갔다 와. 여러 번 할 필요도 없어. 한 번만 18발 맞춰 와라. 18발 못 맞추면 부대 돌아올 생각하지 마라. 다른 중대로 보내버린다."

나는 사격해볼 기회가 거의 없었다. 작전병일 때도, 지금도, 의자에 앉아있는 병사였다. 하지만 내일, 18발을 맞추고 와야 했다. 중간에 총이 기능고장이 나서 멈춘다면 총알을 꺼내 던져서라도 '18'이라는 숫자를 손에 쥐어야 했다.

탄창덮개가 튀어나가는 순간 생각했다. 여기서 계속 쏘면 모든 중대원이 그 탄피를 찾아야 한다는 것도 알았다. 하지만 그때 내리 12발이 명중했었다. 방아쇠를 몇 번만 더 당기면, 6발 정도는 더 맞출 수 있을 거 같았다. 그 '18'이라는 숫자가 나에게는 너무 강했기 때문에, 방아쇠에 닿아있는 손가락을 뺄 수가 없었다. 그리고 난 또 그렇게 인수인계를 받았다. 그렇게 하라고 배웠다. K병장은 전역하는 날까지 이런 말을 했다.

"넌 대대장만 신경 쓰면 돼. 대대장이 시키는 것만 하고, 대대장이 말하는 것만 만들어. 네 군생활이 대대장이야."

　나에게는 대대장과 대대장실을 관리해야 할 분명한 책임이 있었다. 누가 시켜서 했건, 그건 중요하지 않았다. 대대장이 불편한 것, 대대장실 관리를 못한 것은 전적으로 내 책임이었다.

　사단장의 부대 방문이 예고된 날. 사단장과 대대장은 부대를 둘러보고 있었고, 나와 인사담당관은 대대장실 안에서 큰소리를 주고받고 있었다.
　"야, 사단장님이 오신다는데 에어컨 틀어놔야지 무슨 헛소리야?"
　"선풍기 갖다 놓는 게 더 낫습니다. 오늘 국방일보 1면 안 보셨습니까? 이명박 대통령도 윗도리 벗고 회의하는데 대대장실에 에어컨이 나오고 있으면 어떡합니까?"
　"그래도 사단장님이 오시잖아."
　"그러니까 더 선풍기 갖다 놔야지 말입니다."
　내 목소리는 담당관에 비해 작지 않았다.
　"아니야, 이거 내가 책임질게. 선풍기 창고에 넣어 놓고 에어컨 틀어놔."
　"담당관님이 무슨 책임을 집니까?"
　"뭐야?"
　"늘 그렇게 말씀하시고, 아, 아닙니다. 아무튼 제가 알아서 하겠습니다."

　쉰 살이 넘은 인사담당관의 요동치는 얼굴 근육과 눈살에는 이제 담담해졌

　　　　　　　　　　　　　　　아메리카 심야특급

다. 그 표정으로는 이미 몇 대 맞았다. 나한테는 '누구 시켜서 이렇게 했다'가 아니라 옳게 하는 것만이 의미가 있었다.

"네 태도가 이 따위니까 사람들이 다 네 욕하는 거 아냐! 네 마음대로 해."

내가 상병 모자를 쓰고부터 부대에 나를 좋아하는 사람이 거의 없었다. 선임들은 나와 이야기하기를 꺼렸고, 후임들은 자리를 피했다. 앞에서 웃던 간부들은 뒤에서 나를 욕했다. 하지만 내 군생활은 일관됐다. 사단장이 대대장실에서 나가면 다시 내 귀를 막았다.

4장

유혹

칠레

왜, 왜, 이 버스 안에는 나 혼자뿐이지?

칠레 지도를 펼쳤다. '이 나라에서는 어디를 가볼까? 일단 수도 산티아고에는 가봐야겠고, 다른 데는… 그래 여기다 발빠라이소.' 딱히 정해진 목적지가 없는 나에게, 다음 행선지 정하는 방법은 간단했다. 그 나라 지도를 펴 보면, 같이 다니던 여행자들에게 하도 들어서 벌써 익숙해진 도시 이름들이 있다. 발빠라이소. 볼리비아 사마이파타에 갔을 때, 칠레에 가면 환상적인 항구 도시 발빠라이소가 있다고, 거리에서 만난 그럴듯해 보이는 누군가가 말했었다.

하지만 문제가 하나 있다. 볼리비아 이후로 칠레와 아르헨티나에서는 무조건 카우치 서핑을 해야 했다. 두 나라 물가가 이전 남미 국가들과는 다

아메리카 심야특급

르게 비쌌고, 나는 돈이 부족했다. 앞으로는 '생계형' 카우치 서핑을 해야 했고, 호스트가 나타나지 않은 도시에는 아예 갈 수가 없었다. 그런데 발빠라이소에 보낸 리퀘스트 중 답장을 받은 곳이 없었다. 대신 한 남자가 먼저 나를 초대했다.

"재민, 아직까지 호스트를 못 구했으면 우리 집에 와."

문제는 이 남자에 있었다. 천천히 이 남자의 프로필을 읽어보는데 다른 여행자들이 남긴 리뷰가 하나도 없었다. 여행자를 초대하는 것이 내가 처음이거나, 처음이 아니라면 이 남자에게 아무도 리뷰를 남기지 않았다는 뜻이다. 어떤 경우라도 좋은 케이스가 아니었다.

처음 카우치 서핑을 시작할 때는 리뷰가 세 개 이하인 곳은 안 가기로 했는데, 그 원칙들이 무너지고 있었다. 리뷰가 없다는 것은 그 만큼 이 사람이 누군지 모른다는 것. 일단 '가겠다, 안 가겠다' 답을 않고 기다리는데, 다른 호스트들에게 끝까지 답장이 오지 않았다. 이전 같았으면 호스텔에서 잤겠지만, 이제는 그럴 돈이 없었다.

이렇게까지 심각하게 고민하는 이유는 사실 리뷰가 없어서 때문만은 아니다. 카우치 서핑에는 선호 성별(Prefer Gender)를 쓰는 란이 있다. 자신이 호스트 하고 싶은 여행객의 성별을 쓰는 것이다. 대부분이 'Any', 즉 아무나 상관없다고 해 놓는다. 90% 이상이 Any라고 적어 놓기 때문에 여기에는 별로 정보가 담겨 있지 않다. 그런데 여기에 Any라고 적지 않고, Female(여성)이나 Male(남성)이라고 특정해두는 경우가 있다. 나는 여행객을 남자만 받겠다거나 여자만 받겠다는 것이다. 물론 그게 편해서 그럴 수도 있지만, 대부분이 그렇게 하지 않기 때문에 이것이 특별하게 해석되기도 한다.

남자가 선호 성별을 여자라고 했다면, 친구가 아니라 연애가 하고 싶다는 뜻으로 받아들여진다. 여자가 선호 성별을 여자라고 했다면, 이것은 경우가 좀 다르다. 남자를 집에 불러들이기가 부담스럽다는 뜻도 있고, 레즈비언일 가능성도 있다. 문제는, 남자가 선호 성별을 남자라고 했을 때, 이 경우는 동성애자일 확률이 높다. 단정 지을 수는 없지만, 그렇게 해석하는 사람들이 많다. 그래서 카우치 서핑을 이용하는 사람들은 설령 선호하는 성별이 있더라도, 일단 프로필에는 Any라고 적어놓고, 남자나 여자만 받는 식으로 한다. 오해를 사지 않기 위해서이다.

그런데 나에게 쪽지를 보낸 이 남자, 나이가 43세에 리뷰도 하나도 없고 혼자 산다는데, 선호 성별이 또 '남자'라고 되어 있다. 그리고 내가 리퀘스트를 보내지도 않았는데, 먼저 연락이 왔다. 자신의 프로필에 '남자'만 받겠다고 적어 놨는데 내가 'Ok' 했다면, 그것을 '나도 남자가 좋아'라고 해석할 수 있다. 최소한 그럴 여지를 내가 조금은 준 것이다. 마지막 날까지 고민을 했는데, 나를 재워 주겠다는 다른 호스트가 나타나지 않았다. 그래서 칠레에 가기가 싫었다. 볼리비아에 계속 머물고 싶은 생각도 들었는데, 벌

아메리카 심야특급

써 볼리비아 맨 아래까지 내려와 버렸다.

'나 그 집에 꼭 가야 하나?'

혼자 갈 자신은 없는데 누군가 같이 가면 갈 수 있을 것 같았다. 페이스북을 보니까 마침 J도 산티아고에 있었다. 같이 발빠라이소에 가자는 쪽지를 보냈다. 쪽지를 보내는 순간 생각했다. 'J한테 답장이 안 와도 가자. 그렇다고 할 일도 없는 여기 우유니 사막에 계속 앉아 있을 수도 없잖아.' 그리고 어떻게 보면 내가 괜히 앞서나가는 것일 수도 있다. '이 남자가 그냥 친구를 찾고 있을 수도 있잖아? 그 집에 들어가자마자 내 정체성에 대해서 분명하게 말해주면 되지 않을까.' 집 문을 열고 들어가는 순간 "와, 여기 칠레에 예쁜 여자 왜 이렇게 많아? 정신을 못 차리겠어"라고 호들갑을 떨면 될 것 같은데….

200 볼리비아노를 내고 와이파이가 되는 호텔로 갔다. 인터넷이 되는 유일한 호텔이다. 다른 호스텔들이 30~40볼 하니 다섯 배가 넘는 돈이지만, 그 날 밤 꼭 인터넷을 써야 했다. 국경을 건너야 하기 때문이다. 그 절차들을 일일이 알아봐야 했다. 이제는 혼자니까 빈틈없이. 그리고 혹시 모를 카우치 서핑 답장도 확인했다.

국경을 건너서 우유니에서 발빠라이소까지 가는 길을 찾는데, 그 단거가 복잡했다. 여기서 발빠라이소에 도착하는 데만 40시간은 걸리는 듯 했다. 중간에 황무지에 내려주는데, 거기서 다시 버스를 갈아타야 한다는 둥 뭔가 간단치가 않다. 이래저래 칠레에 가기가 점점 싫어졌다. 그 날 밤, 비도 엄청나게 내렸고 비싼 호텔 방은 난방이 안 됐다. 새벽까지 기다려야 되는데, 춥고 외롭고 또 40시간 넘는 길을 가야 했다. 그렇게 해서 그곳에 겨우 도착하면 게이 아저씨가 나를 기다리고 있다. 거울을 보면서 몇 번이나 되물었다. '그냥 한국 갈까?'

　내 버스표도 뭔가 이상했다. 다른 사람들 블로그를 읽어보니까 다들 새벽 3시 반 차를 타고 깔라마로 갔다고 한다. (당시 우유니 사막에서 여행사와 원주민 사이의 분쟁이 생겨, 칠레로 넘어가기 위해서는 칠레의 깔라마로 가서 산티아고로 이동해야 했다) 그런데 내 표는 새벽 6시 출발이다. 아무리 찾아봐도 6시 차 타고 갔다는 사람이 없었다. '내가 표를 잘못 샀나?' 분명히 매표소에서 "깔라마, 깔라마" 해서 받은 건데. 새벽 5시까지 추위에 떨다가 호텔을 나왔다. 버스 정류장까지 걸어가는데, 거리에 아무도 없다. 비도 오고 무서웠다. 아무리 관광객들이 많은 우유니라지만, 새벽이고 좁은 골목이다. 인적이 드문 밤거리, 앞만 보고 걸을 수는 없었다. 3초에 한 번씩 앞도 보고 옆도 보고 뒤도 보고, 거의 뒹굴뒹굴 돌면서 앞으로 나아갔다. 중간에 청소부라도 나오면 바로 고함을 지를 것 같았다.

　국경을 건너가는 버스니까 같이 가는 외국인 여행자들은 많을 것이다. 그 중에 한국인이 한 명이라도 있었으면 좋겠다. 발빠라이소까지 같이 가면 얼마나 좋을까. 한국인이 아니어도, 아시아인이라도 있었으면 하는 생각이었다.

5시 반쯤 버스 정류장에 가니 현지인들만 보였다. 어떻게 된 게 외국인이 한 명도 없다. "이거 뭐야. 이거 뭐냐고." 딱 푸노 버스터미널 분위기 그대로다. '버스표를 잘못 받았나?' 싶었다. 분명히 이 버스에는 우유니 관광을 마치고 칠레로 넘어가는 여행자들로 넘쳐야 한다. '다들 3시 반 차 타고 갔다던데. 6시에 출발한다 할 때부터 이상하다 했어. 부따!'

6시 반쯤 되니 버스 한대가 왔다. 직원이 내 표를 보더니, 이 버스에 타면 된다고 한다. 그런데 그 큰 버스에 타는 사람이 나와 현지인 두 명 밖에 없었다. '뭐 사람들이 곧 타겠지' 싶었는데 바로 버스가 출발하는 것이었다. 버스 기사에게 잠시만 기다려 달라고 하고, 버스에서 내려 아까 그 직원을 찾았다.

"뽀르께?(왜?)"

버스 직원은 무슨 일이냐며 나를 쳐다본다. 나는 '이 버스가 정말 국경으로 가는 것이 맞느냐?'고 묻고 싶었고, 그 쪽에서 맞다고 한다면, '그럼 초소한 5시간은 가야 되는데, 세 사람 태워서 가는 게 말이 되느냐?'고 묻고 싶었다. (인터넷으로 어제 찾아본 결과 이 버스로 국경을 건너지는 듯하고, 국경지대에서 다른 버스로 갈아타야 되는데, 그 국경지대로 가는 데만 5시간이 걸렸다) 하지만 스페인어로 그렇게 물어볼 수 없으니 '그런데 왜 버스에 사람이 없냐'는 뜻으로

'왜?'라고 물은 것이다.

"뽀르께?(왜?)" "뽀르께에~~~~~~(왜에에~~?)"

터미널 직원도 당황했다. 버스에서 내린 승객이 대뜸 "왜? 왜?"라고 물었으니까. 직원은 쓸데없는 소리하지 말고 빨리 버스에 타라고 손짓했다. 아는 스페인어를 총동원했다.

"부스, 깔라마, 뽀르께, 노, 뻬르소나?(버스, 깔라마, 왜, 없다, 사람이?)"

"솔로 뜨레스 뻬르소나, 노, 이네로, 뽀르께, 깔라마?(오직, 세 사람, 없다, 돈, 왜, 깔라마?)"

버스 직원은 그래도 간다며 고개만 끄덕거리다 나를 버스 안으로 밀어 넣었다.

현지인 두 사람은 맨 앞자리에 타고 나는 내 번호인 37번에 앉았다. 그나마 그 두 사람이 엄청난 위로가 되었다. 저 사람들까지 없었으면 이 버스를 안탔을 것이다. 그냥 그 표를 버렸을지도 모른다. 고개를 들어 앞자리에 앉은 그들을 자꾸 쳐다봤다. 최소한 이 버스가 사람을 나르는 버스라는 사실을 계속 확인받고 싶었다.

그런데 1시간이 지나니까 그 두 사람도 버스에서 내렸다. 이건 말이 안됐다. 이 버스는 5시간을 달려가야 되는 버스다. 당연히 나 혼자 태우고 갈 이유가 없다. 하지만 버스는 쉬지 않고 어딘가로 가고 있었다. 옷은 비

아메리카 심야특급

에 젖었고, 버스 안은 추웠다. 몸은 떨리는데 불안한 마음에 손이 더 떨렸다. 창문으로 내다보이는 바깥은 끝없는 황무지 뿐. 지금 운전대를 잡고 있는 기사는 이 버스 안에 내가 있다는 사실을, 한 사람이 이 차 안에 있다는 사실도 모르고 있을 것 같다. 왠지 기사가 볼일 보려고 차를 세웠다가 "어? 너 뭐야? 여기 왜 탔어? 이 버스가 어디 가는 건지 알고?" 하고 당장 내리라고 할 것 같다. 지금 내가 보고 있는 이 황무지에.

'제발 날 어디로 데려가도 좋으니 그냥 사람 세 명 이상이 모여 있는 곳에만 내려 줬으면.' 사람들이 모여 있는 것 자체만으로, 그게 서로에게 얼마나 큰 위안이 되는지 이 버스를 타기 전에는 알지 못했다. 어디서든 혼자 있다는 것은 두려운 일이다. 이 버스에 한 사람만 더 타고 있었어도, 지금의 불안감이 반으로 줄었을 것이다. 그런데 지금은 혼자다. 오줌이 마려웠는데, 뒷자리 가서 그냥 버스 바닥에 싸버렸다. '밖에 싸야 된다'는 생각조차 못할 정도로, 모든 촉각이 '나는 어디로 가게 될까'에 있었다. 어제 밤을 꼬박 새웠지만 잠이 오지 않았다. 그런데 잠이 오기 시작했다. 눈을 뜨고 있어도 뭐 하나 바꿀 수 있는 게 없으니, 점점 무기력 해지고 있다는 뜻이었다. 내가 할 수 있는 것은 내리라고 하는 곳에 내리는 것뿐이었다.

버스가 서서 잠이 깼다. 자리에서 일어나 바깥을 보는데, 볼리비아 출국심사를 받는 아바로아(Avaroa)에 와 있었다. 일단 제대로 온 것이다. 얼마나 안심이 되던지, 얼음 같았던 몸이 순식간에 녹아내렸다. 여기서 출국심사도장을 받고, 다시 이 버스를 타고 국경지대로 가면 된다. 혹시 버스가 떠날지 모르니 짐을 다 들고 출국 사무실로 갔다. 여권에 출국 도장을 찍어주는데 그 도장에 뽀뽀를 몇 번이나 했다. 그러니 그 심사원이 내가 볼리비아가 너무 좋아서 그러는 줄 알고, 자기 수첩에 있는 볼리비아 국기에 자기도 뽀뽀를 한다. 이제 더 이상 이 버스에 실례를 해서는 안 된다. 출국 심사원에게 화장실이 어디냐고 물어보니까, 나를 밖으로 데리고 나가 손을 쫙 뻗어보였다. "Everywhere.(여기 다)"

버스가 나를 기다리고 있었다. 오직 나만을 위해 대기하고 있는 버스. 여기까지 와 준 것은 고마운데, 아직까지 이해가 안 되는 것은 마찬가지다. '이 버스는 도대체 뭔가?' 버스에 다시 타고부터는 마음이 조금 놓였다. 햇볕이 내리쬐면서 버스 안도 따뜻해졌다.

인터넷으로 확인한 다음 스텝을 보면, 내가 타고 있는 버스가 볼리비아와 칠레 국경사이 사막에 그냥 나를 내려 준다고 한다. 그럼 거기로 칠레행 버스가 오고, 그 버스를 타고 칠레로 들어간단다. 버스 맞교환이 이루어지는 것이다. 그 내려주는 곳에는 칠레로 가는 무리들이 나처럼 버스를 기다리고 있다고 하는데, 나는 혼자 타고 왔으니 아마 기다리는 사람들이 없을 수도 있다. 사람들은 보통 바닥에 앉아 네 시간을 기다렸다는데, 나는 그들과 시간대가 다르다. 혼자 또 얼마나 기다려야 할까. 그렇게 또 걱정이 시작됐는데, 버스가 황무지에 서니 바로 그 앞에 칠레행 버스가 기다리고 있

아메리카 심야특급

었다. '왜 또 버스가 바로 대기하고 있지?'

상황이 조금씩 이해되기 시작했다. 칠레에서 온 그 버스, 나와 맞교환 될 그 버스 안에는 한 가족이 타고 있었는데, 버스 안에 매트리스를 비롯한 각종 물품들이 가득 실려 있었다. 볼리비아와 칠레를 오가는 사업가가 그 버스를 통째로 빌렸던 것이다. 그 짐들을 다 싣고 다시 볼리비아로 건너가야 하니 버스 하나가 필요했고, 내가 거기 탄 것이다. 이해가 되니 불안감도 사라졌다. 진작 이런 상황을 알았으면 '이 버스는 내 것이요' 하며 갔을 텐데. 두 버스 사이의 짐을 옮기는 데만 한 시간이 걸렸다. 어쨌든 나는 황무지에서 기다리지도 않고, 그 버스를 개인 자가용처럼 타고 국경을 향해 가고 있었다.

칠레 입국심사대 앞으로 여행자들이 줄을 쫙 서 있었다. 새벽 세 시 반에 차를 타고 온 여행자들을 이제 따라 잡은 것이다. 그들은 벤이나 소형버스를 촘촘히 타고 온 사람들인데, 내가 그것보다 더 큰 버스에서 혼자 내리니 모두들 나를 쳐다봤다. 입국심사대를 통과하기 위해서는 타고 온 차도 검사를 맞춰야 했다. 내가 탄 버스는 나 혼자였고, 그래서 제일 먼저 짐 검사와 입국심사를 받을 수 있었다. 한참 동안 줄을 서 있는 사람들을 제치고, 가장 먼저 입국 심사를 받으니 사람들의 눈빛이 점점 이상해졌다. 이 특별한 사람은 혼자 버스를 타고 와서 줄도 서지 않고 입국심사를 받고 있다. 뒤에 줄을 서 있던 외국인들이 "어디서 왔어요?" 하고 물어봤고 나는 당당

아메리카 심야특급

하게 "Korea"라고 답했다. 그렇게 심사대 앞에 일렬로 서 있는 사람들을 제쳐두고, 전용버스에 올랐다. 창문을 통해 모든 사람들에게 손 인사를 해줬다. 외국인들은 아마 내가 말한 'Korea'를 'North Korea'라고 생각했을 것이다. 다들 입을 다물지 못하고, 창문에서 손을 흔들며 사라지는 나를 바라보고 있었다.

다음날 J와 연락이 닿았다. 자신도 마침 발빠라이소에 갈 계획이었다며, 같이 가자고 했다. 발빠라이소에 도착해서 전화를 했다. 호스트 이름은 마우로(Mauro)였다.

"안녕 마우로, 나 재민이야. 지금 발빠라이소 버스터미널 앞이야."

마우로가 이곳으로 우리를 데리러 오기로 했다. J와 함께 그를 기다리고 있었다. 그가 어떻게 생겼는지는 별로 중요하지 않다. 덩치가 얼마만한가, 그게 중요하다.

나를 초대한 43살, 혼자 사는, 게이

젊고 멋있는 남자 둘이 나타났다. 둘 다 한 쪽 귀에만 귀걸이를 했다. 대학교 1학년 때 나도 귀걸이를 했기 때문에 그 의미가 무엇인지에 대해 들은바가 있었다. 같이 마우로 집으로 가니 곧 친구들이 몰려왔다. 다 같이 법을 공부하는 학생들이라고 한다. 법을 공부하든 말든 내 관심은 거기에만 있었다. 이 남자가 정말 내가 짐작하고 있는 대로 일까? 그렇다고 직접 물어볼 수는 없잖아. "혹시 게이세요?"

그런데 시간이 지날수록 그 예상이 맞는 것 같았다. 이 친구들 중에서 마우로만 유독 여자들한테 스킨십을 많이 했다. 걔 중에는 커플들도 있었는데, 여자도 남자도 별로 신경 쓰지 않는 듯 했다. 껴안기도 자주 하고 손도 쉽게 잡는다. 꼭 같은 여자끼리 하는 것처럼. 그렇다고 마우로가 여성스럽게 생긴 것은 아니었다. 오히려 아주 남성적이었다. 몸도 좋고 옷도 잘 입었다. 대신 그 행동은 아주 섬세했다. 우리를 아주 세세하게 배려했고 부드럽게 말을 했다. 내가 하는 말도 따뜻하게 받아주고 매너도 세련됐다. 혼자서 이런 생각을 했다. '이런 사람들이 원래 생각이 깊고 배려심이 많은 거겠지. 스스로에 대해서 얼마나 오랜 시간을 고민했겠어. 자신에 대한 고민과 고민. 그 거듭된 고민을 통해서 다른 사람을 이해하는 법을 배운 거야.'

일단 친구들이 많으니까 안심이 됐다. 여기 되게 칙칙할 거라고 생각했는데 밝고 활기가 넘쳤다. 그리고 다들 느낌이 좋다. "오길 잘했어."

우리는 버스를 한 시간 반 이상 타고 가서 어떤 모래성으로 올라갔다. 바다 바로 앞에 산 같은 언덕이 있는데 그 곳이 다 모래로 깔려 있었다. 거기서 오늘 '멜빈'을 마셔보자고 했다. 멜빈은 '멜론 콘 비노'를 줄인 말인데, 콘은 스페인어로 with라는 뜻이고 비노는 와인이다. 멜론과 와인을 섞어 마시는 것이다. 우선 멜론 윗부분을 잘라서 그 안에 씨들을 다 **빼내고** 비노를 붓는다. 멜론을 많이 사왔지만, 절대 한꺼번에 여러 개를 만들지 않았다. 하나를 가지고 그것을 사발처럼 들고 돌아가면서 마신다. 자신이 마시고 난 후 눈이 마주치는 누구한테 주는 것이다. 그러면 그 사람이 또 그것을 받아 마시고, 눈이 맞은 누군가에게 전달한다. 멜론을 하나 다 비우면 그때 새로운 멜론 하나를 더 까는 식이었다.

모래성에 있어서 그런지 바람이 불 때마다 멜빈 안으로 모래가 들어왔다. 거의 10%가 모래였다. 그것을 어떻게 털어내 보려고 애를 쓰고 있는데 마우로가 말했다. "그럴 필요 없어. 원래 제조법이 그래. 멜론, 비노 그리고 모래." 이것은 젊은 사람들이 마시는 거다. 더 정확히 말하면 '없는' 젊은 사람들. 젊잖게 와인 잔에 마시는 것이 아니라, 이렇게 야외에서, 바닷가에서 마시는 거라 원래 모래가 많이 들어간단다. 그래서 칠레 사람들에게 멜빈의 재료를 물으면 '멜론, 와인 그리고 모래'라고 말한다.

배가 고팠다. '얘네들은 밥도 안 먹고 술 마시나.'
"마우로, 나 다 먹은 멜빈 안에 있는 멜론 좀 먹어도 돼?"
"어. 빨리 죽고 싶으면."
이것도 빨리 가는 방법이 있다. 멜빈에 남아 있는 멜론을 숟가락으로 퍼먹는 것이다. 멜론에 비노가 담기는 순간부터 비노는 멜론 안으로 스며들기 시작한다. 그래서 멜론 안에 있는 말랑말랑한 부분에는 비노가 진득하

아메리카 심야특급

게 농축되어 있다. 그것을 한 숟가락씩 퍼 먹으니 알코올 원액을 짜먹는 것처럼 술기운이 올랐다.

노을이 지고 바다가 어두워지자 자리를 조금 옮기자고 했다. 우리가 있는 모래성은 여러 개의 언덕이 모여 있어, 움푹 패인 곳이 있는가 하면 온 도시가 내려다보일 정도로 높이 솟은 곳도 있었다. 우리는 모래 언덕으로 둘러싸인 낮은 곳으로 이동했다. 사람들은 그것을 "달(Moon)로 간다"고 불렀다.

"지금 뭐가 보여? 꼭 달에 와 있는 거 같지 않아?" 우리는 모래성에 철저히 둘러싸여 있다. 그 자리 위로 밤하늘과 달이 보였다. 마우로의 말대로 꼭 달 속에 앉아 있는 기분이다. 그렇게 느낄 만도 했다. 사람들은 이미 멜빈과 담배 그리고 마리화나에 잔뜩 취해있었으니까.

그런데 아무리 고쳐 봐도 마우로가 43살 이라는 것이 믿어지지 않는다. 많이 잡아도 30살 정도? 외국인들은 보이는 것보다 늙은 사람도 많고 젊은 사람도 많으니 그럴 수도 있겠다 싶었지만 술도 취했겠다 해서 자연스럽게 물었다.

"마우로, 근데 너 보기보다 되게 젊어 보인다."

"내가 젊어 보여? 하하하. 그런 얘기는 처음인데?"

"딱 봐도 내 또래로 보이는데."

"네 또래 맞잖아."

"???"

"재민, 네가 몇 살이었지?"

"26살."

"나랑 동갑이네."

"동갑이라고? 너 26살이야?"

"어. 나 26."

"너 카우치 서핑 프로필에는 43살이라고 되어 있던데?"

"아 그래? 내가 잘못 적었나 보다. 빨리 가입한다고 막 적은 게 몇 개 있어."(대충 적을 게 따로 있지 나이를 대충 적냐?)

남미 대부분이 그렇지만, 여기에도 거리에 개들이 참 많다. 우리가 있는 모래 동산까지 개들이 있었다. 그래서 사람들 중에는 멜빈의 주원료가 '멜론, 비노, 모래 그리고 개털'이라고 하는 이들도 있다.

그렇게 밤 10시까지 달에 있다가 버스를 타고 발빠라이소로 돌아왔다. 다시 자신들의 아지트로 이동하는 듯했다. 발빠라이소의 밤을 멋지게 감상할 수 있는 곳을 안다고 했다. 나는 취했고 피곤했다. 별로 가고 싶지 않았다.

마우로와 친구들은 좁은 골목을 따라 나있는 돌계단 중간쯤에 자리를 잡고 앉았다. 딱 고등학생들이 지나가는 애들 삥이나 뜯을 것 같은 장소다. 우리는 차가운 맨바닥에 가출한 청소년처럼 앉아 있었다. 야경이 제대로

아메리카 심야특급

보이는 것도 아니고, 불편하고 춥기만 했다. 그렇게 두 시간 가량을 웃으며 추위에 떨다, 새벽 한 시가 조금 넘은 시각 드디어 마우로 집으로 돌아왔다. '이제 겨우 잘 수 있겠다' 싶었는데, 마우로가 또 클럽에 가자고 한다. '뭘 이렇게 하루에 다 하려고 그래. 너 내일 죽냐?' J는 피곤해서 먼저 자겠다고 했고 나에게는 다시 물어본다.

"재민, 너 하고 싶은 대로 해. 꼭 우리 안 따라가도 괜찮아. 피곤하면 자고 괜찮으면 같이 가자." 마우로는 눈으로 '발빠라이소의 밤은 지금부터야'라고 말하고 있었고, '피곤하다'는 변명이 이 상황에 어울리지 않을 정도로 그의 눈빛은 간절했다.

"뭐 그럼 그러자."

"그럴 줄 알았어. 이제 우린 친구야. 넌 정말 멋있어."

클럽 같이 가겠다고 하니 친구가 됐고 멋진 놈이 됐다.

집을 나가기 전, 마우로가 어딘가에서 봉투 같은 것을 조심스럽게 꺼냈다. 약봉지 같은 것이었다. 그 종이를 펴니 그 위에 밀가루 같은 하얀 가루들이 있었다. 한 눈에도 가벼워 보이지 않았다. 그 하얀 것들에서 어떤 힘이 느껴졌다.

"우리는 클럽 가기 전에 이걸 조금씩 마시고 가거든? 넌 네가 편한 대로 해."

예상은 했지만, 이건 확실히 감기약이 아니었다. 처음 보는 코카인. 가슴이 뛰었지만, 놀란 척은 하지 않았다. '어, 코카인이네' 하며 쳐다봤다.

마우로는 하얀 가루를 종이 모서리로 밀어낸 후 그걸 코에 갖다 대고 내려오는 콧물을 들이마시듯 '쉿' 그것들을 빨아드렸다. 이렇게 소량만 들이마시면 꼭 레드불스를 마신 것처럼 정신이 맑아진다고 하는데, 무슨 논리를 갖다 대든 이건 코카인일 뿐이다.

"재민아, 내가 너한테 해줄 수 있는 말은 이거야. 자연이 너를 콘트롤하게 만들지 말고, 네가 자연을 콘트롤 하면 돼."

클럽에서 집으로 돌아오는 길이었다. 마우로와 그의 친구, 나 이렇게 셋이 같이 있었는데, 50대로 보이는 거지 한 명이 우리 뒤를 졸졸 따라왔다. 돈을 달라는 것이다. 시간은 새벽 4시. 어두운 밤 좁은 골목길이었지만, 건장한 두 남자와 같이 다니니 무서울 게 없었다. 우리가 아무런 대꾸가 없자, 그 거지는 더 이상 우리를 쫓아오지 않았다. 마우로가 집에 가는 길에 코카인을 조금만 더 사가자고 했다. 길만 잘 알았어도 먼저 집에 가겠다고 했겠지만, 여기서 집에 가는 길도 모르고 이 길거리를 혼자 돌아다닐 수는 없어 따라갔다. '여기서 딱 코카인 팔면 되겠다' 싶은 골목이 나왔고, 정말 거기에 몇 사람이 앉아있었다. 고등학생 정도로도 안 보이는 남자애들 셋이었다. 그 아이들은 아까 집에서 본 것과 비슷한 종이 하나를 꺼냈다. 그 종이에도 결코 가벼워 보이지 않는 하얀 가루들이 아주 조금 올려져 있었다.

그런 생각이 들었다. '왜 코카인은 꼭 하얀 종이에 담겨 있을까?' 영화를 봐도 꼭 코카인은 하얀 종이에 쌓여있다. '검은 종이에 있으면, 더 눈에 띌

아메리카 심야특급

텐데. 확 들이마셨을 따 하얀 가루들이 흩어져 있으면 폼이 안 나서 그런가?' 이렇게 쓸데없는 생각을 하고 있을 때, 마우로는 벌써 그 샘플들을 살펴보고 있었다. 그때였다. 그 은밀한 골목 끝으로 누군가의 그림자가 나타났다. 소리는 나지 않았지만, 기운은 느껴졌다. 우리 여섯 모두 그 쪽으로 고개를 돌렸다. 그 그림자의 끝에는 아까 클럽에서부터 우리를 따라왔던 거지가 서 있었다. 뭐라 뭐라 중얼거리며, 어떻게 보면 욕에 가까운 말들을 하며 다가왔다. 그 거지가, 그렇게 빠르게 스페인어를 내뱉고 있는데도 그 말이 이해가 되었다. 분명 처음 듣는 단어들이었지만 같은 인간이기 때문에 접근할 수 있는, 외국어에 대한 최소한의 해석 능력이 있었다.

"이걸 이렇게 사고팔아도 되는 거냐?" 그는 자신의 정의감을 우리에게 팔고자 했다. 마우로와 그의 친구는 대꾸도 않고 꺼지라고 손을 저었다. 거지는 골목 끝으로 가더니 자신이 낼 수 있는 최대한의 목소리로 "폴리시아! 폴리시아!(경찰관!)"를 외치기 시작했다. 엄청난 볼륨이었다. 그 어둡고 먼 거리에서도 거지의 목에 선 선명한 핏줄이 보였다. 이제는 우리 쪽으로 몸을 돌려, 보란 듯이 자신의 요동치는 목젖을 보여줬다.

마우로와 그의 친구는 조금도 머뭇거리지 않고 그 거지의 멱살을 잡아 골목 안으로 몰아세웠다. 그 자상하던 마우로가 괴물로 변하는 순간이었다. 그 거지를 가운데 두고 양 옆에서 욕을 해대기 시작하는데 나는 손가락 하나를 움직일 수가 없었다. 끔찍하게 무서웠다. 마우로가 입을 열 때마다 빛나는 그 새하얀 이빨이, 칼처럼 거지를 쑤셔대고 있었다. 욕을 한 마디 할 때마다 평소에는 드러나지 않았던 악마의 주름이 생겼다 사라졌다. 아까 그렇게 소리를 지르던 거지는 한 마디 대꾸도 않고 벽화처럼 붙어 있었다. 약속이나 한 듯 마우로와 그의 친구가 동시에 욕을 마쳤다. 그 거지는 아무 말도 없이, 아무런 제스처나 행위도 없이 조용히 그 골목에서 사라졌다. 곧 우리도 그 자리를 떴다.

"재민, 저런 인간을 만났을 때는 무조건 네가 총이나 칼이 있다는 걸 보여줘야 돼! 지금 네가 가진 것이 없어도 최소한 네 친구 중에 누군가가 칼이나 총을 들고 여기로 올 수 있다는 걸 보여줘야 한다고!"

다음날 집에서 일어난 시간이 오후 2시였다. 전날 밤에 있었던 일을 떠올리며 늦게까지 뒤척였던 것이다. 오후에는 거리로 나갔다. 여행지를 가장 빠르게 이해하는 방법은 기념품점에 들어가 보는 것이라 생각한다. 기념품들을 보면 과장되게 표현되어 있는 게 있다. 그것이 그 지방에서 가장 아름다운 것, 가장 내세우고 싶어 하는 것이다. 여기 발빠라이소의 기념품들을 보면 그림에도 엽서에도 열쇠고리에도 다들 집들이 무질서하게 붙어 있는 모습을 지나치게 부풀려 새겨 놓았다. 정렬된 느낌이란 것이 없다. 색깔도 마찬가지. 전혀 어울리지 않는 촌스러운 원색들이 다닥다닥 붙어 있다. 하지만 이런 것들을 한데 모아놓으면 전혀 다른 느낌을 낸다. 촌스러움을 넘어 오히려 감각적으로 보인다. 그리고 그 촌스러운 것들이 너무 당당하게 자신을 드러내고 있으니 그 기운에 밀리는 기분이다. 내가 발빠라이소를 처음 보고 느낀 그 감정 그대로다.

여기는 도시 자체가 야외 박물관이다. 건물들이 구역구역 나눠져 그 벽마다 그림이 그려져 있는데, 프로작가들의 그림들도 곳곳에 보였다. 이런 방식 자체가 하나의 메시지인 셈. 예술은 박물관에 있는 것이 아니라 우리 옆에 있다는 것이다.

원래 마우로 집에서 하루만 있기로 했지만, 벌써 삼 일째 아침을 맞았다. 그 날 비로소 나와 J는, 마우로가 게이가 아닐 수도 있다는 생각을 주고받았다. 첫날부터 마우로는 자신의 옛 여자친구 이야기를 했고, 아직도 그녀를 잊지 못하고 있다고 했었다. 하지만 그때 우리는 마우로가 게이라는 확신이 있었기 때문에 '아, 그 상처 때문에 여자가 싫어졌구나' 하는 생각만 했다. 마우로가 무슨 이야기를 해도 '네가 그래서, 어, 그렇구나'라고 해석했다. 그런데 삼 일째 마우로를 지켜보고 있으니, 이때까지 마우로가 했던 말과 행동들이 종합되면서, 마우로가 게이가 아니라는 생각을 하게 된 것이다. J와 중복 체크를 해봐도 마찬가지였다. 일단 마우로가 여자를 좋아했다. 우리는 매일 밤 클럽에 갔었는데 마우로가 여자이야기를 너무 많이 한다 싶었다. 저 먼발치에 예쁜 여자 둘이 오면 마우로와 그 친구가 서로 손가락 두 개를 내보이며 수화를 주고받곤 했다. "저기 오늘의 목표물 두 명 있어"라는 공용어, 익숙한 표현이다. 첫날부터 보여준 마우로의 말과 행동들은 한 방향을 가리키고 있었다. 90퍼센트의 확신을 가지고 조심스럽게 입을 열었다.

"마우로, 카우치 서핑에 네가 선호 성별을 '남성'이라고 적어 놓으면 게이라는 뜻이야. 그거 알고 있지?"

마우로가 깜짝 놀란다.

"정말? 나 여자 완전 좋아하는데."

'너 그럴 줄 알았다' 프로필을 빨리 바꾸라고 했다. 나이도 정상적으로 26살로 고치라고 덧붙였다. 오 분 뒤에 다시 마우로의 프로필을 확인해 봤는데, 선호 성별은 그대로 '남자'로 두고 자신의 성별을 바꾸어 놓았다. 자신의 성별을 선택하는 란에는 '남자, 여자, 그리고 여럿(Several)'이 있는데, 자기 성별을 '여럿(Several)'으로 바꾸어 놓은 것이다.

"야 마우로. 이게 뭐야? 네 성별 말고 선호 성별을 바꾸라고. 너 지금 'Several'이라고 되어 있다고. 그러면서 너는 여전히 남자를 원한다고 적혀 있어. 사람들이 이걸 어떻게 받아들이겠어?"

"아, 내가 그렇게 바꿔놨어?"

"너 그냥 로그인 하고 자리에서 나와. 내가 바꿀게."

진짜 사람은 믿는 대로 보이는가 보다. 처음에 마우로를 게이라고 생각했을 때는 그의 모든 행동들이 그를 게이로 판단하는 근거가 되었다. 사실 마우로가 친구 여친에게 남다르게 다정다감 했던 것은 그의 표현 방식이었고, 섬세하고 부드러웠던 행동은 그의 성격이었다. 오른쪽에만 귀걸이를 해야 게이라는 뜻인데, 그는 왼쪽 귀만 뚫었다.

발빠라이소에서 보내는 마지막 저녁. 항구 쪽에 가서 해산물을 먹기로 하고 레스토랑을 찾았다. 여행 책에 추천된 곳도 있었지만, 그 갖은편에 있는 이름 없는 식당에 들어갔다. 허름한 식당이었다. 신발을 벗고 해산물을 먹고 있는데, 서빙 하러 온 여자가 자신의 코를 잡으며 발 냄새 난다고 신발 좀 제발 신으라고 한다. '아니 무슨 냄새가 난다고 그러지' 싶어서 황급히 신발을 다시 신으려는데, 장난이라며 그냥 벗고 있으라고 했다. 아니 여기 들어온 지도 얼마 안 됐는데 무슨 저런 장난을 칠까 싶었다. 그리고 밥을 한창 먹고 있는데, "Come on, Come on(이리와, 이리와)" 하면서 자기 쪽으로 오라고 부른다. 네 살 된 자기 딸과 놀아 달라는 것이었다. 어느 식당에서 밥 먹고 있는 손님을 '오라 가라' 부르는 경우가 있는가. 그래도 즐겁게 밥을 먹었다. '비싼 레스토랑에서 팁 주고 서비스 받는 것보다 그런 스트레스 없이 여기 순박한 사람들이랑 밥 먹는 게 더 낫다'고 이야기하고 있었는데, 계산서를 보니까 자기네들이 알아서 팁을 20%나 추가 시켜 났다. 콜라도 하나 시켰는데 정상적인 가격이 아니다. 그리고 메뉴 판에 적혀 있는 가격보다 10%씩 (우리가 눈치 못 챌 거라고 느낄 정도로만) 올려 적어 놨다. '아니 여기 이 식당은 자기네들 좋은 것만 다 하는 거야 뭐야? 서비스 할 때는 정이 넘치는 시골 분위기로 가다가, 계산할 때는 또 호텔에서 하는 것처럼 봉사료, 팁 이런 거 다 넣는 거야?' 잘못된 가격은 정상적으로 내리고 팁과 콜라 값은 제대로 지불하고 나왔는데, 그래도 이상하게 그 식당에 정이 갔다.

그 날 밤, 발빠라이소에서 아트 축제가 있었다. 그래서 이전에 봐 두었던 어떤 소규모 박물관, 꼭 집처럼 꾸며놓은 그곳에 들어갔는데, 술판을 벌이고 있을 거라 생각한 사람들이 아주 진지한 이야기를 나누고 있었다. 한 사람씩 돌아가면서 자기 이야기를 한참하고 그것을 주위 사람들이 진지하게 들어주는 식이었다. 우리는 들어오자마자 바로 나가기가 그래서, 맥주 한 잔을 들고 그 방안에 앉아 알아듣지도 못하는 말을 들으면서 시간을 보냈다. 뭔가 들리기는 하는데 신경 쓸 필요가 없는 그 언어들이 은근히 맥주와 어울렸다. 그러다가 저 멀리서 음악소리가 들렸다.

"저기로 가볼까?"

기분이 갑자기 좋아졌다. 촘촘한 거리 어딘가에서 흘러나오는 음악을 듣고 그 곳으로 당장 갈 수 있는 내가 자유롭다고 느껴졌기 때문이다.

그녀는 천사였을까

미국에서 '남미로 가보자'고 딱 결정을 했을 때였다. 비행기 표도 안 끊고, 어느 나라 비자가 필요한지도 모를 때 최근 남미에 갔다 왔다는 한 블로그 이웃이 생각났다. 이것저것 정보도 물어볼 겸 몇 차례 쪽지를 주고받았다. 내가 궁금한 것만 막 물어보기도 좀 그렇고 해서 지나가는 말로 어느 나라가 제일 좋았었는지를 물어봤는데 '쿠바'라는 답을 들었다. 여행이 끝난 지금까지 쿠바에서의 기억을 잊을 수 없다고 했다. 몇 줄의 쪽지글 안에 쿠바에 대한 열정이 꽉 담겨 있었다. 그때만 해도 그런 곳이 있구나, 정도였다. 콜롬비아부터 시작되는 내 여행 일정과는 상관없었으니까.

일주일 뒤 남미 여행이 시작되었고, 콜롬비아와 에콰도르를 지나면서 쿠바는 서서히 잊혀지고 있었다. 마추픽추를 보기 위해 페루 쿠스코에 머물 때였다. 내가 머무는 도미토리에 1년 계획으로 세계일주를 하고 있는 한국 여행자가 있었다. 벌써 나보다 훨씬 많은 나라를 돌아다니고 있었다. 물론 가장 궁금한 것은 이것이었다.

"이때까지 다녀본 나라 중에 어느 나라가 제일 좋았어요?"

"쿠바요. 정말 너무 좋았어요. 쿠바요 쿠바."

다른 질문을 했을 때는 고상하고 논리적으로 대답해 준 그였는데, '쿠바' 이야기가 나오면서부터 애처럼 답을 한다. 왜 좋은지, 뭐가 인상적이었는지에 대한 설명 없이 바보처럼 웃으며 "너무 좋아요"라고만 하고 있었다.

'맞아. 여행 떠나기 전에도 누군가 나에게 쿠바가 최고라고 했었지' 쿠스코에서 처음으로 지도를 보며 어떻게 하면 내 동선에 쿠바를 끼워 넣을 수 있을지를 진지하게 생각해보았다. 그래도 쿠바는 너무 멀었고 반대방향으로 비행기를 타고 가야 되니 내 여행과는 맞지 않는다고 생각했다.

그렇게 페루를 지나 볼리비아에서 한바탕 소란을 치르고 우유니 사막으로 가는 버스에 올랐다. 도둑을 만난 후로는 경비가 정말 빠듯했기 때문에 저렴하게 여행을 이어나갈 수 있는 여행지를 찾고 있었다. 그렇게 우유니 사막에 막 도착했을 때의 일이다.

사람들 틈에서 혼자 밥 먹기도 싫고 해서 괜히 9시쯤 저녁을 먹으러 나 갔었다. 호스텔 바로 옆에 있는 한 피자 집. 그 레스토랑에는 70대로 보이 는 할머니와 나, 이렇게 둘만 있었다. 스파게티를 주문했는데 이십 분 넘게 기다려도 나오지 않자 자꾸 시계를 쳐다보게 됐는데, 그러다가 할머니와 눈이 몇 번 마주쳤다. 할머니는 "여기 원래 좀 오래 걸려" 하시면서 내 테이 블 쪽으로 와 자신의 피자 한 쪽을 주셨다. "이거 먹으면서 기다려."

그렇게 자연스럽게 할머니 테이블로 옮겨 같이 저녁을 먹게 되었다. 할 머니는 프랑스 출신이었다.

"무슨 걱정 있어?"

"네?"

"그런데 왜 그렇게 얼굴이 어두워?"

"아, 제가 사실은요."

할머니에게 대답을 듣기 위해서 말을 꺼낸 것은 아니었다. 답답한 마음 에 혼잣말을 하는 심정으로 당시 머릿속을 채우고 있던 계획들을 이야기 했다.

"우유니 사막 보고 나서는 어디로 가야 될지 모르겠어요. 일단 여기서 칠레 갔다가 아르헨티나까지는 갈 계획인데요. 아르헨티나 다음부터는 계 획이 없어요. 아르헨티나에서 브라질로 갈까 아님 아르헨티나에서 우루과 이와 파라과이를 볼까 아니면 아예 칠레와 아르헨티나를 천천히 둘러볼까, 이렇게 세 개 중에서 고민 중이에요."

아메리카 심야특급

"그런데 뭐가 문제란 말이야?"

"셋 다 뭔가 좀 애매해요. 아르헨티나나 칠레 물가가 비싸서 오래 있을 수는 없고, 그렇다고 브라질 가려니까 멀고 더 비싸고, 우루과이와 파라과이는 정보도 없고 또."

"네가 별로 거기를 가고 싶은 생각이 없구나."

노인에게는 가장 중요한 것이 먼저 보이는가 보다. 내가 가지고 있는 세 가지 옵션의 문제는 돈도 아니고 정보도 아니었다. '안 끌린다'는 것이다. 볼리비아나 페루만큼 열정도 생기지 않았고 꼭 가보고 싶다는 간절함도 없었다. 그렇게 스스로 시들시들해지고 있는 나에게 할머니가 되물었다.

"쿠바는 어때?"

몸이 확 달아올랐다. '아 맞다. 쿠바. 내가 왜 이곳을 또 잊고 있었지?' 여행을 오기 전에 블로그 이웃이 나에게 했던 말, 페루에서 만난 세계일주 여행자가 해줬던 말들이 떠올랐다. 갑자기 남은 여행에 대한 열정이 생겨나기 시작했다. 쿠바를 가고 싶다는 생각과 어떤 의미에서의 집착 때문에 손이 뜨거워졌고, 흐릿했던 정신도 맑아지기 시작했다.

"할머니는 쿠바 가보셨어요?"

"여러 번 갔다 왔지."

"쿠바에는 뭐 보러 가는 거예요? 거기 가서 할게 뭐 있어요?"

할머니는 나를 천천히 살펴보더니 말했다.

"네가 찾는 모든 것이 있어."

"네?"

쿠바를 갔다 온 사람들은 하나 같이 이야기 했었다. 자신의 여행에서 쿠
바가 최고였다고. 그래서 물어봤다.

"할머니도 쿠바가 가장 좋았어요?"

"음, 나는 18살 때부터 여행을 다녔거든. 몇 년씩 다닐 때도 있었고 일을
하다가 틈틈이 다니기도 했어. 그렇게 해서 지금 내 나이가 72이야. 좀 많
지? 그런데 내가 여행을 다니기 시작하면서 지금까지, 그러니까 몇 년이지,
55년. 그 55년을 통틀어서 쿠바가 최고였어."

'쿠바가 그런 곳이었구나' 하면서 나도 모르게 "쿠바, 씨"(씨, Sí는 스페인어
로 Yes라는 뜻)라고 대답했다. 쿠바에 꼭 가고 싶다는 뜻으로 한 말인데 '쿠바,
그렇군요', '쿠바, 맞아요' 정도의 뜻이 될 것이다. 그런데 그 말을 들은 할
머니께서 "그래, '쿠바, 씨', 그 말이 실제로 있어. 쿠바를 두고 사람들이, 지
금 너처럼 '쿠바, 씨', '쿠바, 씨'라고 말해. 표어처럼 말이야."

그래서 나는, 발빠라이소에서 산티아고까지 왔지만 쿠바에 빠져 있었
다. 돈은 없지만 어떻게 갈 방법이 있지 않을까. '아 그래도 쿠바.' 그 날부
터 입에 쿠바를 달고 살았다. 아침에 중얼거리듯 "쿠바, 쿠바" 하고 일어나

아메리카 심야특급

서 "쿠바, 쿠바" 하며 아침 점심을 먹었고, 거리에서 한 걸음씩 내디디며 "쿠바, 쿠바"라고 말했다. 그렇다고 쿠바로 갈 수 있는 현실적인 방법들을 성실하게 찾아본 것은 아니었다. 그냥 매일 그렇게 말하면 2주 뒤에는 꼭 내가 쿠바에 있을 것 같았다.

이건 내가 대학교 1학년 때 1년 선배가 해준 이야기에 따른 것이다. 지금 은 우습게 들릴 수도 있지만 1학년 때 바라본 2학년 선배는 많이 알고 경험 또한 풍부한 사람이었다. 그 선배는
"재민아, 너 좋아하는 여자 있어?"
"왜요?"
"내가 쉬운 방법 하나 가르쳐줄게. 매일 일어나서 잘 때까지 걔 이름을 쉴 새 없이 말해봐. 그러면 되게 쉬워져. 그냥 사람이잖아. 계속 부르면 만 만해져."

나는 그래서, 칠레 산티아고에서 만났던 한 여자를 아직도 천사라고 믿 고 있다.

산티아고에도 카우치 서핑 리퀘스트를 많이 보냈었다. 답장도 몇 개 받 았지만 국경을 넘으면서 겪은 스트레스와 매일 새벽에야 잠이 들었던 발빠 라이소에서 쌓인 피로 때문에 며칠만이라도 마음 놓고 쉴 수 있는 곳에 머 물고 싶었다. 그래서 찾아 간 곳이 '고려민박'. 산티아고에 있는 대표적인

한국 호스텔이다. 아침에 일어나서 한국 밥 먹고, 한국인들 구경하고, 저녁이면 또 다 같이 모여서 '한국식 저녁시간'을 보낼 수 있었다. 몸과 마음이 점점 안정되는 게, 나에게는 병원 같은 곳이었다. 고려민박에 머물던 아저씨들이 매일 와인을 몇 개씩 사오셨고, 술집에 가도 클럽에 가도 돈을 대신 내주는 형들이 있었다. 그 호스텔은 칠레 속의 작은 한국이었다.

그러던 중 몇 주 전에 쪽지를 보낸 호스트로부터 답장이 하나 왔다. 방을 제공해 줄 수는 없지만 산티아고 관광을 시켜주겠다고 했다. 오랜만에 '한국'을 마음껏 여행하고 있었지만 일단 그 호스트의 프로필을 천천히 살펴봤다. 나보다 세 살 많은 여자였다. 사진을 봤는데 예뻤다. 굳이 프로필을 다 읽을 필요는 없었다. "Why not?"

우리는 산티아고 전경이 내려다보이는 '산 크리스토발(San Cristobal)' 언덕을 올라가기로 했고 저녁 7시에 지하철역에서 만나기로 했다. 소개팅 하는 기분으로 그녀를 기다렸다. 당시 발빠라이소에서 같이 돌아왔던 J도 같이 가고 싶다고 해서 그녀에게 쪽지를 보냈었다.

"내 한국인 친구가 같이 가고 싶어 하는데 괜찮아?"

당연히 같이 오라고 하겠지 하고 생각하고 있었는데, 그녀는 "그렇게 되면 너희 둘이 한국말 쓰겠지? 그럼 나는 좀 불편할 것 같아"라고 답장이 왔다. 물론 그녀를 앞에 두고 우리 둘이 한국말로 떠들 생각은 없었다. 그래서 "한국말 안 쓰겠다"고 답장을 보내려다가, 그녀가 보낸 쪽지를 다시 한 번

아메리카 심야특급

읽어보기로 했다. '이건 분명히 우리 둘이 한국말을 쓸까 봐 걱정 하는 게 아니야. 이건 단둘이 보고 싶다는 뜻 같은데?' 그렇게 혼자 김칫국을 처 마 셨다. 그래서 혼자 그 호스트를 만나기로 했다. 그녀가 동양인 친구를 만들 고 싶어 하는지, 데이트를 하고 싶어 하는지는 그녀의 복장에서 드러날 것 이다. 오늘 좀 많이 걸어서 올라가야 되는데, 드레스나 데이트 복장으로 차 려 입고 왔으면 그건 데이트고, 운동복으로 왔으면 '시티투어'가 될 것이다.

딱 제 시간에 그녀가 나타났다. 사진보다 더 젊고 밝은 인상이었다. 복장 은 애매했다. 데이트 복장이라면 그렇게 볼 수도 있고, 산책 가는 차림이라 면 또 그럴 수도 있었다. 어색한 분위기 만드는 것이 싫어서 쉴 세 없이 말 을 했다. 그렇게 시간을 보내다, 언덕 아래로 내려왔을 때는 벌써 밤 10시 가 넘어 있었다. 맥주 한 잔을 마시면서 쓸데없는 이야기를 이어가고 있는 데 그녀가 이런 제안을 했다.

"우리 서로 음식 하나씩 해주기 할래?"

"어떤 음식?"

"너는 한국음식 하고, 나는 칠레음식 하고."

"어, 괜찮을 것 같은데."

"그럼 내일 저녁에 우리 집으로 와. 내가 먼저 칠레 음식 해줄게."

"그래. 그러자."

몇 마디가 빠르게 흘러 지나갔지만, 그 의미는 빠르게 지나칠 게 아니었다. 그녀는 1)나를 2)밤에 3)자기 집으로 초대했다. 그리고 더 시간이 흘러 집으로 돌아가게 됐을 때, 자신의 차로 나를 '고려민박' 앞까지 데려다 주었다. 그러면서 작별인사를 하는데 내 볼에서 '쪽' 소리가 났다.

'쪽'. 이건 남미를 여행할 때 반드시 알아둬야 하는 키워드다. 남미에서 남녀가 인사를 할 때, 허그를 한 후 서로 볼을 갖다 댄다는 것은 이제 다 알고 있다. 그런데 그 볼을 갖다 될 때, 여자가 고개를 조금 돌려 남자 볼에 입술을 갖다 대는 경우가 있다. 우리 표현으로 '뽀뽀'라고 해야 하나? 그러면 그건 남녀 사이에서 아주 긍정적인 의미다. 하숙집 아주머니가 나에게 그렇게 했다면 "넌 정말 귀하고 소중한 아이야"라는 뜻이겠지만, 지금처럼 데이트 비슷한 상황에 있는 여자가 남자에게 그렇게 했다면, 최.소.한. "너에게 호감이 있어"라는 뜻이다. 오늘 내 볼에서 '쪽' 소리가 났다. 남미에서 처음이다.

일정의 대대적인 수정이 이뤄졌다. 원래 내일 아침 버스를 타고 아르헨티나로 넘어갈 계획이었다. '고려민박'에서 한국을 여행하기 위해 칠레에 온 것은 아니었으니까. 그런데 그것이 최소 하루 연기되었다.

다음날 아침 고려민박에 머무는 할아버지에게 그녀의 집에 사가면 좋을 것들을 물어봤다. "팩으로 된 아이스크림과 와인."
그러면서 괜찮은 와인 리스트를 내 수첩에 적어주셨다. 그런데 점심이

아메리카 심야특급

지나 그녀에게서 쪽지가 왔다. "으늘 저녁에 다른 일 있는 걸 까먹고 있었어. 미안한데 약속을 하루만 미루면 안 될까?" '난 아르헨티나에도 안가고 그냥 집에서 기다렸는데.' 알겠다고 답장을 했다. 그 시간부터 내일 저녁까지 하루 반이 벙 뜬 것이다. 죽여야 할 시간이 생겨나, 방 안에 앉아 컴퓨터를 두드리고 있었다. 하루 종일 입 밖으로 '쿠바'를 외쳐서 그런지, 키보드에 자연스럽게 '쿠바'라고 치고 있었다. 하지만 쿠바는 먼 이야기라는 것을 잘 안다. 왕복 비행기 표도 없고, 쿠바 가서 쓸 경비도 없다. 그런데 항공권 예매사이트를 계속 보고 있으니, 이전 우유니 사막에서 만났던 아저씨가 해준 이야기가 생각났다.

"남미 사랑 카페에 가면 항공권 구매대행 해주는 서비스가 있는데, 내가 몇 주 걸쳐서 찾아본 것보다 훨씬 싸더라고. 현지인들이 예매하면 싸게 해주나봐. 너도 아르헨티나에서 출발하는 비행기표 끊을 때는 네가 찾아본 거랑 구매대행 부탁한 거랑 가격 비교해 봐."

맞다. 굳이 내가 쿠바 행 왕복티켓을 살 필요는 없다. 어차피 아르헨티나에서 한국으로 돌아갈 비행기표 살 거, 아르헨티나에서 쿠바 갔다가 거기서 바로 한국 가면 되잖아. 곧바로 남미사랑 구매대행 서비스에 메일을 보내 '아르헨티나 – 쿠바 – 한국행' 항공권 가격을 물어봤다. 몇 시간 만에 답장이 왔는데, 한국행 비행기 값으로 남겨둔 금액과 별 차이가 없었다. 쿠바로 가는 아주 가는 빛이 보이는 듯 했다.

그렇게 하루가 지나고, 그녀가 말한 내일이 오늘이 되었다. 또 점심시간. 그녀에게서 쪽지가 왔다. "진짜 미안한데 하루만 더 늦추면 안 될까? 이렇게 약속을 미뤄본 적이 없는데, 나도 내가 너무 부끄러워. 이틀 연속 약속이 있었던 걸 어떻게 잊을 수가 있지. 정말 딱 하루만 더 기다려 줄 수 없을까? 미안해." 하루 기다린 거, 하루만 더 있어보기로 했다.

그러면서 다시 내 방 컴퓨터 앞에서 일정이 시작되었다. 어제 진도를 어디까지 나갔더라. 그래, 항공권 문제가 해결될 가능성을 발견한 데까지였다. 쿠바에서 쓸 돈만 구할 수 있으면 쿠바에 실제 갈 수 있을지도 모른다. 그런데 생각해보니 방법이 있을 것 같기도 했다. 내가 아무리 현금카드가 없다고 해도 여기는 한국호스텔, 거의 한국이다. 돈을 보내 줄 사람만 찾으면, 이 호스텔 아주머니 통장으로 돈을 보내서 그걸 받으면 된다. 이런 일을 부탁할 만한 친구가 하나 있었다. 돈만 있다면 이유도 묻지 않고 어디든 그 돈을 붙여줄 친구. 문제는 이 친구가 돈이 없는 친구라는 것. 핸드폰이 없으니 그 친구 번호도 없었고, 카톡 아이디도 없었다. 알고 보니 페이스북 친구도 아니었네. 매일 통화만 하다 보니 주고받은 메일도 없었다. 하지만 나에게는 하루 반이라는 시간이 있었다. 예전 메일을 뒤져 몇 년 전 그 친구가 나에게 보냈었던 메일 하나를 발견했다. 그러나 이 메일은 현재에는 쓰지 않는 것. 그래도 이 아이디는 그대로 쓰고 있을 수 있다. 옆방에 있는 한국인에게 핸드폰을 빌려 그 아이디를 검색해 카톡을 남겼다.

"대하, 재민이다. 살아있으면, 내 페이스북 친구 추가 좀 해줘."

아메리카 심야특급

몇 시간 만에 친구와 페이스북으로 이야기를 나눌 수 있었다. 하지만 휴가 나올 때마다 나에게 돈을 빌려가곤 했었던 친구다. 몇 푼, 몇 푼 여러 명한테 빌리는 것도 방법이겠다 싶었다.

"돈 좀 있나?"

"왜?"

"여행 중인데 돈이 없어서."

"얼마 필요한데?"

얼마라고 적어야 할까. 쿠바에 2주 정도 있으려면 한 50만원은 있어야 될 것 같은데. 일단 대하한테는 한 30정도만 달라고 해야 하나, 하며 키보드에 30을 적었다 20을 적었다 하고 있는데 친구가 답했다.

"한 100만원 보내주면 되나?"

지난 학기부터 아르바이트를 시작했다고 한다. 나의 미국 여행 블로그를 보고 같이 미국 횡단을 하겠다는 생각으로 시작했는데, 벌써 내가 남미에 와 있다는 사실을 알고 포기했단다. 그래서 지금 150만원 정도 여윳돈이 있다고 했다.

이제 돈을 받기만 하면 된다. 그리고 비행기표를 사고 그 비행기에 타기만 하면, 바로 그 쿠바! 누군가 55년간의 여행 중에 가장 아름다웠다는 그쿠바에 나도, 곧, 갈 수 있다. 돈은 아르헨티나에 가서 받기로 했다. 아르헨티나에서는, 볼리비아에서 나를 도와줬던 김 사장님 댁에서 지내기로 했었고, 김 사장님 통장으로 돈을 보낸 뒤 그 돈을 달러로 받을 계획이었다. 아르헨티나에는 원칙적으로 환전이 안 된다. 달러를 아르헨티나 돈으로 바꾸는 것은 문제가 안 되지만, 어떤 돈을 가져가도 은행에서 달러를 내주지 않는단다. 하지만 김 사장님이 암시장에서 환전을 해줘서, 달러를 손에 쥘 수 있었다.

이틀을 기다려 그녀를 만나기로 한 날. 그녀와 연락이 되지 않았다. 그래서 나는 그녀를 아직까지 천사라고 생각하고 있다. 그녀는 갑자기 내 앞에 나타나 나를 홀린 후 나를 이틀 간 칠레에 묶어 두었다. 일정에 없던 이틀이 생긴 나는, 하루 종일 컴퓨터 앞에 앉아 쿠바로 가는 방법을 찾을 수 있었다. 그리고 그 쿠바로 가는 길이 열렸을 때 그녀는 사라져버렸다. 그녀는 정말, 내가 주문처럼 외쳤던 '쿠바'를 듣고 신이 보낸 천사였을까. 어쨌든 난, 그로부터 1주일 후에 쿠바에 가게 된다.

여행이 다 끝나고 한국으로 돌아온 후 사람들이 "어느 나라가 가장 좋았어요?"라고 물으면 나는 이렇게 대답한다.
"한국이요. 미국, 콜롬비아, 에콰도르, 페루, 볼리비아, 칠레, 아르헨티나를 거치면서 가장 좋았던 나라는 한국이에요. 우리나라만큼 좋은 나라가 없다는 것을 느끼게 해준 나라들이거든요."

"제가 쿠바에 가기 전까지는요."

아메리카 심야특급

자유란 어쩌면

부대에서는 한 달에 한번 '마음의 편지'라는 것을 쓴다. 모든 병사들이 대대장에게 직접 하고 싶은 말을 쓰는 것인데, 주로 자신을 괴롭히는 선임이나 간부들의 가혹행위에 대해 쓴다. 부대에서는 이것을 '긁는다'라고 표현했다. 평상시에는 이런 것들이 보고체계를 통해서 이뤄지므로, 이등병이 쓴 것을 소대장이 자르기도 하고 중대장이 걸러내기도 해서 대대장에게 보고가 안 될 수도 있었다. 그래서 아무런 필터가 없는 마음의 편지를 두려워하는 사람들이 많았다.

500여 명의 병사들이 한 곳에 모여 같은 시간에 편지를 쓰고, 그것을 대대장이 가져갔다. 하지만 그 많은 편지 중에는 별 내용 없는 것들도 있고 중복되는 것들도 많으니, 그것들을 분류하고 정리할 사람이 필요했다. 그것을 하는 사람이 당번병이었다. 그래서 마음의 편지에 무슨 내용이 쓰여 있는지는 부대에 딱 두 명만 알고 있었다. 마음의 편지를 정리하고 생활관으로 내려가면 분위기가 묘했다. 긁힌 선임병과 눈이 마주쳤고 긁은 후임은 나와 눈을 맞추지 못했다. 대대장이 외부로 나가면, 중대장들이 용건을 만들어 당번실을 찾았다. 자기 중대 마음의 편지를 보여 달라고 했다. "안 됩니다."

그럼 특별한 게 있으면 말해달라고 했다.

"그것도 안 됩니다."

중대장들은 내가 자신들을 가지고 논다고 수군거렸다. 어떤 중대장한테는 보여주고 다른 중대장한테는 안보여 줬다나 어쨌다나. 사실 난 잘 기억이 없다. 뭐 그랬을 수도 있겠지. 좀 친한 중대장과 커피 한잔 마시다가 나도 모르게 몇 마디 했을지도. 그래도 마음의 편지를 이용하거나 그 배타적인 정보로 덕을 보려고 했던 적은 없다. 하지만 사람들은 나를 그런 놈으로 만들었다.

군생활 중 대대장이 한 번 바꼈지만 내가 하는 일은 달라지지 않았다.

"오늘은 경계부대 순찰 있어서, 부대에서 저녁 먹고 가."

대대장실 화분을 닦고 있을 때 대대장은 누군가에게 전화를 걸었다. '내가 모르는 게 있나?'

대대장 일정과 동선은 누구보다 내가 잘 알고 있다. 아침마다 대대장 일과를 그 책상 위에 올려놓는 것도 나였다. 오늘은 오후 세 시면 일정이 다 끝난다. 그런데 밤에 순찰이라고? 저녁에 대대장은 어딘가로 갔다. 어디로 갔는지는 알 수 없었다. 며칠 뒤에도 비슷한 일이 있었다. 내가 대대장실에 있을 때 대대장은 어딘가로 또 전화를 걸었다. "오늘 5시부터 연대에서 회의가 있어서."

당번실로 돌아왔다. '뭐지?' 나는 그 회의에 대해서 들은 바가 없다. 대대장은 아무 말도 없이 밖으로 나갔다. 전화통화가 자꾸 생각난다. 걸려온 게 아니라 먼저 걸었었다. 왜 굳이 내가 있을 때 전화를 건 걸까? 물론 언제든 전화를 할 수 있다. '그런데 평범한 전화가 아니었던 것 같아. 그랬다면 지금까지 내가 이렇게 생각하고 있지 않겠지. 뭔가 어색했다고 해야 되나?' 뭔지 모르게 이상한 기분이 들었다. 직감 같은 것이었다. 나에게 무슨 말을 하려고 했던 걸까 아니면 내가 그냥 예민한 걸까. 잠시 뒤 당번실로 전화 한 통이 걸려왔다.

"지금 대대장님 어디 가셨어!?"

순간 '아' 하는 탄성이 흘러나왔다. 이거였구나. 따지는 듯한, 캐묻는 듯한 그 수화기 건너편의 목소리가 복잡했던 내 머리 속을 펑 뚫어주었다.

"대대장님 지금 연대에 회의 가셨습니다."

"이 시간에?"

"네."

"무슨 회의?"

"총기 관리 관련한 회의라고 들었습니다."

비슷한 일이 몇 번 더 있었다.

"이 밤에 순찰을 나갔다고?"

"그렇습니다."

"그럼 전화는 왜 안돼?"

"그 경계지역이 워낙 산간 쪽이라, 핸드폰 수신이 잘 안 되는 걸로 알고 있습니다."

대대장이 있을 때는 당번실 기계음을, 없을 때는 전화벨 소리를 기다렸다. 그렇게 가슴 졸이며 앉아있었다.

주말에 생활관에서 병사들과 '1408'이라는 영화 한 편을 보았다. 존 쿠삭과 사무엘 잭슨이 주연으로 나온 영화였는데 유령이 사는 호텔방을 취재하러 온 한 작가의 이야기였다. 그 방은, 한 번 들어가면 절대 벗어날 수 없는, 문을 여는 순간 미치지 않고서는 나올 수 없는 방, 1408호였다. 언제부턴가 부대원들은 당번실을 '1408'이라고 부르고 있었다.

제3부

심야데이트

5장

두 세계

쿠바

첫날부터 기념품을 받다

"문제가 생겼어요.(We have a problem)"

남미에서 이런 말을 들었을 때는 결코 돌이킬 수 없는 경우가 많아서 긴장했다. 아르헨티나 공항에서 발권을 하고 있을 때였다. 안내 직원이 "이 비행기표는 어디서 샀느냐? 쿠바에 가기 위해서는 비자가 필요하다. 항공권 살 때 비자가 있어야 된다는 말을 못 들었느냐"고 물었다.

"그럼 저 쿠바에 못가는 건가요?"

"40불 내고 여기서 비자 사."

사회주의 국가인 쿠바 입국 도장이 여권에 찍혀 있으면 미국에 들어가는데 문제가 생길 수 있다. 그것을 쿠바에서도 알고 있지만 카리브 해에서 가장 가난한 국가 중 하나인 쿠바는 관광수입을 절대 포기할 수 없다. 그래서 일명 '쪼가리 비자'를 준다. 여권에 종이를 하나 붙여주고, 거기에 쿠바 입국 도장을 찍어주는 것이다. 미국 갈 때는 그 종이를 뜯어 버리면 된다.

비자 문제가 해결되니 이번에는 여행자 보험카드를 사야 된다고 한다. 무려 182불이다.

"저는 보험 필요 없는데요."

"이건 의무예요."

새벽에 제일 먼저 서 있었는데, 비자와 여행자 카드 문제로 시간이 지체되다 보니, 발권하는 곳에 나만 남게 되었다. 시계를 보니 벌써 탑승이 시작되고 있었다. 수속을 담당해주던 직원은 나에게 여권을 내밀며 말했다.

"뛰어."

기내에서 내 옆자리에 앉은 아르헨티나 남자는, 승무원이 입만 열었다 하면 피식 피식 웃었다. 왜 웃냐고 물어보니까 쿠바 억양 때문이라고 한다. 쿠바 사람들이 말을 할 때는 꼭 노래를 부르는 거 같다고.

"너 그거 알아? 쿠바 사람들이 아르헨티나 사람 좋아하는 거?"

"왜?"

"체 게바라가 아르헨티나 사람이거든."

아메리카 심야특급

쿠바에서도 카우치 서핑을 신청했었다. 오늘부터 그 집에 갈 계획이었지만 벌써 친해진 이 아르헨티노와 시간을 보내고 싶었다.

"너 까사(민박집) 예약했어?"

"어. 나는 아르헨티나에 있을 때 예약했어."

"나도 오늘 그 까사 가도 될까?"

"아마 빈방 있을 걸."

그렇게 옆자리의 아르헨티노와 오늘 저녁을 함께 보내기로 했다.

"그런데 내가 머무는 데가, 게이 프랜들리(Gay friendly) 까사야."

"아. 상관없어."

게이 프랜들리 까사는 게이들에게 조금 유리한(?), 게이들이 조금 편하게 지낼 수 있는 민박집이라는 뜻이다. 외국에서 집을 구할 때 'Gay friendly'라고 적어놓으면 게이를 우대한다는 뜻이다. 물론 게이만 가야 된다거나, 이 집에 게이들만 있다는 뜻은 아니다. 주인이 게이이거나 게이를 충분히 이해해 주는 집이라는 의미다. 그 말을 듣고 보니, 이 남자 뭔가 부드러운 느낌이 있다고 생각됐다. 잘 생겼고, 친절하고, 섬세하고 편안했다. 게이다.

아바나(Havana) 공항에 도착했다. 까사 주인들이 팻말을 들고 관광객들을 기다리고 있었다. 환전을 하려고 기다리고 있는데 수없이 많은 까사 주인들이 중국 이름이 적힌 팻말을 나에게 들이민다.

"요 소이 노 치노.(저 중국인 아니라고요.)"

쿠바에서 아시아인은 다 '치노'(중국인)다. 뭐, 남미에서도 별반 다를 게 없었지만.

당시 나는 미국달러 600불 정도를 환전했다. 아르헨티나에서 김 사장님께 900불을 받았는데, 공항에서 비자 사고 억지로 보험까지 드니 200불이 넘게 사라졌다. 그리고 쿠바를 떠날 때 출국세로 25불을 더 내야 된다고 한다. 자본주의에서 온 여행자들이 '사회주의 박물관'을 구경하기 위해 내야 하는 입장료가 최소 300불은 되는 것이다. 환전도 까다롭다. 일단 미국 돈은 환전소 안으로 들어가자마자 총액의 10%를 수수료로 떼고 시작한다. 환율도 안 좋았다. 쿠바에 오기 전까지만 해도 '한 900불 있으니까 2주 지내는 건 문제없겠지' 했는데, 비자와 보험자 카드, 출국세로 300불 빠지고, 달러 수수료 내고 환전을 마치니까, 내 손에 쥐어진 돈이 500쿡(쿠바에서 쓰이는 돈. 달러와 가치가 비슷하다)이 채 안 됐다. 아직 아바나에는 발도 닿지 않았는데, 가지고 온 돈의 반이 사라진 것이다.

'내 돈 다 어디 갔어? 도대체 내가 잘못한 게 뭐야?'

까사에 짐을 풀고 밤거리로 나왔다. 쿠바는 중남미에서 가장 안전한 나라다. 공권력이 세고 사람들은 순박하다. 그리고 국가 차원에서 관광객들을 굉장히 소중히 다루고 보호해 준다. 내가 거쳐 온 나라 중 유일하게 새벽 서너 시에 혼자 골목길을 돌아다녀도 별 탈 없는 곳이다. '쿠바 씨.'

가로등이 거의 없는 밤거리는 아주 어두웠다. 혁명 전 지어진 오래된 건물들. 낮에 보면 어떨지 몰라도 밤의 기운이 들어찬 이 건물들은 폐허나 다름없었다. 길거리에는 쓰레기가 널려있고 내 주위에는 흑인들이 지나다닌다. 더위를 피해 집 앞에 앉아있던 여자들은 요괴처럼 웃으며 '치노. 치노' 하며 나를 놀리듯 불렀다. 새벽에 뉴욕 할렘가를 걷고 있는 기분이다.

거리를 구경하고 있는데 "오늘은 시가 축제 마지막 날이에요"라며 한 현지인이 다가왔다. 우리 둘 다 "그래?" 하며 서로를 쳐다봤다. 하지만 그 날은 늦었고 우리는 배가 고팠다. "우리는 저녁 먹으러 가는 길이예요" 하니까, 자기가 좋은 레스토랑을 안다고 따라 오라고 했다. 그래도 아바나의 마지막 시가 축제를 못 본 것은 아쉬웠다. 하지만 그게 그렇게 걱정할 일은 아니었다.

쿠바에서는 매일 매일이 '시가 축제의 마지막 날'이었다. 내일도, 모래도, 10년 뒤에도 '마지막 날'이다. 그 다음날도, 그 다음날도 현지인들이 다가와 "어이 치노. 너 오늘이 시가 축제 마지막 날 인건 알고 있어?" 하고 다가왔으니까. 한 삼 일쯤 뒤에 또 한 현지인이 다가와서 "오늘이…"라고 말을 꺼내려 하자, 내가 먼저 "아, 오늘이 시가 축제 마지막 날이라고요? 그 말 하려고 했죠?" 하니까. 놀라며 나를 쳐다봤다. 그는 조심스럽게 말을 꺼냈다. "아니, 오늘은 살사 축제 마지막 날이야."

쿠바에서는 모든 미국적인 것을 거부한다. 미국 돈은 떼이고 미국 담배는 비싸다. 레스토랑에 들어가서 "코카콜라 주세요" 하니까, 식당에 같이 온 현지인과 웨이터, 아르헨티노가 동시에 "노"라고 한다.

"여기서는 코카콜라 안 마셔. 투콜라(Tukola) 마셔."

투콜라는 쿠바 현지 음료로 코카콜라보다 정확히 2배 싸다. 그리고 쿠바에 왔으면 투콜라를 마셔줘야 한다고 했다.

"그래, 그럼 나 투콜라."

'이 사람들은 미국과 싸우고 있는데 투콜라 마셔주는 게 뭐 그리 어렵겠어.'

밥을 먹고 까사로 돌아왔다. 잔돈으로 3쿡짜리를 받았는데 돈이 애매하게 생겼다. 사람들은 쿠바 안에 두 가지 세계가 있다고 말한다. 외국인들의 세계와 현지인들의 세계. 쓰는 돈도 다르다. 외국인들은 달러와 가치가 비슷한 쿡(CUC)이라는 돈을 쓰고, 현지인들은 모네또 네셔날이라고 불리는 MN을 쓴다. 가치는 정확히 24배 차이가 난다. 1쿡이 24MN이다. 물론 지금은 경제체제가 쿡 위주로 바뀌고 있어서, 현지인들도 쿡을 이용하는 경우가 많다. 칼로 자르듯이 구분된 경계는 아니라는 뜻. 이렇게 한 나라 안에 두 종류의 화폐가 있으니, 관광객들이 많이 찾는 레스토랑에 가면, 쿡 대신 MN을 내주는 환전 사기가 가끔, 아니 아주 빈번하게 발생한다. 이 돈에 대한 개념이 없으면 정확히 24배 비싸게 쿠바 여행을 즐길 수 있다.

아메리카 심야특급

MN은 지폐에 사람 얼굴이 새겨져 있고, 쿡에는 그 사람들이 동상으로 되어 있거나 말을 타고 있다. 오늘 레스토랑에 갔다 와서 3쿡을 거슬러 받았는데, 이 돈이 쿡 같기도 하고 MN 같기도 해서 까사 주인에게 물어봤다.

"이거 3쿡 맞죠?"

아주머니가 환하게 웃으면서 나를 쳐다봤다. 그 웃음이 너무 해맑아서 기분이 안 좋았다.

"첫날부터 기념품 받아왔네."

"기념품이요?"

"응, 네가 들고 있는 그게 바로 기념품이야. 3쿡 짜리 지폐가 3MN과 비슷하게 생겨서 쿠바에서는 그걸 '기념품'이라고 불러. 외국인들이 여행 와서 꼭 한번은 3쿡 대신 3MN을 받아오거든. 편하게 기념품 샀다고 생각해."

들고 있는 지폐를 다시 한 번 쳐다봤다. 빨간 지폐 안에 있는 체 게바라와 눈이 마주쳤다.

"이거 지금 바꾸러 갔다 올게요."

"응, 갔다 와."

주인은 끝까지 웃음을 참지 못했다. 그 웃음은 말해주고 있었다.

'분위기 파악 아직 못했냐? 그 돈 바꿔 오겠다고? 여긴 쿠바야.'

조금씩 다가가다

아침부터 짐을 싸 들고 거리로 나왔다. 어제 쿠바 친구를 만나 같이 저녁
을 먹고 술을 마시면서 쓴 돈이 100쿡 이었다. 여행자들에게 쿠바는 결코
싼 나라가 아니었다. 오히려 볼리비아나 페루보다 비싸다. 또 쿠바 현지인
과 같이 밥을 먹거나 술을 마시면, 돈은 무조건 여행자들이 내야 한다. 이
걸 쿠바 사람들은 너무나 당연하게 생각하기 때문에 계산할 때 물어보지도
않는다. 쿠바에서 12일을 더 보내야 하는데 남은 돈이 400쿡 이었다. 하루
에 딱 30쿡씩 쓸 수 있었다. 그런데 내가 묵고 있는 까사가 하루에 30쿡 짜
리다. 아침부터 길거리로 나온 이유가 여기에 있다. 카우치 서핑으로 연락
을 주고받은 사람은 자신의 집에서 하루 20쿡에 지낼 수 있다고 했다. 그래
서 오늘부터는 그 집에서 묵을 생각이다.

인터넷으로 적어온 주소를 보며 '여기가 어디쯤일까?' 하며 주위를 두리
번거리고 있으니까 수많은 사람들이 다가왔다. 일명 '현지백수' 가이드들.
입에 "노 그라시아스(No, thank you)"를 달고 있어야 했다.

"치노. 네가 찾는 게 뭐야? 택시? 까사? 호텔? 시가? 치카(여자)? 말 만해.
난 네가 찾는 모든 것을 가지고 있어."

정중하게 돌아서면 나를 한번이라도 뒤돌아보게 하기 위해서 별 소리를
다 한다.

"무이 무이 보니따 치카. 무이 무이 보니따.(너무 너무 예쁜 여자들이 있어. 정
말 정말 예뻐)" 하면서 다가오는 사람부터 "니하오?" 하며 인사를 하거나 떠

아메리카 심야특급

나가는 나의 뒷모습에 대고 목이 터져라 "마우쩌둥!" "마우쩌둥!" "마우쩌
~~~~둥!"를 외치는 사람들까지 다양하고 집요했다. '도대체 마우쩌둥이랑
나랑 뭔 상관이야.'

"지금 길을 찾고 있는 거니? 어디 주소 좀 보자" 하면서 한 젊은 부부가
길을 알려주기도 했다. 한참을 친절하게 길을 안내해주더니 "그런데 혹시
시가는 안 필요하니?" 한다.

"아, 그만 좀 해" 하면서 그 무리를 빠르게 지나쳐, 힘겹게 한 걸음, 한 걸
음을 내딛고 있는 할아버지와 한 방향으로 걸어가고 있었다. 주위를 살피
다 할아버지와 눈이 마주쳤는데, 입도 제대로 못 여시던 할아버지께서 나
에게 "시~~가?" 하고 묻는다. 내가 걷고 있었던 곳은 센트로 아바나 지역
으로, 이런 호객행위가 가장 공격적인 곳이다. 거의 뛰다시피 해서 조금 한
적한 곳으로 빠져 나왔다.

마음을 조금 가라앉히고 지도를 다시 보고 있는데, 반대방향에서 나를
스쳐 지나가던 한 남자가 "하이(Hi)" 하며 말을 걸었다. 중년의 남성이었다.
이 남자가 왜 나에게 말을 걸었는지는 이미 알고 있다. 그런데 조금 궁금해
졌다. 아까 센트로 아바나 지역에서 원시적이고 저돌적으로 다가왔던 젊은
사람들에 비해, 이 인텔리로 보이는 남성은 어떻게 '포문'을 열까 싶었다.
자신이 시작하는 이야기 속에 어떻게 나를 참여시켜 내 지갑을 열게 할지
궁금했다. 그에게 살짝 웃어보였다.

중년 남성은 차분하게 이야기를 시작했다.

"어디서 왔어?"

"한국."

"한국? 내가 잘 알지. 그 야구 잘하는 나라 아니야."

대부분의 쿠바 사람들은 한국하면 WBC(월드 베이스볼 클래식)를 떠올린다. 식상하다는 표정을 지었다. 그는 빠르게 화제를 전환했다.

"쿠바에는 휴가로 놀러 온 거야?"

대답하지 않고 그냥 쳐다봤다.

"그래, 그럼 지금은 까사에 묶고 있는 거야? 네가 묶고 있는 데는 하루에 얼마야?"

"20쿡."

나도 모르게 대답이 나와 버렸다.

자신이 던진 것 중 내가 하나를 물었다고 생각했는지, 그 대답에서 어떻게든 다음 이야기를 이어나가고 있었다.

"20쿡에 묶고 있다고? 역시 한국 사람들은 똑똑해."(정부에서 운영하는 까사는 주로 25쿡에서 30쿡이고, 불법 까사들은 20쿡이나 그 아래 가격이다. 여기서 똑똑하다는 말은 어떻게 그 불법 까사를 잘 찾았냐 하는 뜻이다)

'그래, 이야기 잘 들었어' 하며 앞으로 발을 내딛는데 그 남자가 내 어깨를 잡는다.

"친구여.(My friend)"

앞에 대화들은 지금 이 말을 꺼내기 위한 것들이었다.

"난 3살짜리 딸과 7살짜리 아들이 있네. 그 아이들한테는 우유가 필요해. 지난 몇 개월간 우유를 한 번도 사주지 못했어. 자네가 날 어떻게 생각할지 알고 있네. 하지만 난 다른 쿠바노들처럼 돈을 달라고 하진 않아. 난 그냥, 우리 애들에게 줄 우유가 필요하네. 우유 한 팩에 5쿡 인데, 이 옆 마트에서 살 수 있어. 자네가 우리 애들을 봐서 나에게 두 팩만 사주면 안 되겠나? 그게 나에게는 큰돈이네. 자네가 날 도와줄 수 있다는 걸 알고 있네. 솔직히 도와줄 수 있지 않나? 자네 나라에서는 큰돈이 아니잖아."

우리나라에서는 큰돈이 아닐지 몰라도 지금 나에게는 큰돈이었다. 하지만 그것보다 중요한 것은 내 마음이 움직였다는 거다. 짝 다리를 풀고 진지하게 내 상황을 설명했다.

"아저씨 사정은 알겠는데 저도 정말 돈이 없거든요. 제가 하루에 30쿡을 쓸 수 있는데 20쿡을 하루 집세르 내면 저도 10쿡으로 하루를 살아야 돼요. 그런데 제가 10쿡을 아저씨에게 드리면 저는 오늘 밥도 못 먹고 아무것도 못하잖아요."

무슨 말인지 알겠다는 아저씨의 눈가가 조금씩 촉촉해질 기미가 보이자

"그럼 이렇게 해요. 제가 우유 한 팩을 사드릴게요. 저는 남은 5쿡으로 오늘 돌아다니면 돼요" 하니, 아저씨 눈가가 다시 건강해졌다.

"그럼 그 우유 제가 한 모금만 마실게요."

목이 말랐다거나 우유가 꼭 마시고 싶어서는 아니었다. 내가 사기도 했

고, 한 모금 정도 마시는 것은 괜찮을 거라고 생각했다. 그런데 아저씨 표정이 갑자기 굳어졌다.

'쩨쩨하게 한 모금 마신다 했다고 저렇게 싫은 내색을 하냐' 싶었다. 아저씨는 억지로 표정을 펴며 알겠다고 했고, 같이 옆에 있는 마트로 갔다. 5쿡을 내고 우유 한 팩을 달라고 했다. 그리고 '나 한 모금 마신다'는 제스처를 취하자, 우유를 빼고 있는 직원에게 아저씨가 스페인어로 무슨 말을 한참 했다.

우유를 받았다. 우리나라처럼 우유가 견고한 팩에 담겨 있을 거라고 생각했는데, 점원에게 받은 우유는 비닐봉지 같은 것에 담겨 있었다. 한 번 입구를 자르면 그 자리에서 다 마시든가 다른 컵에 담아서 보관해야 하는 그런 포장이었다. 그리고 점원은 그 비닐 우유의 끝을 가위로 잘라 주었다. '아니 이런 우유인지 몰랐는데.'

그래도 일단 개봉이 됐으니까 한 모금 마시는 척을 하고 우유를 아저씨에게 줬다. 아저씨는 그 비닐에 담긴 (앞부분이 잘린) 우유를 한 방울이라고 쏟을까봐, 한 손으로 그 열린 입구를 막고 다른 손으로 우유를 받치고 걸어갔다. 만원버스를 타고 두 시간을 가야 된다는데, 그 아슬아슬하게 우유 봉지를 들고 가는 뒷모습이 안타까웠다.

'아니 그럼 진작 우유가 그렇게 생겨먹었다고 얘기를 하던가.' 미안한 마

아메리카 심야특급

음을 저버릴 수가 없었다. 그 날 내내, 간신히 우유를 쥐고 복잡한 사람들 틈으로 들어가는 한 가장의 뒷모습이 지워지지 않았다.

카우치 서핑으로 연결된 호스트 집에 찾아갔다. 센트로 아바나에서 차로 15분 정도 떨어진 '베다도' 지역에 있는 불법 까사다. 쿠바에서는 여행자들이 아무데서나 잘 수 없다. 국가가 지정해준 호텔 혹은 허가 받은 까사에서만 자야 한다. 그리고 까사 주인들은 그 여행자 목록을 작성해야 하고, 수입의 상당부분을 국가에 내야 한다. 불법 까사는 저렴하게 방을 제공해주는 대신 국가에 한 푼도 내지 않는다. 적발되면 그 벌금이 1,000쿡에 달하지만, 찾으려고 하면 또 그렇게 어렵지 않게 찾을 수 있다.

불법 속에는 사회의 속사정이 담겨있다는 생각이 든다. 하지 말라는 것을 사람들이 하고 있으니까 이렇게 물어볼 수 있겠지.

왜? _ 그렇게라도 안 하면 살아갈 수가 없으니까.

벌금이 1,000쿡 인데도? _ 이제는 예전처럼 사회가 촘촘하게 감시되지 않아.

지금의 쿠바 권력은 혁명가 피델 카스트로와 함께 늙어버렸다. 권력을 이어 받은 동생 라울도 곧 무대 뒤로 사라진다. 미국을 몰아냈던 쿠바 사회주의 세력은 이제 오래되고 낡았다. 거리에는 불법 까사, 불법 택시, 불법 시가가 진짜보다 많다. 이런 불법은 나 같은 외국인들을 위한 것이다. 이렇게 하나하나 불법으로 바뀌다가, 쿠바식 사회주의도 불법으로 바뀌게 되는 걸까.

짐을 풀고 호스트 할머니와 차를 나눠 마시는 시간이 있었다.

"할머니, 쿠바가 저한테는 왜 이렇게 비싼 거죠? 어제 새벽에 택시를 탔는데 뉴욕에서 타는 거랑 가격이 비슷해요."

"네가 외국인이라서 그래."

"그리고 쿠바 사람들은 왜 당연히 제가 돈을 낼 거라고 생각하죠?"

"네가 조금씩 쿠바에 대해서 알아가고 있구나."

"이제 하루에 쓸 수 있는 돈이 10쿡 밖에 없어요. 밖에 나가지도 못하겠어요."

"왜 10쿡으로 하루를 못 살아. 여기 사람들은 한 달 동안 일하고 일해서 10쿡을 받는다고. 네가 쿠바 사람들 세계로 들어오면 돼."

"저 그럼 이렇게 입으면 쿠바 사람 같아요?"

나는 옷 한 세트가 있다. 가방 안에 있는 가장 허름한 위아래 한 벌. 조금 위험한 동네에 가거나 여행객으로 보이고 싶지 않을 때 꺼내 입는 옷이다. 자리에 일어서서 내가 입은 옷을 보여줬다.

"네가 지금 입은 옷은 너무 너무 여행객 같아. 쿠바 사람들은 절대 그런 히피 스타일로 입지 않아."

"그럼 쿠바 사람들은 어떻게 입는데요?"

"쿠바 사람들이 옷을 입는 가장 기본적인 개념은 그거야. 쿠바 사람들은 여행객처럼 보이고 싶어 해. 자신이 꼭 외국인인 것처럼 입어. 바로 너처럼 되고 싶어 한다고. 그리고 넌 무조건 외국인이고 손님이야. 쿠바 사람처럼 보이려고 할 필요가 없고 아무도 그렇게 생각 안 해. 너는 숨 쉬는 소리만

들어봐도 딱 외국인이야. 대신 네가 아바나를 알고 있다는 걸 사람들한테 보여주면 돼. 난 여행왔지만, 아바나는 좀 안다. 너 여기서 센트로 아바나까지 택시 타면 얼마 내? 5쿡 10쿡씩 내지? 우리는 다 50센트 내고 다녀."

"아니 어떻게요?"

"택시 종류가 세 가지야. 국가에서 운영하는 공식 택시, 그냥 자기 집 차 끌고 나온 허가 없는 택시, 그리고 콜렉티보가 있어. 콜렉티보를 타면 돼."

할머니는 콜렉티보 타는 곳을 내 지도에 표시해줬다.

"이제부터가 중요해. 콜렉티보를 세울 때 손을 흔들지도 말고 택시라고 부르지도 마. 쿠바사람들은 아무도 그렇게 안 해. 네가 그렇게 하는 순간, 넌 아바나를 모르는 사람이야. 그럼 너는 50센트로 안 끝나. 자, 이렇게 하는 거야. 한쪽 팔을 쭉 뻗어. 그리고 주먹을 쥐고 검지만 앞으로 내밀어. 그 검지만 아래위로 까딱까딱 거리는 거야. 다른 손가락은 움직이는 게 아니야. 너 나가서 사람들 콜렉티보 잡는 거 한 번 봐봐. 다 똑같아. 너도 그렇게 검지만 까딱거리면 지나가는 콜렉티보가 너 앞에 설 거야. 분명히 서."

"차가 서면 기사가 널 쳐다볼 거야. 그러면 딱 한마디만 해. '아바나'. 무조건 딱 이 한 마디야. 콜렉티보가 가는 곳은 '아바나', '리니아', '23' 딱 이 세 군데 밖에 없어. 그 중에서 네가 갈 곳은 아바나야. 센트로 아바나에 가든 오비스포 거리를 가든 그쪽으로 가는 사람들은 다 '아바나'라고 말해. 그리고 집으로 돌아올 때는 '베인띠 뜨레스(23)'라고만 하면 돼.'

"그렇게 '23'이라고만 하면 여기 베다도까지 와요?"

아메리카 심야특급

"날 믿어. 23 거리가 있는 데가 여기 베다도 밖에 없어. '베다도 23'이라느니, 어디 어디 사이에 있는 '베다도'라니 하는 그런 말은 할 필요가 없어. 그 말은 '나 먹잇감이요' 밖에 안 돼. 그냥 타자마자 '23' 하고 자리에 앉아 있다가 집 근처가 보이면 내려."

"알겠어요. 그럼 쿡으로 50센트 내거나 MN으로는 12페소 내면 되는 거죠?"

"아니. 쿡으로 50센트 내거나 MN으로 10페소 내면 돼."

"네? 1쿡이 24MN이면 50센트는 12MN 이잖아요."

"맞아. 근데 이게 동전으로 갔을 때는 10MN이야."

"이건 간단한 산수잖아요."

"그게 계산이 맞는지가 중요한 게 아니야. 여기 쿠바 사람들이 어떻게 하는지가 중요한 거야. 동전으로 가면 그렇게 달라져. 여기서는 그냥 그래."

오후에 다시 센트로 아바나 지역으로 갔다. 이 날은 아바나 지역에 투표가 있는 날이었다. 건물 벽에는 투표를 알리는 문구들과 후보들의 사진기 붙어 있었다. 모든 후보들이 같은 소속에 같은 생각을 가지고 있는 사람들이다. 누구를 뽑든지 사회는 변하지 않는다. 그런데도 투표소 앞에는 긴 줄이 있었고 진행요원들은 분주했다.

"운 포토 뽀르빠보르?(여기 사진 한 장만 찍어도 될까요?)"

사진 촬영은 안 된단다. 항상 이런 식이다. 사진 찍어도 되냐고 물어브면 늘 안 된다고 한다. 그런데 처음부터 안 물어보고 찍으면, 또 별말 없다.

투표소에서 막 나오는 사람과 눈이 마주쳤다. 나도 모르게 인사가 나왔다.

"올라?(안녕?)"

그 사람도 나를 보고 "올라?" 했다. 내가 왜 인사를 했지?

무슨 말이라도 해야 했다. 아무 말이나 해야 된다면, 궁금한 걸 물어보기로 했다.

"지금 투표하고 나오신 거예요?"

"네."

"아, 누구 찍으셨어요?"(어떻게 이런 걸 물어볼 수 있지?)

"아무도 안 찍었는데요."

"네? 방금 투표하고 나오셨잖아요. 누구 찍으셨냐고요?"

"방금 얘기 했잖아요. 아무도 안 찍었다고. 찍을 사람이 없어서 그냥 백지 내고 나왔어요."

"그럼 투표하러 왜 오셨어요?"

"일단 투표는 해야 돼요. 안 그러면 문제가 될 수도 있어서. 그런데 찍을 사람이 없었어요. 저기 있는 사람들 다 싫거든요."

그렇게 말하고 그 사람은 사라졌다. 그런 생각이 들었다. 전 세계적인 평균으로 봤을 때 우리나라 정도면 선거를 통해서 사회가 많이 바뀌는 편 아닐까. 아무리 투표를 해도 정말 아무것도 안 바뀌는 나라들이 있으니까. 아바나에서 내가 가진 한 표의 소중함을 느꼈다.

아메리카 심야특급

혼자 아바나의 밤거리를 걸었다. 사진도 많이 찍었다. 셔터 소리가 날 때마다 "사진 찍었으면 돈 내.(CUC for pictures)" 하는 소리들이 들렸지만, 못 들은 척하니까 또 조용해졌다. 길거리는 지저분하고 어지러웠지만 거리의 사람들은 깨어나고 있었다. 골목마다 사람들의 웃음소리와 음악이 있었다. 한 번씩 음악소리가 너무 크게 들려서 '여기 클럽인가?' 하며 돌아보면 그냥 일반 집인 경우가 많았다. 그렇게 음악을 크게 틀어놓고 사람들은 얌전하게 저녁을 먹고 있었다.

그들 속으로 들어가고 싶었다. 저 음악소리가 터져 나오는 집 안으로 들어가고 싶고, 그 안에 앉아있는 사람들 틈에 끼여 앉고 싶었다.

어두워졌다. 콜렉티보가 모이는 곳으로 갔다. '아까 그냥 '23'이라고만 말하면 된다고 했지?'

손을 뻗어서 검지만 까딱 까딱거렸다. 쿠바 사람들처럼. 그러자 곧 차 한 대가 내 앞에 섰다. 기사는 조수석 창문으로 나를 쳐다봤다.

"베인띠 뜨레스.(23)"

기사는 말없이 문을 열어주었다. MN 10페소를 줬다. 돈을 한 번 쳐다보고 나를 한번 쳐다보더니 조용히 그 돈을 주머니 안에 넣었다. 고맙다는 말은 서로 없었다. 차는 곧 출발했고 쿠바인들이 하나씩 내 옆자리를 채워갔다. 쿠바에 조금 더 가까이 간 기분이다.

내가 상상했던 곳은 이런 데가 아니야

새벽에 집에 들어와서 해가 뜨자마자 다시 집을 나서고 있었다. 문을 열고 나가려는 나를 할머니가 불러 세웠다.

"잠깐 5분만 나랑 이야기 할까?"

"너 카메라 꼭 그렇게 목에 걸고 다녀야 하니?"

"왜 그러면 안돼요?"

"꼭 그런 건 아니지만 나를 봐서라도 가방에 넣고 다니면 안 될까? 혹시 그걸 누가 훔쳐가기라도 하면 경찰을 부를 수도 없어. 그렇게 되면 나까지 곤란해지잖아."

"여기 그런 사람들도 있어요? 쿠바는 세상에서 가장 안전한 나라라고 들었는데."

"아니야. 카메라 도둑맞은 여행객들 많이 봤어. 그 카메라가 있으면 여기서는 한 가족이 몇 달간 배부르게 먹을 수 있잖아. 사람들이 욕심이 안 생기겠니? 해외에 가족도 없는 사람들은 살아가는 게 정말 힘들어. 일주일을 일해서 겨우 칫솔 하나를 살 수 있다고."

카메라를 가방에 넣었다가, 아예 집에 두고 나왔다.

10쿡으로 오늘 하루를 즐길 수 있는 방법을 생각해봤다. 순진한 척, 돈만 있고 아무것도 모르는 척하며 현지 가이드들의 이야기에 관심을 가지다가 결정적인 순간에 발을 빼는, 그런 상황을 또다시 만들고 싶지 않았다.

아메리카 심야특급

그런데서 즐거움이나 새로움을 찾고 싶지도 않다.

일단 호텔로 가기로 했다. 카우치 서핑 답장을 확인하기 위해서다. 쿠바에서는 인터넷 쓰기가 어렵다. 느리고 아주 비싸다. 그리고 인터넷을 쓸 수 있는 곳이 매우 제한적이어서 100m 밖에서도 그 꼭대기를 볼 수 있는 호텔 정도, 그 정도 규모의 호텔 르비에는 가줘야 인터넷을 쓸 수 있다.

삼십 분 쓰는데 5쿡. 쿠바 사람들에게는 인터넷이 없는 거나 마찬가지였다. 컴퓨터 3개 놓인 방에 들어가기 위해, 여섯 명의 외국인들이 기다리고 있었다. 한 시간을 기다려서 겨우 들어갔는데, 30분 동안 메일 하나를 확인하기가 힘들었다. G메일 홈페이지에 접속했을 때 뜨는 메일 읽는 창이 동영상 다운받는 속도로 움직였다. 정말 단어 하나하나씩 스크린에 나타났다. 컴퓨터실에 앉아있는 세 사람이 돌아가면서 한숨을 쉬고 있었다. 카우치 서핑 홈페이지를 몇 번의 시도 끝에 접속할 수 있었다. 나는 분명 한 명에게 리퀘스트를 보냈는데 대여섯 명에게 답장이 와있었다. 다들 자기 집에서 지내라고 한다. 20쿡 밖에 안 받겠다고 했다. 모두 불법 까사였고 비즈니스였다. 쿠바에서 카우치 서핑으로 친구를 찾겠다는 생각부터가 잘못이었다.

호텔을 나왔다. 호텔 앞 커피숍에 앉아있는 현지인 여자 몇 몇이 나를 뚫어지게 쳐다본다. 예상했겠지만 아바나에서는 매춘이 일상이다. 길거리에서, 술집에서, 클럽에서, 호텔 앞에서, 집밖을 나오는 순간부터 브로커들의 유혹에 노출된다. 너무 많이 들어서 더 이상 은밀하게 느껴지지도 않는다. "여자 필요해?"가 "맛 집 찾아?"처럼 무디게 들렸다. 하룻밤이 한 달간의 노동을 보상해 줄 수 있다면, 그 쉬운 길을 벗어나는데 더 큰 결심이 필요할지도 모른다. 그리고 이렇게 으리으리한 호텔 문을 열고 나오는 관광객들은 그녀들에게 VIP다. 나는 지금 아바나에서 제일 비싼 호텔에서, 벨보이가 잡아주는 문을 통해서 걸어 나오고 있는, 멋있는지는 모르겠지만 아무튼 젊은 여행객이다. 최소 두세 개의 눈이 나를 향하고 있다는 것이 느껴졌다. 이럴 때는 눈을 안쳐다 보는 것이 가장 낫다. 눈을 오랫동안 맞추는 것만으로도 상대방은 '예스'라고 이해할 수 있기 때문이다. 실제로도 그런 적이 있었다. 어느 술집에 들어가든 혼자 술을 마시고 있거나, 그냥 두리번거리며 서 있는 여성들이 있었다. 두세 번만 눈이 마주치면 서슴없이 다가왔다. 그런 사실을 잘 알고 있지만, 안쳐다 보기가 힘들 때가 있었다. 지금처럼 4~5성급 호텔 앞에 진을 치고 있는 숨 막힐 정도의 미인들과 마주해야 할 때.

지도도 없이 아바나 시내를 걷고 걸었다. 쿠바에 오기 전에 들었던 이야기로는, 여기 학생들은 야구만 한다던데 축구를 더 많이 하고 있었다. 그만큼 쿠바사회가 빠르게 변하고 있다는 뜻이다. 집안에 있는 사람들도 이피엘(EPL) 중계를 보고 있었다. 다 불법 채널이다. 쿠바에서는 공식적으로 세 개의 채널밖에 볼 수 없다고 들었다. 기술자들이 돈을 받고 호텔 채널을

아메리카 심야특급

끌어서 일반 가정집에까지 연결시켜준 것이다.

　자동차 구경도 실컷 했다. 혁명이 일어나기 전 쿠바 길거리를 달리던 40~50년대 미국 차들이다. 미국인들이 남기고 간 차들을 고치고 고쳐서 아직까지 타고 다니는 것이다. 그렇기 때문에 도로를 돌아다니는 차들만큼, 길거리에서 수리되고 있는 차들도 많았다. 50년도 더 된 차들이 어떻게 아직까지 돌아다니는지 신기하기만 했다. 하지만 더 놀라운 것은, 60년 전 쿠바혁명의 영광으로 아직까지 굴러가는 이 사회다. 쿠바에는 오늘날에 걸맞은 새 차와 새로운 혁명이 필요해 보였다.

　아침 10시부터 오후 5시까지 걷기만 했다. 똑같은 거리를 뱅뱅 돌고 있는 기분이다. 시원한 음료수 한 잔만 마셨으면 좋겠는데, 카페에 들어갈 돈은 없어서 길거리에서 파는 '안 시원한' 투콜라 하나를 샀다. 앉을 데가 없었지만 옷도 제일 허름한 것 입고 왔겠다, 목숨 걸고 사수할 카메라도 없겠다 싶어 그냥 노숙자처럼 길거리에 앉았다. 여기는 쿠바. 아는 사람 만날 일도 없고, 눈치 볼 사람도 없다. 뭐 아는 사람 만난다고 해도 깎일 만한 경성을 서울에 쌓아놓고 온 것도 아니었다. '편하구나.' 투톨라를 옆에 두고 이 자리에 한 몇 년 앉아 있었던 사람처럼 자리를 잡고 앉았다. 내가 어디쯤에 있을까 싶어 거리에 적힌 길 이름을 살피고 있는데 내 앞으로 버스 한 대가 신호 받고 섰다. 버스 안으로 현지인들이 가득 보였다. 내가 창문으로 그들을 쳐다보는 것처럼 그들도 나를 보고 있었다. 그런데 그 사람들이 나

아메리카 심야특급

를 측은하게 바라보기 시작했다.

'쟤도 쿠바에 왔을 대는 멀쩡한 여행자였을 텐데. 어쩌다가 저렇게 길거리로 내몰렸을까? 저 옷 입은 거 한번 봐라. 아이고 불쌍해라.'

1분만 더 앉아있으면 현지인들이 창문으로 동전을 던져줄 것 같았다. 신호가 바뀌기 전에 재빨리 그 자리를 빠져 나왔다.

너무 먼 거리를 걸어와, 지금 내가 어디쯤 있는지에 대한 감각이 없었다. 버스 정류장이 보여 그 앞에서 과자를 팔고 있는 아주머니에게 물었다.

"베다도?(이거 베다드 가는 건가요?)"

"씨.(응)"

1MN짜리 과자를 파는 아주머니였다. 긴 꼬깔꼰처럼 생긴 것인데 길거리에서 흔하게 볼 수 있는 과자였다.

"부스, 꽌또?(버스 얼마?)"

아주머니는 대답 대신 나에게 1MN를 주었다. 곧바로 경계심이 들었다. 나에게 건넨 손을 그대로 돌려 드렸다. '고작 1MN 주고 나한테 뭘 달라는 거야?'

쿠바 사람들과 이야기 나눌 때는 항상 이런 생각을 했다. '이 사람이 나에게 무엇을 주는가? 이것을 주고 나한테서 뭘 원하는가?'

돈을 돌려줬더니 아주머니는 내가 가지고 있는 돈을 브어 달라고 핬다. 못 알아듣는 척했지만 끈질기게 내 가슴팍에 있는 돈을 보잖다. 아바나는 더웠지만, 나는 돈을 잘 간수하기 위해 항상 남방을 입고 다녔다. 호주머니에 있는 돈은 가져갈 수 있지만, 내 가슴 주머니에 넣어둔 돈은 쉽게 가져갈 수 없기 때문이다. 빼기 쉬운 왼쪽에는 MN을, 조금 어려운 오른쪽에는 쿡을 넣어두었다. 계속 돈을 보여 달라고 하자, 왼쪽에 있는 MN을 보여준다는 게, 모르고 쿡을 빼서 보여줬다. 아주머니는 쿡 뭉치를 보더니, 다른 거 없냐고 물었다. 쿡을 다시 넣고 MN을 보여줬다. 그러자 그 돈 뭉치 사이에서 1MN 짜리를 가리키며 '이거야' 했다.

"버스비로 이거 한 장만 내면 된다고."

처음에 나에게 1페소를 준거는 그걸로 버스비를 내라는 뜻이었고, 내가 돈을 돌려주자 쿡과 MN을 혼동할까봐 직접 보여주신 것이다. 내가 워낙 경계하는 눈빛으로 내 호주머니를 방어해서였을까, 아주머니는 십자가 달린 목걸이를 꺼내 보이면서 영어로 이야기하기 시작했다.

"난 크리스찬이야. 진실된 사람이라고. 1MN를 내야 된다는 거, 그것을 말해주려고 했어."

아주머니는 영어를 유창하게 구사했다. 대학교육까지 마친 고학력자일 수도 있다. 아바나에 있는 모든 사람들을 일단 의심하고 보는, 특히 길거리에서 꼬깔콘이나 팔고 있는 이 아주머니는, 딱 봐도 나를 벗겨 먹으려 한다는 생각을 한, 내 자신이 싫었다.

답답했다. 삐끼들이 득실거리는 아바나도 그렇고, 모든 사람들을 그렇게 봐야 하는 나도 그랬다. 버스 대신 비지트 택시(Visit Taxi)를 탔다. 비지트

아메리카 심야특급

택시는 자전거 뒤에 의자를 달아서 움직이는 택시로, 1,2쿡이면 센트로 아바나 지역을 다닐 수 있다. 말레꼰으로 가 달라고 했다. 기사가 나를 보더니 그 지긋지긋한 비즈니스를 다시 시작했다. '난 지금 그걸 피해서 도망가고 있다고!'

앞을 한번 보고 뒤돌아 나를 한번 보며 "치카? 치카?" 했다.

"노 아블로 에스파뇰.(저 스페인어 못합니다)"

만사가 귀찮을 때 쓰는 말이다. 그러자 그 기사는 검지 두 개를 갖다 붙였다 뗐다 했다. 치카를 바디 랭귀지로 설명하려는 것이다. '이래도 무슨 뜻인지 모르겠냐?'는 표정으로 나를 쳐다봤지만, '그래도 모르겠네요' 하는 표정을 지었다. 곧 그는 자전거를 몰면서, 남녀가 뽀뽀하는 장면, 껴안는 장면을 열심히 재연한다. 더 이상 지켜볼 수가 없어서 "아, 무슨 뜻이지 알겠어요"라고 영어로 답하니까, 그때부터 그도 영어를 쓰기 시작했다.

"흑인이 좋아? 백인이 좋아?(Black or white?)"

"No money, No 치카.(돈도 없고요, 여자도 필요 없어요)"

쿠바에서 돈이 없다는 말은 좋은 변명이 아니었다. 돈이 없다고 하면 흥정을 하는 줄 안다. '아, 돈이 없구나'가 아니라, '얼마나 있는데?'라고 다시 물어본다. 타협의 싹을 잘라야 했다. 협상할 여지가 없는 가격을 불렀다.

"20쿡이요."

기사는 페달을 밟으며 잠시 생각하더니 뒤도 안 돌아보고 대답한다.

"그거면 됐어."

"아니요. 아니요. 저 여자가 싫어요."

"그럼 뭘 좋아하는데?"

무슨 이야기를 하든 그것을 찾아올 사람이었다.

"좋아하는 게 아무것도 없어요."

"좋아하는 게 없어? 그럼 쿠바에는 왜 왔는데?"

다행히 저 앞에 말레꼰이 보였다.

나의 대답은 "이 앞에 세워주세요"였다.

말레꼰에 앉아서 기사 아저씨가 물었던 마지막 질문에 대해서 생각해 보았다. 기사한테는 대답할 필요가 없지만, 나한테는 답해야 하는 문제였다. '내가 여기 왜 왔을까?' 그 생각을 막 해보려는데 뒤에서 누군가 명랑한 목소리로 "니하오?" 하며 인사를 한다. '니하오?'는 분명 나를 부르는 말이다. 또다시 비즈니스 여성이었다. '나 지금 여기 앉은 지 1분도 안됐는데.'

말레꼰은 아바나의 'Long Couch(긴 소파)'라고 불린다. 아바나를 둘러싼 방파제로, 누구나 앉아서 쉴 수 있게 돼 있기 때문이다. 길이 헷갈리거나 도심이 답답할 때 무조건 말레꼰으로 빠져 나오면 된다. 만약 여기까지 자유가 없다면 나는 더 이상 갈 데가 없었다. 사람들을 피해 아바나에서부터 이 절벽까지 쫓겨 왔는데, 여기까지 따라와 나를 그 아래로 밀려는 사람이 있었다. 그런데 이 여성은 젊지도 않고 예쁘지도 않았다. 그녀가 신은 하이힐은 자신이 얼마나 작은지 만을 돋보이게 하고 있었다. 안타까운 마음이

아메리카 심야특급

들었다. 남들보다 짐을 하나 더 지고 이런 일을 해야 하기 때문이다. 내가 할 수 있는 것은 다른 곳을 쳐다보는 것이었다. 그게 내 선에서 할 수 있는 가장 완강한 수준에서의 거절의 메시지였다. 그렇게 같은 말을 몇 번 더 붙이던 여성은 전혀 다른 방식으로 접근하기 시작했다.

"내 딸아이한테 선물 하나만 사주면 안 될까? 5쿡이면 돼."

그녀를 쳐다보았다. 여자로서 나에게 다가올 수 없으니 어머니란 이름으로 돌아온 것이다. 그 화장 속에 묻힌 어머니의 주름 때문에 가슴이 아팠다. 그녀를 위한 나의 최선은 그녀를 빨리 돌려보내는 것이었다. 인건비도 안 나오는 내 앞에 이러고 있는 게 무슨 도움이 되겠어? 그 시간에 가능성이 있는 사람 곁에 있는 게 낫잖아. 분명하게 말해줘야 했다. 조금이라도 미련을 가지지 않게 천하의 싸가지 없는 말을 해야 했다.

"너한테 줄 돈이 없어. 너도 싫고 네 딸도 싫어."

그녀는 몇 초간 나를 죽일 듯 노려보다가 말레꼰 어딘가로 녹아 들어가듯 사라졌다.

'정말 죄송해요. 그냥 맘 편하게 절 욕하세요.'

수첩에는 삐끼들의 이름과 전화번호가 가득했다. 혹시 마음이 생기면 전화 달라고, 내 수첩에 자기 이름과 번호를 적어준 것이다. 삼 일간 받은 그 전화번호만 스무 개가 넘었다. 얼굴과 번호가 매치가 안 될 정도였다. 혼자 돌아다니기 심심해서 누구한테 전화를 해볼까 하고 그 이름들을 쭉 넘겨보는데 연락할 사람이 한 명도 없었다.

내 수첩에 적힌 사람들이, 친구인지 삐끼인지 확인하는 방법은 간단하다. 돈이 없어도 연락할 사람이 있다, 그러면 친구다. 하지만 지금 나는 돈이 없고, 그러니 연락할 사람도 없었다. 친구가 한 명도 없다는 것이다. 바다를 바라보고 있어도 시원하지 않았다.

'여기가 정말 누군가 55년간을 통틀어 가장 아름다웠다고 말한 곳이 맞을까?'

사람들이 조건 없이 친절할 거라고 생각했다. 돈은 없지만 가진 것에 만족하면서 당당하게 살 거라고 믿었다. 그런 모습을 보러 여기 쿠바에 왔다. 여기 사회주의 국가라며? 돈이 사람을 갖고 노는 사회에서 벗어나려고 만들어진 나라 아니었어? 그런데 내가 본 쿠바 사람들은 그 누구보다 돈에 집착했다. 사람들이 입에 '이네로(돈)'를 달고 산다. 여자들은 몸을 팔고 남자들은 자존심을 판다.

그리고 나를 사람으로 보지 않았다. 돈으로 본다. 미국도 이 정도는 아니었는데. 나도 그렇다. 쿠바에서만큼 돈 걱정을 많이 해 본 나라가 없다. 돈으로 거들먹거리고 싶지도 않았지만, 돈이 없다고 작아지고 싶지도 않았다. 그런데 여기서는 돈이 없으니까 친구하나 사귈 수가 없다. 돈이 없으니까 아무것도 아니다.

아메리카 심야특급

말레꼰을 바라보면서 두 손을 모았다. 내 옆에서 같이 끼니를 굶어줄 수 있는 그런 진실된 친구 한 명만 보내달라고 빌었다. 거창한 관계가 아니어도 된다. 돈이 없어도 전화 한 통화 걸 수 있는 사이면 충분하다. 그것이 내가 쿠바에서 찾고 싶은 모든 것이었다.

넌 쿠바사람과 절대 친구가 될 수 없어

더 이상 새로울 것이 없는 아바나 시내를 다시 돌아다녔다. 하지만 오늘은 좀 다를 것이다. 똑같은 거리지만, 다른 마음으로 나왔으니까. 오늘은 10쿡에 내 생활을 끼워 맞출 생각이 없다. 더 쓸 일이 생기면 쓰겠다. '돈이 떨어지면 또 생기겠지. 없으면 빌리면 되잖아. 보험금 받아서 한국 가서 다 돌려주면 되지 뭐. 중요한 건 돈이 아니라 여기 아바나야.'

일단 호텔에 가서 친구에게 메일을 보냈다. 인터넷으로 방법을 찾아서 아바나로 돈을 보내 달라고 했다. 한국에서 쿠바로 송금이 불가능하다고 들었지만 방법이 없지는 않을 것이다. 호텔을 나오는 길에 어김없이 삐끼가 기다리고 있었다.

"네가 원하는 것이 뭐냐? 난 모든 것을 가지고 있다."
이 삐끼는 진짜 운이 좋은 사람이다. 돈을 아끼지 않겠다는 생각으로 길을 나섰을 때, 딱 내 앞에 나타났으니까.

이런 현지 백수 삐끼들을 아바나에서는 '티뷰론(Tiburon)'이라고 부른다. 스페인어로 '상어'라는 뜻이다. 이 '티뷰론'들은 외국인 여행자들을 싸잡아 '쥬마(Yuma)'라고 부른다. 그 중에서도 아주 어리석은 여행자들, 쿡과 MN도 잘 구별 못하는 돈만 있고 아바나에 대해서 아무것도 모르는 사람들을 따로 '힐레(Gile)'라고 부른다. 'Gilberto'(Name like a stupid person)에서 따온 말이다. 그래서 아바나 바닥에는 '티브론들은 항상 힐레(Gile)를 찾아다닌다'라는 말이 있다. 상어들이 멍청한 관광객들을 꼬셔 피가(돈이) 바닥날 때까지 빨아먹는다는 뜻이다. 이 용어들은 티뷰론들 사이에서 쓰는 은어라, 끈질기게 달려드는 티뷰론에게 "저 힐레 취급하지 마세요" 하면 그들이 깜짝깜짝 놀라곤 한다.

각 나라, 각 도시 별로 그 위험성은 다 다르다. 아바나에서 제일 위험한 것은 바로 이 상어들, 티뷰론들이다. 티뷰론의 특징이라고 하면 겉으로 잘 드러나지 않는다는 것이다. 쿠바는 무상 의료, 무상 교육의 나라다. 티뷰론 중에는 대학 교육까지 마친 인텔리들이 많다. 에콰도르나 볼리비아에서는 '저 사람 도둑 같이 생겼다'고 대충 판단할 수 있지만, 지적인 외모와 세련된 영어로 다가오는 몇 몇 티뷰론들은 '보이지 않는 상어' 즉, 가장 무시무시한 존재들이다.

지금 내 앞에 있는 사람이 전형적인 티뷰론이라는 것을 알고 있다. 그래도 오늘, 이 사람을 한 번 따라가 볼까 한다. 며칠 간 혼자 시내를 걸어 다니면서 무척 외로웠다. 악마라도, 누군가와 같이 있었으면 좋겠다. 궁금했다. 오늘 내가 어떻게 털릴 지가. 이 티뷰론도, 내가 자기를 어느 정도 경계하고 있다는 사실을 알고 있을 것이다. 그렇지만 이 사람은 오늘 어떻게든 내 피를 빨아먹을 사람이다. 얼마나 노련한지, 얼마나 기가 차게 후려치는지 보고 싶었다. 오늘, 바로 지금.

"치노, 뭘 찾고 있는 거야?"
티뷰론을 보고 말했다. "네가 가진 게 뭔데?(What do you have?)"
티뷰론은 이렇게 되묻는다. "네가 찾는 게 뭔데?(What do you want?)"
"난 그냥 모히또 한 잔만 했으면 좋겠는데."
그가 방긋 웃었다. "따라와."

센트로 아바나 지역에 있는 한 술집에 들어갔다. 현지인 서너 명이 바에 서서 술을 마시고 있었고 테이블 자리는 다 비어있었다. 술집에 제 발로 들어오는 나를 보고, 웨이터들이 급하게 눈빛을 주고받는 게 보였다. 모히또 두 잔을 시켰다. 곧 티뷰론의 브리핑이 시작되었다. 시가 이야기부터 나왔다. 자기가 시가 공장에서 일을 하는데 정품과 똑같은 시가를 훨씬 저렴한 가격에 제공해 줄 수 있다고 한다. 정품을 만들고 남은 원재료로 만들기 때문에 정품과 똑같다는 것을 계속 강조했다. 티뷰론들은 자기가 시가 공장에서 일하거나 최소한 가장 친한 친구가 시가 공장에서 일하고 있다고 말한다. 내가 별다른 관심을 안 보이자 바로 다음 상품으로 넘어갔다. 눈치가 굉장히 빠르다.

"너 랍스타 좋아해? 저녁 안 먹었으면 같이 랍스타를 먹으러 갈래?"

(내가 너랑 단둘이 랍스타 먹으러 그 비싼 비행기 표 끊고 쿠바에 왔겠냐?)

그때 우리 테이블로 늘씬한 여자 한 명이 다가왔다. 이 술집에 힐레 한 명이 왔다는 소문을 듣고 온 것이 분명하다.

"저 오늘 하루 종일 서 있었어요. 여기 조금만 앉았다 가면 안 될까요?"

알고 있다. 이 여자가 여기 앉으면 안 된다는 것을. 하지만 거절하지 못했다.

"저도 모히또 한 잔만 시켜주시면 안돼요?"

바에 걸터앉은 현지인들이 우리 테이블을 유심히 보고 있다. 내가 어떻게 먹히는지 재미나게 보고 있는 것이다. 이 여성은 물을 마시듯 모히또를 들이켰다. 나는 1/3도 안 마셨는데, 벌써 한 잔을 비우고 한 잔만 더 마시자고 한다. '목이 마르면 물을 좀 마시든가' 하는 생각이 들었지만, 한 잔을 시켜준 이상 '두 잔은 마시지 마'라고 할 수도 없다. 모히또를 한 잔 더 시키니, 옆에 있던 티브론이 자기도 한 잔만 더 마시겠다고 한다. 1분 전까지만 해도 모히또가 컵에 반은 남아있었던 그였다. 그렇다고 여자는 시켜주고 남자는 외면한다면 그건 신사가 할 짓이 아니잖아. 또 한 잔을 더 시켰다.

아메리카 심야특급

그렇게 티브론의 관광 상품 설명을 계속 듣고 있는데 여자 한 명이 또 내 테이블에 앉았다. 그 둘은 꼭 10년 만에 만난 친구처럼 서로의 안부를 격하게 묻고 있었다. '너희 둘 매일 보는 거 다 알고 있어.' 곧 또 한 명이, 이번에는 허락도 없이 테이블에 앉았다.

"제 친구도 한 잔만 시켜주시면 안돼요?"

끝이 없어 보였다. 이 술집에 들어온 지 30분도 안됐는데. 벌써 테이블에는 쿠바인 넷이 앉아있다. 너무 자연스럽게 여자들이 옆자리를 채워나가서 '내 옆에 사람들이 앉아 있는 나를 발견했다'고 봐야 더 정확했다. 이 넷은 모히또를 물처럼 마시기 시작했다. 여자 한 명이 먼저 모히또를 부탁하면, '저도요' '저도요' 하는 식으로 다들 한 잔씩을 시키고, 마지막으로 티브론이 '나도 한 잔' 하는 식으로 이 팀이 굴러갔다. 아주 잘 짜여져 있었다. 각각이 서너 잔씩의 모히또를 들이마셨다.

더 이상은 안 되겠다 싶었다. 여기서 빠져나가는 방법은 내가 이 술집을 나가는 것 밖에 없다. 계산서를 달라고 했다. 오늘 내가 사기 당할 거 알고 온 거는 맞지만, 다만 그게 내가 감당할 수 있는 수준이었으면 좋겠다. 계산서를 받는데, 89쿡이라고 적혀있었다. 이 테이블에 앉은 사람들 한 달 임금을 다 합쳐야 낼 수 있는 돈이다. 말도 안 되는 금액이지만, 더 말도 안되는 금액이 나올 까봐 긴장하고 있었던 나에게는 다행이었다. 100쿡을 내고 잔돈으로 11쿡을 받았는데, 그 중에 3쿡짜리가 다시 3MN으로 바뀌어 있다. 웨이트리스가 내 눈치를 보고 있는 것이 느껴졌다. 테이블에 앉은 사람들도, 3쿡 자리를 대신하고 있는 3MN을 의식하고 있었다.

'요걸 어떻게 할까? 3MN 들고 한 번 개망신을 줘?' 하지만 그렇게 열을 올려도 3쿡을 돌려받을 뿐이었다. 술값으로 89쿡을 썼는데, 돈은 돈대로 내고 폼은 하나도 안 나게 된다. 계산서에서 3MN을 빼고 나머지 돈을 먼저 호주머니에 넣었다. 그리고 3MN 짜리를 집어 들었다. 모두 딴청을 하고 있지만 내 손에 쥐어진 3MN에 모든 눈이 있다는 걸 알고 있다. "오늘 너무 고마웠어요. 이건 팁이에요" 하면서 3MN을 건넸다. 웨이트리스는 대답도 없이 환하게 웃으며 3MN를 받는다. '너 제법이다' 하는 눈빛으로 야릇하게 나를 쳐다봤다. 그녀는 계산이 다 끝났는데도, 농염하게 웃으며 나를 계속 보고 있었다. '나 한번 만나볼래?' 하는 눈빛이다. 갑자기 쿠바가 다시 좋아졌다.

내가 만난 티뷰론의 이름은 '토니'다. 토니는 클럽에 가자고 했다. 사실 술집 몇 군데를 더 가자고 했지만, 내가 완강히 거절한 뒤였다. 토니가 물었다.

"어떤 클럽에 갈래?"

"The best one.(최고의 클럽)"

이렇게 추상적으로 얘기 했는데도, 토니가 알겠다고 했다. 저 쪽으로 걸어가면 된다고 한다. 그러면서 클럽 가는 길에 자기 집이 있는데, 가는 길이니까 들렀다 가면 안 되겠냐고 물었다. 여기가 콜롬비아나 에콰도르였으면 이 수상한 놈 집까지 따라가지 않았겠지만, 여기는 쿠바니까 괜찮았다.

생각보다 집이 넓었다. 고등학생으로 보이는 딸은 공부를 하고 있었고, 대여섯 살 정도로 보이는 아들은 토니를 보자마자 달려왔다. 아들은 너무 반갑다고 방방 뛰는데, 토니는 그런 아들을 매정하게 뿌리친다.

"지금 아빠 바빠. 일하고 있잖아. 당장 네 방으로 들어가!"

이렇게 소리칠 일은 아니었다. 그 애는 그때부터 울기 시작하는데 그칠 줄을 몰랐다. 토니는 달랠 생각도 없이 소파에 앉아 티비만 보고 있었다. 그렇게 한 십 분쯤 앉아있더니 대뜸 나에게,

"애한테 미안해서 그런데, 주스와 과자 좀 사오게 5쿡만 줄래?"라며 당당하게 쿡을 요구했다. 5쿡을 들고 나간 토니는 주스와 과자, 사탕을 사왔다. 방에서 공부하고 있는 딸-아들, 아줌마까지 달려와서, 토니 손에 놓인 과자를 그 자리에서 모두 까먹었다. 좀 당황했다. 과자를 자주 못 먹는다는 건 알지만, 나 같으면 좀 아껴놨다가 내일도 먹고 모레도 먹고 할 것 같은데. 내가 좀 놀란 표정을 지어서 그런지, 아줌마가 묻지도 않은 질문에 대답했다.

"내일은 이게 없어."

아줌마도 아저씨도 일을 한다고 했다. 아줌마는 하루 일하고 하루 쉬고, 토니는 이틀 일하고 이틀을 쉰다고 한다. 임금은 각각 한 달에 15쿡 정도였

다. 이 돈으로는 두 자식을 키울 수 없으니, 토니는 일을 마치고 나서 밤새 관광객들을 상대한다고 했다.

"그럼 잠은 언제 자는 거야?"

잠은, 낮에 일할 때 충분히 잘 수 있다고 한다. 쿠바를 위해서는 최소한의 기력만 소비하고 퇴근하고부터 본격적으로 일을 하는 것이다. 그래도 회사에서 뭐라고 하는 사람이 없단다. 그럴 수밖에 없다는 것을 모든 사람들이 알고 있기 때문이다. 집에서 아이들과 함께 있는 토니가 갑자기 달라 보였다. 열심히 일하고 돌아와 잠시 쉬고 있는 한 아버지의 모습이 보여서였겠지 아마? 갑자기 이런 생각이 들었다. '혹시 내가 이 사람과 친구가 될까?'

대학교 진학을 앞두고 있는 딸 아이 이야기를 같이 하다가, 놀라운 사실 하나를 들었다. 토니가 대학교육까지 마쳤다는 것이다. 고등학생 중 성적이 좋은 50% 정도가 대학에 진학한다고 하는데, 토니는 자신의 딸을 대학에 보낼 생각이 없다고 한다. 딸 아이는 똘망똘망하게 아버지의 얘기를 듣고 있었다.

"그래도 여기는 대학 교육이 공짜잖아요. 저렇게 똑똑하게 생겼는데 왜 대학에 안 보내세요?"

"나를 봐. 대학 나와서 지금 뭐 하고 있는데?"

'그럼 대학 안 나와서 뭐 할 건데?' 이 말은 하지 않았다.

쿠바에서 대학을 졸업한 후 일자리를 구하면 한 달에 15쿡 정도를 번다.

아메리카 심야특급

그런데 관광객들이 오는 호텔에서 방 청소를 하면 팁으로만 하루에 15쿡을 벌 수 있다. 사회를 바꿀 만한 인재들이 호텔 청소부 자리를 구해보려고 안달인 까닭이 이 때문이다. 쿠바에서 좋은 직장이란, 쿡을 손에 넣을 수 있는 일, 즉 외국인들 뒤치다꺼리다.

집을 나와 클럽에 갔다. 간판이 보였다. '뮤지카 데 까사'. 이름이 눈에 익었다. 여기는 유명한 국내 여행안내 책자에 '라이브 뮤직 듣기 좋은 클럽'으로 추천돼 있는 곳이다. 하지만 아바나에서 이 클럽은, 현지 여성들과 외국인들이 만나는 퇴폐 클럽의 상징 같은 곳이었다. 여기가 어떻게 그 저명한 여행책자 추천 목록에 올라와 있는지 이해할 수 없었다. 입장료는 각각 10 쿡. 하지만 외국인은 쿡으로, 현지인은 MN으로 내야 했다. 내가 오늘 가지고 나온 150쿡 중에서, 오전에 5쿡, 술값으로 90쿡, 과자 사는데 5쿡, 클럽 입장료로 20쿡, 이제 달랑 30쿡이 남았다.

토니가, 입구에서 클럽 안으로 들어가는 통로에서 나를 불러 세웠다.
"재민, 잘 들어. 저 안에 있는 쿠바 여자들은 세 종류야. 외국인 남자와 같이 있는 여자, 쿠바 남자와 같이 있는 여자, 혼자 있는 여자, 이렇게야. 일단 기본적인 개념은 그거야. 저 안에 있는 모든 여자들은 다 네 꺼라고 생각하면 돼. 그 여자가 서빙을 하든 청소를 하든 술을 팔든 아무 상관없어."

무엇을 질문해야 할지 몰라 서 있었다.

"일단 네가 마음에 드는 여자를 찾아. 꼭 한 명이 아니라도 괜찮아. 두 명도 괜찮고 세 명도 괜찮아. 그런데 그 여자가 외국인 남자와 같이 있다, 그럴 경우에는 네가 다가가지 말고 나한테 말해. 그럼 내가 걔를 몇 시간 뒤에 데리고 나오든가, 최소한 내일 데리고 올 수 있어. 그리고 여자가 쿠바 남자와 있다, 그거는 아무 문제가 안 돼. 쿠바에서 쿠바 남자는 아무것도 아니야. 없는 사람이라고 생각하면 돼. 그냥 다가가. 가서, "뚜 에레스 보니따.(예쁘시네요.)"라고 말하면 돼. 딴 얘기는 할 필요도 없어. 그럼 걔가 그냥 너 따라 나올 거야. 혼자 있는 경우에는 그냥 한 3초만 쳐다봐. 그럼 걔가 알아서 나와."

클럽은 생각보다 컸다. 사람들이 그렇게 복잡하게 많지도 않았다. 미국 할아버지, 할머니 커플이 두 쌍 정도 테이블을 잡고 있었다. 그 외에 무리를 지어 들어온 중년 남자들도 좀 있었다. 의외로 젊은 외국인들은 별로 보이지 않았다. 음악을 즐기러 온 쿠바 현지인 남자들도 좀 보였다. 다들 조금 조금씩 있었다. 그 외에, 그 모든 나머지 자리들은 쿠바 여자들이 채우고 있었다. 흑인도 있고 물라토도 있고 백인도 있다. 공통점은 다들 엄청난 미인이라는 것. 뉴욕 소호 거리에서도 볼 수 없었던 모델들이 모여 있었다. 지난 며칠 간 아바나 시내를 그렇게 돌아 다녔지만, 익히 들었던 명성에 비해 쿠바 미인들을 찾아보기 힘들었다. 그런데, 그분들이 여기 다 있었구나.

나와 눈이 마주친 여성들이 모두 다가왔다. 클럽 가드가 나타나 "이 여

아메리카 심야특급

자가 먼저 왔다. 넌 기다려라" 할 정도로 오고 또 왔다. 지금 내 앞에는 모히또가 있고, 시가가 있고, 음악이 있고, 모델들이 춤을 추고 있다. 우유니 사막에서 할머니가 했었던 이야기가 생각났다. 네가 찾는 모든 것이 쿠바에 있을 거라고. 그게 혹시 이 순간을 말한 걸까. 쿠바식 사회주의를 보러 온 거 아니냐고? 체 게바라 티셔츠 하나 사 입었으면 됐잖아.

다가온 여자들은 지체 없이 달했다.

"저는 하루에 70쿡이예요.", "저는 60쿡이면 돼요."

내가 라이브 음악 들으러 온 것이 아니라는 것을 잘 알고 있는 사람들이었다. 주머니에는 30쿡 밖에 없었지만, 이 상황을 즐기는데 돈이 드는 건 아니었다.

친구 둘이 손잡고 다가온 경우도 있었다. 한 친구가 영어를 맡았고 다른 친구는 미소를 담당했다.

"우리 둘 다 데리고 나가는 건 어때요? 저희는 70쿡 씩이예요. 140쿡이면 모든 것이 끝나요."

내가 그녀들과 조금 오래 대화를 하고 있자, 토니가 다가왔다.

"네가 알아둬야 할 게 하나 있어. 여자들은 140쿡이고, 까사가 30쿡, 택시비가 10쿡이야."

외국인이 쿠바 여자와 밤에 같이 다니다 경찰에 적발되면, 그 자체로 일단 문제가 된다. 그래서 클럽 앞에서 택시를 타고 경찰이 없는 곳으로 이동을 해야 되는데, 그 택시비가 10쿡, 방 값이 30쿡이라는 것이다. 토니는 아마, 이 여자들, 택시비, 방 값에서, 알아서 제 몫을 떼 갈 것이다.

"저는 음악 들으러 왔어요."

이렇게 아무도 안 믿을 얘기를 하면서 여자들을 차례로 돌려보냈다. 그렇게 한 시간이 지나니까 토니가 빨리 고르라고 재촉하기 시작했다.

"여기가 마음에 안 들어? 다른 클럽 갈래?"

"아니. 그냥 좀 피곤해."

"그래도 여기까지 왔잖아."

"나 이제 집에 가야 될 것 같아."

조금만 더 찾아보자는 토니를 두고 클럽을 나왔다. "한국인들은 그렇게 끈기가 없냐?"면서 투덜거리는 토니에게 '나 갈게' 하고 인사를 하는데, 토니가 '자기 가족한테 줄 선물을 달라'고 한다. 티뷰론들은 돈을 달라는 말을 할 때, 항상 '가족한테 줄 선물을 줘'라고 말한다.

"또 돈은 무슨 돈? 같이 재미있게 놀았잖아."

토니는 '너는 재미있게 논 거고, 나는 일한 거잖아' 하는 표정으로 나를 바라봤다. 생각해보니 이건 토니의 정당한 요구다. 내가 그냥 집으로 돌아가는 바람에 택시와 여자, 숙소비에 대한 커미션을 누구에게도 받지 못했다. 그건 이해하지만 나도 돈이 없었다.

'내 호주머니에 겨우 30쿡이 있다고.'

토니에게 돈을 주는 대신 희망을 줬다.

"같이 아바나에 온 한국 친구들이 많다. 내일은 그 친구들을 다 데리고 오겠다. 친구들 중에는 너한테 시가를 살 친구들도 있다. 내일 저녁에 다시 만나자."

토니는 '그래도 줄 거는 달라'고 하고 있었고, 나는 그럴수록 공수표만 더 찍어냈다. 그렇게 조금씩 목소리가 높아지고 있는데, 아까부터 클럽 앞에 서 있던 경찰이 우리에게 다가왔다.

"무슨 일입니까?"

그 눈빛과 말투에서 이미 내 편이라는 것을 알 수 있었다. 티브론들이 워낙 활개를 치니, 밤늦게 외국인 옆에 있는 쿠바 남성에 대해서도 경찰이 단속을 하는 것이었다. 토니가 한창 경찰과 이야기하기 시작했다. 중간 중간에 '아미고(친구)'라는 단어가 자꾸 들렸다. 경찰은 토니 말을 끝까지 듣지도 않고 나에게 물어본다.

"이 사람 친구 맞습니까?"

친구 맞다고 얘기 하면서도, 경찰이 우리 앞에 서 있는 이 기회에 집어가고 싶었다. 클럽 앞에 서 있던 택시를 불렀다. 경찰이 보는 앞에서 토니와 허그를 하고 작별인사를 했다.

"토니, 내일 낮 11시쯤 우리가 오늘 만난 호텔 앞에서 보자고. 내일은 같이 랍스타도 먹고 내 친구들이랑 시가도 보러 가자."

물론 내일 토니를 만날 생각은 없다. 토니에게 빚이 있는 셈이었지만, 으

아메리카 심야특급

바나에서 또 이 사람을 만날 것 같지는 않았다.

집으로 가는 택시 안이 왠지 우울했다. 클럽 밖은 허무했고 토니의 뒷모습은 쓸쓸했다. 지갑은 비었다. 그리고 나는 점점 비열한 인간이 되어가고 있었다.

내가 만나고자 하는 그 친구는 어디에 있을까. 그 친구가 내 앞을 스쳐 지나간다고 해도 내가 알아볼 수는 있을까.

삐끼가 되다

아침부터 호텔에 갔다. 친구의 답장을 확인하기 위해서였다.
"재민아, 웨스턴 유니언으로 돈 보냈다. 아바나에서 찾을 수 있단다. 극민은행에서 차장이 직접 처리해준 거니까, 돈 받는 데는 아무 문제 없을 거야."
답장을 읽다가 기뻐서 소리를 지를 뻔 했다. MTCN(웨스턴 유니언 고유 넘버) 번호를 가지고, 웨스턴 유니언 은행이 있는 외국인 거리로 갔다. 내 차례가 되어 직원에게 영수증을 보여줬다.

"이거 누가 보낸 거예요?"

왠지 친구가 보냈다고 하면 받을 돈도 안 나올 것 같았다. 뭔가 공식적인 이야기를 해야 했다.

"국민은행이라고요. 한국에서 제일 큰 은행에서 보냈어요."

"여기 한 번 보세요. 받는 곳에 'CUBA US MILITARY BASE(쿠바 미군영)' 라고 적힌 것 보이시죠? 여기는 관타나모를 뜻하는 말이에요. 관타나모라고 들어보셨어요?"

물론 들어봤다. 관타나모. 쿠바에 있는 미국 군사지역이다. 미군들이 아프카니스탄 등지에서 잡아온 포로들을 고문해, 전 세계인들을 경악하게 만든 그 곳이다.

"네. 관타나모 알죠."

"이 돈 받으시려면 거기 가서 받아야 돼요."

"네? 여기 아바나에서 찾을 수 있는 거 아니에요?"

"국민은행이라는 곳이 정말 한국에서 제일 큰 은행 맞아요? 어떻게 이걸 모를 수가 있지. 쿠바에서 웨스턴 유니언으로 돈 보낼 수 있는 나라는 미국밖에 없어요. 그것도 쿠바에 가족이 있는 미국인만 보낼 수 있다고요."

"여기서 관타나모까지는 얼마나 걸려요?"

"비행기 타고 가셔야죠. 버스 타고 가면 한 16시간은 더 걸리죠. 왜요 거기 가시게요?"

"네. 지금 제가 돈이 없어서 거기 가서라도 돈을 찾아야 될 것 같아요."

나와 이야기하던 직원이 '이 친구 관타나모 가서 돈 찾아오겠대'라고 소

아메리카 심야특급

리쳤다. 은행에 있던 직원들이 동시에 깔깔거리며 나를 향해 엄지를 치켜세웠다.

"관타나모가 어떤 곳인지 모르세요? 쿠바에서는 아무도 거기 못 들어가요. 피델이 와도 안돼요. 거기로 돈 찾으러 가시겠다고요?"

다시 호텔로 갈 수밖에 없었다. 친구에게 감사의 답신을 보내야 했다.

"야. 너는 포로수용소로 돈을 보내고 지랄이야!"

점심에는 약속이 있었다. 데이트다. 이름은 아나벨. 전날 밤 '뮤지카 데 까사'에서 만난 친구다. 어제 클럽에서 토니가 잠시 자리를 비운 사이 한 현지 여성이 다가왔다.

"아까부터 네 옆에 있던 저 쿠바노는 누구야? 아는 사람이야?"

"어. 토니라고, 내 친구야."

"친구라고?"

"어. 여기 와서 사귄 친구."

"넌 쿠바 사람과 친구가 될 수 없어."

말없이 그녀를 봤다. 그녀는 왜 내게 이런 말을 하는 걸까?

"나랑 같이 나갈래?"

"아니. 나는 그냥 여기…."

"왜? 돈이 없어?"

그녀는 무슨 말이든지 활기차게 했다. 검은색 원피스에 너무 짧다 싶을 정도로 친 단발, 큰 키에 하얀 피부를 돋보이게 하는 금발, 매력적이었다.

"그럼 내일 점심 같이 먹을래?"

"어. 그러자."

"내일 1시에 여기 '뮤지카 데 까사' 앞에서 만날까?"

"까삐딸리오 앞에서 만나는 게 더 편한데."

"거긴 안 돼. 경찰이 너무 많잖아. '뮤지카 데 까사' 앞에서 만나."

지금은 오후 12시 반. 나는 '뮤지카 데 까사' 앞에 서 있다. 정확히 1시가 되니 모퉁이에서 그녀가 걸어 나왔다. 운동화에 담백하게 옷을 입은 그녀는 어제 밤과는 다른 느낌이었다. 확실히 그녀는 클럽 조명보다 햇빛과 더 잘 어울렸다. 새삼 그녀를 처음 만난 곳이 '뮤지카 데 까사'라는 점에 가슴이 아팠다.

같이 점심을 먹고 말레꼰을 걸었다. 나는 두 발짝 뒤에서 그녀를 따라 걸었다. 아바나에서는 낮이라도, 현지 여성과 외국인은 같이 걸어 다닐 수 없다.

"우리 집은 '산티아고 데 쿠바'에 있어."

"가족들이 다 거기 있는 거야?"

"응. 부모님이랑 할아버지 할머니까지 다 같이 살아."

"그럼 너 혼자 아바나에 있는 거야?"

"응. 벌써 여기 온 지 1년 6개월 됐어. 원래 2년 있으려고 했는데 곧 돌아가려고. 가족들이 너무 보고 싶고, 여기서 혼자 지내는 게 너무 힘들어."

"집으로 돌아가면 뭐 할 거야?"

"여행 다니고 싶어. 너처럼."

"어디?"

"이탈리아."

"왜?"

"내가 사는 곳에 이탈리아 관광객들이 많거든. 그 사람들이 부러웠어. 그래서 한 번 가보고 싶어. 그 사람들이 어떤 곳에서 사는지."

"또 다른 나라는 없어?"

"원래 이탈리아 밖에 없었는데 오늘 한 군데 더 생겼어."

"어디?"

"한국."

"한국?"

"응. 네가 사는 곳도 어떨지 궁금해."

"집에 돌아가서 그럼 여행 다니면 되겠네."

"우리는 여행 못 다녀. 돈도 없고. 나는 특히 직업이 없으니까 해외로 나가는 게 더 복잡해. 우리는 외국인이 초청장을 보내줘야 나갈 수 있거든. 네가 한국 돌아가서 초청장 보내줘. 비행기 표도 같이. 그럼 나갈 수 있겠다."

우리는 한 시간 가량을 말레꼰에 더 앉아 있다가 헤어졌다.

"오늘은 '뮤지카 데 까사' 가지마."

"어. 안 갈 거야. 근데 왜?"

"내가 오늘 거기 없어. 동생이 오후에 아바나로 오기로 했거든."

더 많은 이야기를 나누고 싶었지만, 그녀는 집으로 갔다. 아직 아바나에서 지낼 날이 좀 남아있다. 그녀와 조금 더 친해지고 싶었다. 왠지 그렇게 될 것 같은 느낌이다.

저녁에는 같은 까사에 있는 친구와 함께 밖으로 나왔다. 음악을 공부하는 브라질 출신의 친구였는데 쿠바 음악가들을 몇 안다고 했다. 술집이라기보다 일반 가정집 마당에 의자를 갖다 놓고 사람들이 모여서 노래를 부르고 있었다. 1차가 끝나고 젊은 친구들끼리만 모여 기타 하나를 들고 말레꼰으로 갔다.

기타를 치고 있는 무리 가운데 한 사람이 나에게 어느 나라 사람이냐고 물었다. 한국에서 왔다고 하니까 갑자기 관심을 보이기 시작했다. 자신의 이름을 '알씨데스(Alcides)'라고 소개하면서 편하게 '알씨(Alci)'라고 불러달라고 했다. 그러더니 대뜸 이런 말을 한다.

"우리 친구 할래?"

문제는 지금부터 시작된다. 이 친구가 갑자기 나를 따로 불러냈다. 자신은 다음 달에 에콰도르에 간단다. 그래서 쿠바에 남은 집을 처분하고 돈을 받았고, 돈이 남아서 다 쓰고 갈 생각이라고 했다. '쿠바에서 집을 사고판다는 말은 못 들어봤는데.' 아두튼 그럴 수도 있겠다 싶었다. 워낙 빠르게 이 사회가 변하고 있으니까. 그러면서 오늘 클럽에 같이 가고 했다. 나는 돈이 없어서 못 가겠다고 했다.

"넌 돈 걱정할 필요 없어."

알씨가 자기 뒷주머니에서 돈 뭉치를 꺼내서 보여준다. 가지런하게 정렬되어 있는 게 아니라 돈이 그냥 뭉쳐 쌓여있었다. 자세히 보니 그 돈들이 다 쿡이다. 1쿡 짜리만 있는 것도 아니고, 10쿡 짜리도 보이고, 20쿡 짜리도 보였다. '뭐지, 훔친 돈인가?'

그래도 이 사람은 내 친구 무리 중 하나다. 까사에서 같이 나온 친구에게 물어봤다.

"너 저기 있는 알씨라는 친구 알아?"

"아니. 나는 쟤 처음 보는데. 아까 우리 기타 치는데 그냥 다가와서 같이 놀고 있었어."

'뭐 하는 놈이지?' 나한테 뭘 사준다는 것도 이상하지만, 쿠바사람이 저렇게 많은 돈을 들고 있는 경우도 처음이었다. 천천히 다시 생각해봤다. 처음 만난 현지인이, 그냥 내가 좋다는 이유로, 오늘 하루 자기가 다 쏘겠다고 하며 돈뭉치를 보여줬다. 그런데 여기는 한 달 월급이 15불도 안 되는 쿠바고, 나는 현지인들이 봉으로 여기는 관광객이다. '답 나왔네.'

아마 이 사람을 따라가면 대충 이런 일들이 벌어지지 않을까 싶다. 술집에 가서 자기가 다 사겠다고 하면서 비싼 술을 있는 대로 다 시켜놓고, 계산할 때는 사라져서 내가 그 술값을 다 내야 한다거나, 아니면 호텔에 가서 비싼 방에서 자고, 아침에 일어나보니까 이 친구는 없고 결제해야 할 1,000불짜리 영수증만 남아 있는 경우 말이다.

그런데 아주 짧은 순간 '한번 따라 가볼까?' 하는 생각에 불이 깜빡 들어왔다. 이 사람이 사준다잖아. 사기꾼인지 아닌지는 까봐야 아는 거 아냐? 털린다고 해도 이제 털릴 돈도 없잖아. 제발 미리 겁내지 좀 마. 그리고 분위기가 아니다 싶으면 상황 봐서 도망쳐 나올 수도 있잖아. '따라 가보자'는 생각이 떠오른 순간, 이미 결정은 나 있었다.
"알씨, 나 정말 돈 하나도 없어. 네가 다 사는 거 맞지?"
"씨, 씨.(그래, 그래)"

알씨와 함께 말레꼰 앞에 있는 클럽에 들어갔다. 알씨가 입장료를 내기 위해 뒷주머니에 있는 돈 뭉치를 꺼내는데, 뭉쳐진 지폐 중 몇 장이 땅에 떨어졌다. 알씨 뒷주머니에 있는 돈은 정말 아슬아슬했다. 벌써 그것을 노리는 몇 몇의 눈빛이 느껴졌다.

적당히 작은 클럽이었다. 안으로 들어가자마자 현지 여성 한 명이 바로 다가왔다. 알씨가 취했는지, 아니면 무슨 생각인지 몰라도, 나와 내 옆에

아메리카 심야특급

있는 여자 그리고 입구에서부터 같이 놀자고 다가왔던 쿠바 남성 셋 한테
까지 모두 술을 사줬다. 하지만 클럽에 들어온 지 30분이 지날 때까지 알씨
한테 다가가는 여성은 아무도 없었다. 내 옆에 있던 여자에게 물었다.

"혹시 같이 온 친구 없으세요?"

"왜요?"

"친구가 혼자 좀 쓸쓸해 보여서요" 하며 알씨를 가리켰다.

"제 친구들은 쿠바 남자 싫어해요."

"근데 저 친구가 오늘 돈을 다 가지고 있거든요. 여기 입장료도 저 친구
가 내줬어요."

그녀는 잠시 생각한다.

"그래도 쿠바 남자는 싫어요."

그러던 중 알씨가 급하게 내 손을 잡고 나를 클럽 밖으로 데리고 나갔다.

"나 부탁이 하나 있어."

조금 긴장했다. 무슨 부탁을 하려고 그런 건지.

"내 뒷주머니에 있는 돈이 너무 불안해서 그런데, 이 돈을 네가 좀 가지
고 있어주면 안될까? 네 남방에 넣어 놓는 게 더 안전할 것 같아. 우리 옆에
있었던 쿠바노들 있잖아. 걔네들이 자꾸 말도 안 되는 얘기하면서 돈 내놓
으라고 그래. 그리고 막 돈을 빼가려고 해서 나왔어."

클럽에서 우리 옆에 있었던 현지인 남자 하나가 우리를 따라 나왔다.

"둘이 무슨 얘기 하고 있는 거야?"

분위기가 안 좋았다. 이 클럽을 빨리 빠져 나가야겠다고 생각했다.

술에 취해 있었던 알씨는 긴장했는지 말을 제대로 하지 못했다. 내가 대신 답했다.

"아니, 저기 말레꼰에 우리 친구들이 많거든. 그 친구들 다 데리고 다시 들어갈게."

"무슨 소리야? 빨리 들어가."

우리는 거의 도망치듯이 그 클럽 앞을 빠져나갔다. 얼굴이 벌게진 알씨는 자신의 돈 뭉치를 나에게 막무가내로 밀어 넣었다. 그 뭉치를 손바닥 위에 그대로 올려놓고 있을 수가 없어서, 빠르게 남방 주머니에 넣었다.

"알씨, 근데 이거 다 얼마야?"

"잘 모르겠는데."

"모른다고? 나한테 맡겼잖아. 얼마인지 알아야지 나중에 내가 돌려주지."

"나도 세보지는 않았어. 그런데 오늘 우리 둘이 놀기에는 충분한 돈이야."

"그럼 내가 이따가 세어보고 얼마인지 말해줄게."

그렇게 우리는 어두운 골목을 따라서 센트로 아바나 지역으로 걸어가고 있었다. 그런데 문득 이런 생각이 들었다.

'이거 혹시 팀플레이인가? 이제는 알만큼 알잖아 이런 팀플레이. 이 사람이 나한테 돈을 맡겼어. 얼마인지는 모르는데 아무튼 충분한 돈이래. 한 100쿡 맡겨놓고 나중에 700쿡 맡겼다고 우기는 거 아니야? 아까 그 클럽에

아메리카 심야특급

있던 친구들 하고 짜고 말이야. 충분히 가능한 일이야 이건.'

이런 의심을 하지 않고서는 이 상황을 이해할 수 없었다. 지독하게 가난한 쿠바 사람이 왜, 처음 본 사람한테 그 돈을 맡길까? 내가 이 돈 가지고 도망가면 어쩌려고? 그리고 벌써 한 20쿡을 썼다. 이 사람 한 달 임금에 해당하는 돈이다. 알씨를 한번 쳐다보았다. 눈망울이 선해 보였다.

"뮤지카 데 까사 갈래?" 알씨가 물었다.

'아나벨이랑 오늘 거기 안 가기로 약속했는데. 아, 자기도 안 온다고 했지?'

"많이 가봤어?"

"아니. 나는 한 번도 안 가봤어."

"여기 사는데 거기를 한 번도 안 가봤어?"

"갈 기회가 없었지. 아바나에서 꽤 큰 클럽이라고 듣기만 했어."

"가자. 거기는 내가 좀 알아."

'뮤지카 데 까사'에 들어가자마자 화장실로 직행했다. 쑤셔 넣은 돈을 꺼내서 지폐를 쫙쫙 펴, 20쿡은 20쿡 짜리끼리, 10쿡은 10쿡 짜리끼리 차곡차곡 정리했다. 꼬질 꼬질 박혀 있던 돈을 일렬로 정리 하니까 속이 다 시원했다. 누가 화장실 위로 보고 있지는 않을까 싶어 자꾸 위를 쳐다보게 된다. 꼼꼼하게 한 장 한 장 돈을 세어보았다. 그것을 2번 3번 다시 세었다. 그리고 그 돈을 가지런히 정리해서 내 주머니에 반듯하게 넣었다. 280쿡이다. 아까 쓴 돈까지 합치면 300쿡이 넘었다. 알씨가 정상적으로 일을 했다면 2년을 일해도 모을 수 없는 돈이다. 그런데 그때 갑자기 이런 생각이 떠올랐다. '이 돈이 지금 나한테 있으면 얼마나 좋을까?'

당시 내 자금 상황은 절망적이었다. 아무 것도 안하고 집세만 내도 돈이 부족했다. 어떻게든 한국에서 송금이 될 거라고 생각했는데, 어떻게든 송금이 되지 않았다. 마지막 한 3일은 길거리에서 자겠다는 각오를 하고 있었지만, 진짜 길에서 어떻게 자?

이 돈만 있었으면 좋겠다는 생각은, 이 돈을 어떻게 가질 수 있을까라는 궁리로 변하고 있었다. 잘못되기 시작된 것이다. 이 돈을 다 못 가져도 좋다. 이거 반만 있었으면 좋겠다. 이 돈 반만 있어도 길거리에서 잘 필요가 없어진다. 하루에 세 끼를 사 먹을 수 있고, 1시간 반 걸어서 집에 안가도 된다. 하루에 모히또 한 잔 정도는 마실 수 있고 아나벨과 점심 몇 끼를 더 사먹을 수 있다. 하지만 이 돈이 없으면 이 중에서 내가 할 수 있는 일은 아무것도 없다.

화장실을 나오는데 알씨가 입구에서 기다리고 있었다.
'뭐야 이 놈. 내가 도망갈까봐 감시라도 하고 있었던 거야!' 뭐, 그런 생각을 전혀 안 한 것은 아니었다.

아메리카 심야특급

알씨와 이런 저런 이야기를 주고받았지만 그게 무슨 이야기였는지는 기억이 없다. 내 머릿속에는 이 돈을 어떻게 가지고 갈까 하는 생각밖에 없었으니까. 그런데 이 친구는 정말 순진한 건지, 나와 같이 있는 시간이 그냥 좋다고 한다. 그리고 "내가 네 돈 잘 가지고 있을 테니까" 하는 식으로, '네 돈'이라는 말을 꺼낼 때마다, 알씨는 "이건 내 돈이 아니라 우리 돈이야. 오늘밤을 위한 우리 돈"이라고 말한다.

돈 앞에서 머리가 빠르게 돌아갔다. 이 돈을 전부 가져갈 수는 없지만 반은 가져갈 수 있을 것 같다. 방법이 하나 떠올랐다.

"알씨. 너 여자 좋아해?"

"여자? 좋아한다."

"그래? 그럼 우리 오늘 여기서 여자 둘 데리고 나갈까?"

"좋다. 좋다."

"이 클럽은 내가 좀 알거든. 여기 여자들은 세 종류야."

어제 내가 들었던 이야기를 그대로 하고 있었다. 그리고 어제 받았던 질문을 똑같이 했다.

"넌 흑인이 좋아 백인이 좋아?(Black or White?)"

"난 물라토 좋다. 물라토."

당시 내 생각은 이랬다. 여자 둘을 데리고 밖에 나가자고 해서 여자와 알씨를 먼저 보내고, 나는 남은 돈을 가지고 집에 가는 것이다. 당시 '내가 지금 무슨 짓을 하고 있는지'에 대한 생각은 없었다. '어떻게 하면 이 돈을 조금이라도 더 챙길까' 하는 물음만 있을 뿐이었다.

알씨는 실제로 여자를 만나는 것보다 나와 이야기하는 것을 더 좋아하는 것 같았다. 아까 알씨의 이야기에 내가 별 관심을 안 보이다가, 지금 내 비즈니스와 관련된 이야기가 나오면서 내 얼굴에 화색이 돌기 시작하자 알씨도 덩달아 밝아졌다.

"그래 알씨. 저기 여자들 보이지? 네가 제일 마음에 드는 여자를 한 명 찍어. 내가 데리고 올게. 넌 그냥 찍기만 하면 돼."

"그래? 나 그럼."

알씨가 손가락으로 대충 누군가를 가리켰다. 그 사람이 정말 마음에 들었다기보다 내가 열을 올리고 있는 이 이야기를 끊고 싶지 않은 것 같았다.

"아, 저기? 하얀색 원피스 입은 쟤 말하는 거지?"

알씨는 쳐다보지도 않고 고개를 끄덕거렸다.

바로 스테이지로 내려갔다. 사람들을 뚫고 그녀가 있는 곳까지 갔다.

알씨를 손가락으로 가리키며 말했다.

"너 저기 서 있는 쿠바 남자 보여?"

그녀는 알씨를 빠르게 한 번 쳐다보고 다시 나를 쳐다봤다.

"너 오늘 저 쿠바노랑 같이 나갈래?"

그녀는 조금씩 당황하기 시작했다.

"빨리 말해. 나갈 거야? 말 거야?"

그녀가 막 고개를 끄덕이려고 하는데, 내가 계속 말했다.

"얼마면 돼?"

그녀는 말이 없었다.

"아니 내가 너한테 얼마 주면 되냐고? 너 저 쿠바노랑 나가겠다며."

자기 옆에 있는 친구만 계속 쳐다보는 그녀를 조금 더 몰아세웠다.

"50쿡 주면 돼?"

그녀의 몸이 조금씩 굳어지고 있었다.

"좋아. 택시랑 방값까지 합쳐서 75쿡 줄게."

숫자가 나오니 그녀도 적극적으로 의사표시를 하기 시작했다. 지금 상황이 이해가 안 되는 건 둘째 문제였다. 나도 이해할 수 없는 이 상황을 그녀가 이해하기는 힘들 것이다.

"그건 안돼요. 90쿡은 있어야 돼요."

"80쿡 줄게."

그녀가 고민하기 시작했다.

"저 쿠바노랑 20분 안에 나가면 10쿡 더 줄게."

합의가 됐다.

그녀를 알씨 코앞까지 데리고 갔다.

"알씨, 네가 말한 애 데리고 왔어. 이제 나갈까?"

"나만 나가는 거야? 같이 나가자. 같이 놀아야지."

주위를 둘러봤다. 내 팔이 닿는 거리에 서 있던 여자 한 명을 끌어당겼다.

"난 얘가 좋아. 돈은 내가 낼 테니까 너 먼저 나가있어. 따라 나갈게."

"나 안 나갈래."

"왜? 왜 안 나가? 네가 좋다는 애 데리고 왔잖아."

"나가기가 싫어."

"뭐가 싫다는 거야? 지금 나가기가 싫다는 거야? 여자가 마음에 안 드는 거야? 말해봐 뭐가 마음에 안 들어?"

알씨는 고개를 끄덕거렸다. 방금 물어본 것 중 뭐에 수긍한 건지 알 수 없었다. 그래서 내가 하나를 정했다.

"여자가 마음에 안 든다는 거지? 조금만 기다려."

다시 스테이지로 내려갈 참이었다. 아까 내가 데리고 온 그 여자는 '나는 어떡해?' 하는 표정으로 나를 쳐다보고 있었다.

"얘가 너 싫다잖아."

길게 설명할 시간이 없었다.

스테이지를 몇 번이나 더 왔다 갔다 했다. 그때마다 알씨는 '싫어'만 반복했다. 나도 조금씩 짜증이 나기 시작했다.

"야 알씨. 뭘 어떡하자는 거야? 아까는 같이 나가서 놀자며?"

"어. 미안. 이번에는 진짜 나갈게. 진짜 나가."

"그래 알았어. 이제 확실히 나가는 거야."

다시 한 번 스테이지로 내려갔다. 이제는 두 명을 데리고, 사람들을 뚫으며 스테이지를 빠져나가고 있었다. 그때 누군가가 뒤에서 내 어깨를 툭 쳤다.

'뭐지?' 하면서 돌아보는데 그 자리에 아나벨이 있었다.

"아까부터 너 지켜보고 있었어."

"아나벨. 사실 오늘."

"네 친구 기다리잖아. 빨리 올라가."

아나벨은 그렇게 말하고 사라졌다. 그때 아나벨의 표정이 어땠는지 기억나지 않는다. 당시 나에게 남은 것은 돈 밖에 없었고 아무것도 보이지 않았다.

여자 둘을 데리고 나가기도 했다. 이번에도 알씨가 싫다고 할까봐, 내가 그 중 한 명을 데리고 먼저 클럽을 나올 생각이었다.

"알씨, 나 먼저 나가 있을게. 따라 나와."

빠르게 클럽을 빠져 나왔다. 아직 알씨는 클럽 안에 있었고 나와 함께 나오기로 한 여자는 높은 구두에 넘어질라, 입구 쪽에서 조심스럽게 발걸음을 옮기는 중이었다. 클럽 앞에 줄지어 서 있는 택시들이 보였다. 나도 고르게 내 앞에 서 있던 택시 문을 열고 (야 너 지금 뭐 하는 거야) 차 안으로 들어갔다.

"바모스.(가요.)"

"데 돈데 에스따?(어디로 갑니까?)"

"바모스!(가요!)"

택시에 시동이 걸렸다. 몇 초 만에 클럽 거리를 벗어났다. 같이 나오기로
한 여자를 두고, 알씨를 두고, 나만, 나와 알씨의 돈만 챙겨서 빠져 나왔다.
이렇게까지 도망갈 생각은 없었지만 택시가 앞에 보여서 그냥 몸이 움직였
다. 춥지도 않은데 몸이 떨렸다.

집에 도착했다. 빨리 아침이 오길 바랬다. 내일이 되면 어제 일은 잊혀지
고, 돈만 남을 거라고 생각했다. 하지만 아무리 눈을 감고 있어도 쿵쾅거리
는 가슴은 진정되지 않았다. 잠도 오지 않는다. 무슨 일이라고 해야 될 것
같아, 모아놓은 빨래를 가지고 화장실에 들어갔다. 샤워를 하면서 옷을 꾹
꾹 밟고 있는데, 하수구 밑으로 빨려 들어가는 구정물이 보였다. 갑자기 눈
물이 쏟아졌다. 탁해질 때로 탁해진, 내 가슴에서 쏟아져 나오는 구정물을
보고 있는 것 같았기 때문이다.

'넌 미쳤어. 네가 오늘 무슨 짓을 한 줄 알아? 여자를 팔았어. 돈을 훔쳤
어. 그 돈이 그 사람한테는 큰돈이잖아. 그 사람한테 이건 살인이야. 네가
이렇게 악한 사람이었어?'

나는 스스로를 욕했고 또 변명했다.

'그런데 그 돈이 진짜 필요했어. 나도 너무 절실했다고. 괜찮아. 다시 갚
아주면 돼. 한국에서 돈 받아서 다시 돌려주면 돼.'

아메리카 심야특급

붙잡히다

그 날 저녁때가 돼서야 잠에게 깨어났다.

"할머니, 오늘은 집에서 저녁 먹을게요."

할머니는 정말이냐고 몇 번을 물어본다. 토마토를 사오겠다고 잠시만 기다리라고 했다. 까사에 온 첫 날, 할머니가 한 끼에 5쿡을 받겠다고 해서 집에서 한 번도 밥을 먹지 않았다. 쿠바에서 유일한 비용 절감 요소가 나에게는 먹는 것이었다. 그래서 지난 일주일간 현지 MN 식당에서만 끼니를 채웠다. 10MN이면, 버스 매표창구 같은 곳에서 나오는 맛없고 배만 차는 피자 한 조각을 사 먹을 수 있었기 때문에 1불로 하루 세끼를 해결할 수 있었다. 그것도 안 먹는 날이 있었으니 지난 일주일간 식비로 들어간 돈이 5불 정도였다. 나머지 돈은 모두 모히또 잔에 부었다. 쿠바에서 보낸 시간들이 어땠는지 짐작이 되었다. 사람들 앞에서는 돈을 썼지만 혼자 있을 때는 굶었고, 내 몸을 혹사시키며 아낀 돈을 뻔한 수가 보이는 속임수를 구경하는 비용으로 지불했다.

잘려 나온 토마토 몇 조각과 카레 소스 같은데 섞여 나온 닭다리, 그리고 쌀밥이 차려졌다. 쿠바에서 처음으로 뭔가 제대로 된 끼니 앞에 앉았다. 첫 끼니임에도 불구하고 이 닭다리 하나를 다 못 먹겠다. 그 사이 내 위가 작아진 걸까. 그래도 나름 집밥이라 그런지 속이 편하고 든든했다. 쿠바에서 가장 잘 쓴 5쿡이 아닌가 하는 생각이 들었다. 침대에 누워 무라 이름 붙여야 할지 모르겠을 이 300쿡을, 어떻게 써야 할지 고민하면서 또 하룻밤을 보냈다.

아침이 밝았다. 주위의 모든 것들을 새롭게 하고 싶었다. 그리고 아무 일도 없었던 것처럼 당당하게 거리를 걸어 다닐 생각이다. 일단 이 불법 까사에서부터 벗어나기로 했다. 센트로 아바나에 있는 국가 공인 까사로 집을 옮겼다. 깨끗하게 씻고 말쑥하게 차려 입었다. 다시 아바나로 나왔다. 대표적인 관광 지역인 오비스포 거리를 걸었다. 레스토랑에 들어가서 밥도 먹고 시내 관광을 하는 마차도 탔다. 그리 유쾌하진 않았지만, 한참 벗어나 있던 곳에서 조금씩 내 자리로 돌아오고 있는 기분이 들었다.

하지만 내가 돌아다니는 바닥은 좁았고 아시아인은 눈에 띄게 드물어서, 내 외모는 너무 튀었다. 내 앞에 토니가 나타났다. 토니는 여기서 나와 만나기로 약속이나 한 듯이, 팔짱을 끼고 마차에서 내리는 나를 기다리고 있었다. 한 마디 한 마디에 불평과 분노가 있었다.

"재민, 어떻게 된 거야? 그 날 11시에 만나자며. 하루 종일 너 기다렸잖아. 한국 친구들 데리고 온다며? 시가도 사겠다며!"

조금도 밀려나고 싶지 않다. 토니는 더 이상 나에게 새로운 세상을 보여줄 수 없다. 신비로움도 남아있지 않다. 그래서 두렵지도 않았다.

"뭐가? 네가 원래 하는 일이 그런 거잖아. 관광객들 무작정 기다리는 거. 바쁘면 못 올 수도 있지 그게 뭐?"

아메리카 심야특급

토니는 조금 당황한 기색이었다. 내가 미안하다고 말하면서 한 10쿡이나 손에 쥐어 줄거라 생각했나 보다.

"아니 나는 그냥, 네가 나온다고 해서 기다렸다고. 몇 시간 동안."

"내가 거기서 몇 시간 기다리라고 그랬냐? 네가 좋아서 기다린 거잖아."

"그리고 그 날 넌 나한테 팁도 안 줬어."

내 몸이 말하고 있었다. '더 화를 내! 더 화를 내!'

그에게 가까이 다가갔다. 토니는 멈칫했지만 한 발자국도 뒷걸음치지 않았다. 서로 이마가 닿을 만큼 내 얼굴을 토니 쪽으로 바짝 붙였다.

"너 때문에 그 날 술집에서 89쿡 썼다고. 너도 받을 만큼 받았을 거 아냐. 돈 필요하면 그 술집 사장한테 더 달라고 해!"

우리 주위에 있던 몇 몇의 눈이 우리를 향해 있었다. 사라질 수 있는 적절한 타이밍이다. 마땅히 갈 곳은 없었지만 빡빡한 스케줄이 있는 것처럼 한 방향을 향해서 걸어갔다. 토니는 더 이상 따라오거나 말을 걸지 않았다.

오늘부터 사람들도 정리해 나갈 계획이다. 내 삶을 어지럽게 만드는 사람은 더 이상 곁에 두고 싶지 않다. 앞으로 내가 좋아하는 사람, 내가 만나고 싶은 사람만 만날 것이다. 점심을 먹고 집으로 일찍 들어갔다. 낮잠을 자고 일어나 오늘 저녁에는 누구를 만날까 생각했다. 좋아하고 또 만나고 싶은 사람. 떠오르는 사람이 한 명 밖에 없었다. '아나벨'. 그녀는 오늘밤에도 '뮤지카 데 까사'로 올 것이다.

밤 12시쯤이 돼서 집을 나섰다. '뮤지카 데 까사' 앞으로 긴 줄이 있었다. 그 줄 옆으로는 언제나 그랬듯, 택시 기사들, 전단지 같은 것을 들고 있는 아저씨, 환전해주는 사람들이 모여, 줄이 짧아지기만을 기다리는 사람들에게 무엇인가를 팔고 있었다. 늘 같은 자리에 같은 사람들이 있었다. 몇 몇은 나를 알아보기도 했고, 나에게도 낯익은 얼굴들이 있었다. 내가 클럽 입구 앞까지 다가갔을 때다. 그 옆으로는 매일 그 자리에서 라이터를 팔고 있는 할아버지가 있었다. 이상하게 큰 라이터를 팔고 있어서, 여기로 들어갈 때마다 '저걸 누가 사?' 하는 생각을 했었다. 그런데 그 할아버지가 "치노, 치노" 하며 말을 걸었다. 당연히 나를 부른다는 것을 알고 있었지만 그 쪽으로 고개를 돌리지 않았다. 나를 부르는 이유는 뻔한 거 아닌가. 라이터 사라는 거. 그래도 할아버지는 계속 나를 불렀다. "치노. 치노."

"치노. 네 친구도 오늘 여기 와 있어."

'내 친구가 여기 와 있다고? 누구?' 고개를 돌려 할아버지를 보았다.

"께?(뭐라구요?)"

"아미고 아끼.(친구, 여기에 있다)"

내가 스페인어를 잘 못하는 것을 알고 단어로 이야기 하고 있었다. 할아버지는 분명히 '네 친구도 여기에 있다'라고 말한 것 같다. 10분을 기다려서 문 앞까지 왔지만 할아버지 이야기를 더 자세히 알아볼 필요가 있었다. 이제 들어가면 된다고 입구 문을 여는 가드를 제쳐 두고, 줄에서 벗어나 할아버지 뒤로 다가갔다.

아메리카 심야특급

"요, 아미고, 아끼?(나, 친구, 여기?)"

"씨, 씨.(그래, 그래)"

"아예르, 아예르, 아미고?(어제, 어제, 친구?)"

"씨, 씨.(그래, 그래)"

"아예르, 아예르 아미고, 쿠바노 오 치카?(어제 어제 친구, 쿠바남자 아니면 여자?)"

"쿠바노 아미고.(쿠바남자 네 친구)"

할아버지는 나를 알고 있었다. 이틀 연속으로 왔다가 하루걸러 다시 여기를 찾은 나를, 항상 같은 자리에서 지켜보고 있었던 것이다. 늘 그 자리에서 라이터를 팔면서. 그리고 나에게 말해줬다. 이틀 전에 같이 온 쿠바남자가 지금 클럽 안에 있다고. 알씨가 지금 이 클럽 안에 있다고!

빨리 여기를 빠져나가야 했다. 할아버지에게 1쿡을 주고 라이터 하나를 샀다. 사실 라이터를 산 게 아니라 첩보를 산 것이다. 10초 전까지만 해도 저 라이터 과연 누가 살까 하고 생각하고 있었던 나였다. 하지만 그 무엇보다 값있게 산 1쿡짜리 라이터였다. 인생은 정말 10초 앞을 모른다. 그리고는 집으로 빠르게 걸어갔다. 집 문을 열고 방안에 들어가서 방문을 잠그는 순간까지, 뒤 한번 돌아보지 않았다.

'알씨가 거기 왜 있었지? 나 잡으러 왔나? 내가 거기 갈 줄 어떻게 알고?'

내 가슴은 이틀 전처럼 다시 뛰고 있었다. 방 안에 있는 게 너무 답답하고 부끄러워서 미칠 지경이었다. '오늘부터 당당하게 거리를 걸어 다니겠다며?' 하지만 이 다짐은 하루 만에 아무것도 아닌 것이 되었다. 나는 또 야비하고 졸렬하게 뒤꽁무니를 **빼야** 했다. 모든 거리와 모든 사람 앞에서 한 맹세가, 한 사람 앞에서 철저히 무너진 것이다.

몸 안에서 들끓는 열기를 식히기에는 이 방이 너무 좁았다. 밖으로 다시 나왔다. 이 뜨거운 몸이 조금만 식을 때까지 걷기로 했다. 아무도 없는 밤 거리. 모퉁이가 나오면 한 번은 왼쪽으로 갔다가 그 다음번에는 오른쪽으로 꺾었다. 계속 걸었고, 몸은 계속 뜨거워졌다.

한 시간쯤 걸었을까. 나는 또다시 '뮤지카 데 까사' 앞에 와 있었다. 지도도 없이 치명적인 길치인 내가, 이 길을 계획적으로 찾아 왔을 리 없다. 온 세상이 나에게 말하고 있었던 것이다. '저 안으로 들어가야 된다고. 그래야 네 몸이 다시 차가워 질 수 있다고.' 사실 오늘 하루 너무 힘들었다. 모든 남자들이, 모든 쿠바 사람들이 어떻게 그렇게 알씨처럼 보일 수 있는지. 매 순간 깜짝 깜짝 놀라야 했고 고개를 숙여야 했다. 혹시 눈이 마주칠까 계속 눈을 깔고 다녀야 했다.

시계를 봤다. 새벽 2시 반이 넘어 있었다. 줄을 서서 기다리는 사람도 없고 담배를 파는 아저씨도, 라이터를 팔던 할아버지도 없었다. 나에게는 선택권이 없었다. 그냥 저 문을 열고 들어가는 것뿐이었다. 새롭게 시작하기 위해서 여러 가지가 필요한 게 아니었다. 쓸데없는 것들 정리 한다고, 토니

아메리카 심야특급

에게 화를 낸다고, 까사를 옮긴다고 풀릴 문제가 아니었다. 내가 정리하고 해결해야 할 문제는 단 하나였다. 저 문 안으로 들어가는 것이다.

스테이지가 한 눈에 내려다보이는 곳에 섰다. 내가 먼저 알씨를 찾아야 했다. 찾는다고 치고, 그럼 첫마디를 뭐라고 해야 할까. 그냥 모른다고 무조건 잡아떼? 나도 술 취해서 아무런 기억도 없다고? 이런 블쌍한 생각을 하고 있을 때 아나벨이 내 앞에 나타났다.

"안녕? 오늘도 음악만 들으러 온 거야?

"아니. 어."

"오늘은 또 어떤 여자랑 나갈 거야?"

"아나벨. 혹시 여기 이틀 전에 나랑 같이 온 친구 못 봤어?"

"아, 그 쿠바남자?"

"어. 쿠바남자."

"오늘 여기 왔었어."

"어. 알고 있어. 지금 어디 있는데?"

"나갔어."

"갔어? 어디로 갔어?"

"어디로 갔는지는 모르지. 집에 갔겠지."

알씨는 갔다. 그렇게 마주하고 싶었는데 없다는 소리를 들으니 또 그렇게 다행일수가 없다.

"왜? 그 친구 찾고 있어?"

"어. 할 말이 좀 있어서."

"내가 말했잖아. 쿠바 남자랑 더 이상 같이 다니지 마. 왜 쿠바까지 와서 쿠바 남자랑 어울려?"

"어. 나도 이제 더 이상 안 만나려고."

아나벨은 여전히 쾌활하게 말했다. 아나벨과 이야기를 시작하면서 그녀가 내 몸의 열기를 조금씩 가져가고 있다는 느낌을 받았다. 그녀 앞에서 뜨거움은 따뜻함이 되어갔다. 심장 박동도 서서히 가라앉았다.

"너는 아바나에만 있을 거야? 다른 데는 안 가봐?"

그리고 아나벨은 나에게 정답을 말해주었다. 내가 왜 이 아바나에만 머물러 있어야 되지? 여기를 떠나면 되잖아. 알씨가 없는 곳으로. 알씨를 의식하지 않아도 되는 곳으로 멀리 떠나버리면 된다.

"어. 나도 사실 떠날 생각이었어."

"어디로 갈 건데?"

"트리니다드."

"아, 그래? 누구랑 갈 건데?"

"아마도 혼자."

"같이 갈까?"

"그래. 같이 가."

'같이 갈까?'라는 말이 너무나 포근하고 사랑스럽게 들려서 '그래'라는 대

아메리카 심야특급

답이 나와 버렸다. 모든 문제가 해결될 것 같았다. 죄책감과 걱정은 아바나에 남겨두면 된다. 그리고 트리니다드로 갈 거다.

"그럼 우리 언제 가는 거야?"

"내일."

"내일? 그렇게 빨리?"

"어. 왜 시간 안 돼?"

"아니. 괜찮아."

"그럼 내일 1시에, 여기 '뮤지카 데 까사' 앞에서 만나."

"응. 내일."

집으로 돌아왔다. 초조하게 아침을 기다렸다. 몇 시간이 지나고 해가 조금씩 보이기 시작했다. 그 새벽빛이 쿠바에 온 첫날처럼 나를 설레게 하였다. 짐을 싸기 시작했다. 새벽부터 깬 아주머니가 아침을 먹으라고 한다.

"아주머니. 저 오늘 여기서 나가요."

"나간다고? 어디로 가는데."

"트리니다드 가려고요."

"아, 그래. 트리니다드. 거기 좋지."

서운함이 진하게 묻어나는 말투였다.

짐을 다 싸고 방을 정리했는데도 아직 10시가 채 안 됐다. 오랜만에 쿠바 여행 책자를 펴고 트리니다드 섹션을 읽어보았다. 10분에 한 번씩 시계를

보게 된다. 그렇게 11시가 되고 12시가 되었다. 이르긴 하지만 길을 나섰
다. 많이 일찍 가서 좀 오래 기다릴 생각이다. 가방을 메고 집을 나와서 비
지트 택시(자전거 택시)를 잡았다.

"뮤지카 데 까사."

기사는 힘차게 페달을 밟았다. 나는 마지막이 될 아바나 거리를 차분히
눈에 담고 있었다. 비지트 택시는 골목골목을 거쳐 차이나타운이 있는 상
하(Zanja) 거리를 지나고 있었다. 그때였다. 똑같은 건물들을 열심히 보고 있
는데 낯익은 얼굴 하나와 눈이 마주쳤다. 익숙하다 못해 내 가슴에 새겨진
얼굴. 알씨의 얼굴이었다! 반사적으로 고개를 숙였다.

'지금 눈이 마주친 사람이 알씨였어? 맞아. 분명히 알씨였어. 알씨도 나
를 봤을까? 내가 그 사람 눈을 봤으니까, 그 사람도 내 눈을 본 거겠지?' 비
지트 택시는 아무것도 모른 채 상하 거리를 지나가고 있었고, 나는 숨죽인
채 1초, 1초가 흘러가기를 기다리고 있었다.

그 순간이었다. 2초에서 3초로 넘어가는 그때. 비지트 택시 뒤로 선명한
목소리가 들렸다.

"꼬레아노!"

기사의 좌석을 살짝 건드리며 속삭였다.

"바모스. 바모스.(빨리가. 빨리가.)"

'꼬레아노'라는 말이 조금씩 가까이서 들렸다. 알씨가 이 쪽으로 뛰어오

아메리카 심야특급

면서 외치는 소리였다. 뒷좌석을 세게 발로 찼다. '제발 빨리 좀 달려.'

"바모스! 바모스!"

뒤에서 달려오던 알씨는, 비지트 택시 기사에게 스페인어로 무슨 말을 빠르게 내뱉었고, 그 말을 들은 기사는 페달을 밟으면서 뒤쪽을 계속 쳐다봤다.

'뒤 돌아볼 시간 없어. 넌 페달이나 빨리 밟으라고!'

기사에게 바짝 얼굴을 들이밀고 크게 소리쳤다.

"바모스! 바모스!"

뒤에서 들리는 소리는 더 커지고 가까워지고 있었다.

"꼬레아노! 꼬레아노!"

여행의 시작

　내가 병장이 되고 전역할 날이 다가오자, 부대의 이등병들이 들뜨기 시작했다. 다들 내 부사수가 되려고 난리였다. 그 중 몇 몇은 군 인맥을 총동원해 대대장실로 전화를 넣었다. 대대장은 압력이 들어온 이등병을 가장 먼저 제외했다. 대신 전화가 걸려올 때마다 나를 불러 세웠다.

　"야. 너는 군생활을 어떻게 한 거냐? 네가 맨날 놀고 있으니까 임마, 이등병들이 네 자리에 로망을 갖고 적응을 못하잖아. 네가 도대체 2년 동안 한 게 뭐 있냐?"

　'사실 한 게 별로 없지. 커피만 탔으니까.'

　전역을 앞두고 TV 보는 시간이 늘어났다. 채널을 돌리다가 "가산점을 준다면 나도 군대에 가겠다"고 말하는 여학생의 인터뷰를 보고 할 말을 잃었다. "자기네들이 원해서 군대에 간 건데, 그럼 자원해서 청소한 사람한테도 상을 줘야하나"는 한 토론 패널에는 웃었다.

　전역을 하면 여행을 가겠다고 생각했다. 어디로 갈지는 모르겠다. 다만 그

　　　　　　　　　　　　　　　아메리카 심야특급

여행은 자아를 찾기 위해서 떠나는 것은 아니다. 뭘 보고, 느끼고, 배우기 위하서 떠나는 것도 아니다. 오직 자유로워지기 위해서 가는 것이다. 나를 둘러싼 모든 것에서 벗어나려고 한다. '여행'이라는 것 자체에도 얽매이고 싶지 않다.

관광지보다는 그 앞에서 암표를 팔고 있는 삐끼들과 노닥거릴 생각이다. 여행객이 북적이는 성전인 아닌, 아무것도 없는 길거리를 걷고 싶다. 쓰레기 더미를 구경하고 싶다. 하지 말라는 것부터 하고 만나서는 안 될 사람이 있다면 그 사람 깊은 곳으로 들어가겠다.

더 이상 내 인생을 낭비하고 싶지 않다.

6장

용서

쿠바

선택권은 또다시 나에게 있었다

비지트 택시는 조금씩 속도를 줄이면서 멈췄다. 거의 동시에 내 앞에 선 알씨의 러프한 숨소리가 들렸다. 이제는 도리가 없다. 알씨를 마주해야 했다. 알씨가 똑바로 선 채 나를 보고 있었다. 얼굴빛을 싹 바꾸고 자리에서 일어섰다.

"알씨. 그 전날에는 무슨 일이 있었던 거야?(Hey Alci. What happened yesterday?)"

알씨를 끌어안고 볼을 맞췄다. 내 애처로운 미소가 어떻게 보였을지 끔찍했다.

"알씨 그래 너 맞구나. 나도 방금 너 본 거 같아가지고 막 택시 세우던 참이었어. 그 동안 어떻게 지냈어? 왜 이렇게 연락이 안 돼?"

"지금 어디 가는 길이야?"

알씨의 표정을 못 읽겠다. 분노한 건지 분노를 참고 있는 건지 얼굴에서 나타나질 않았다.

"나 지금 어, 호텔가는 길이야. 인터넷 좀 쓰려고."

"그래. 우리 집이 바로 여기거든. 잠깐 들어가서 얘기나 좀 하자."

"지금은 곤란해. 내가 한국에 빨리 보내야 되는 서류가 있거든. 15분 안에 보내주기로 해서. 보자, 지금도 늦었어. 내가 호텔 갔다가 여기로 다시 올게."

"그러지 말고 잠깐만 들어갔다 가. 내 친구들도 너 보고 싶어 해."

알씨는 화를 내지도 않고 웃지도 않았다.

"아니, 내가 지금 정말 그럴 시간이 없거든. 호텔 금방 갔다 와서, 한 10분 내로 여기로 올게. 여기 주소만 좀 적어줘."

"5분이면 돼. 잠시만 들어가자니까."

그렇게 10분 가량을 길거리에서 같은 말만 주고받고 있었다. 비지트 택시 기사도, 갈 거면 빨리 가자고 하고 있고, 반대편에 앉아있던 할아버지들도 우리를 쳐다보고 있었다. 끝까지 버텼다. 한 발자국도 움직이지 않고. 비지트 택시 기사가 시간이 없다고 계속 재촉한다. 기사를 말리는 척하던서 도망치듯 자리에 앉아버렸다. 그러자 비지트 택시 기사도 자기 자리로 돌아갔고, 알씨는 한 손으로는 자전거를 잡고 있으면서 우리 둘 모두를 쳐다봤다. 자전거를 잡고 있던 알씨의 손을 떼면서 '꼭 오겠다'고 몇 번 이야기 했다.

"그럼 호텔 갔다 와서 꼭 여기 들러. 기다리고 있을게."

"그래. 10분도 안 걸릴 거야. 요 앞에 나와 있어. 곧 갈게."

다시 비지트 택시가 움직였다. 길거리에서 억지로 나를 끌고 갈 수 없을 거라는 생각은 했지만, 그래도 생각보다 순순히 보내줬다. 상하(Zanja) 거리가 안 보이는 곳까지 간 후 내가 머물고 있는 까사 주소를 보여주며 그곳으로 가자고 했다. 집 안으로 들어가 방에 앉았다. 시간은 12시 반. '30분 만에 뭔가가 어떻게 이렇게 바뀔 수 있지?'

무거운 가방을 그대로 맨 채 생각했다. 이제는 어디로 가야 할까. 사실 오래 생각할 필요가 없는 문제였다. '뮤지카 데 까사' 앞에는 아나벨과 함께할 트리니다드의 해변이 있었고, 상하 거리에는 알씨와 풀어야 할 문제가 있었다. 마냥 웃을 일만 남은 미래와 당해낼 수 없는 과거. 선택권은 또다시 나에게 있었다.

트리니다드로 간다면 분명 행복할 것 같다. 그런데 뭔가 깽기는 감정이 남아 있는 게 너무 싫다. 왠지 이 불쾌한 감정이 쿠바와 남미, 미국 여행의 결론이 될 것 같다. 그 모든 시간들을 지배할 것 같았다. 알씨를 평생 모른 척하고 살 수 있는 게 아니라, 일생 동안 그를 밟고 서 있는 기분이 들 것 같다. 트리니다드는 내일 갈 수도 있다. 대신 알씨한테는 오늘 가야 한다.

가방에서 여권을 꺼내 까사 화장실 천장에 숨겨두었다. 내가 돈이 없는 걸 알고 알씨가 나를 데리고 여기까지 찾아올지도 모를 일이다. 남은 돈을 세워보니 300쿡이 채 안 됐다. 그 며칠 사이 세 끼를 사 먹었고, 택시를 탔고, 숙소를 옮겼고, 비싼 인터넷을 사용했다. 공항으로 가는 택시비 10쿡과 출국세 25쿡을 빼서 여권 사이에 끼워두었다. 나머지 돈은 신발 밑에 깔고 카메라를 목에 걸었다. 돈 내놓으라고 끝까지 나를 괴롭히면 이 카메라를 줄 생각이다. '이거 미국에서 1,000불 주고 산거야' 하면서 내 놓을 계획이다. 사실은 500불 짜리다.

비지트 택시를 타고 상하 거리로 갔다. 가는 동안 최선의 경우와 최악의 경우를 상상해봤다. 어떤 경우라도 일단 몇 대 맞을 것이다. 그 생명 같은 돈을 들고 사라진 내가 아직까지 손님으로 보일 리 없을 테니까. 한 두세 시간 정도 몇 명에게 둘러싸여 연달아 맞을 각오는 이미 했다. 그 정도 결심 없이 이 어려운 길을 나선 건 아니다. 한바탕 화풀이가 끝난 뒤에는 돈을 달라고 하겠지. 과연 얼마나 달라고 할까. 나에게는 300쿡을 맡겼다. 300쿡만 달라고 할까. 최소한 5~600쿡은 맡겨놨다고 우기지 않을까. 내 신발 밑창에 250쿡이 있다. 우선 카메라를 내밀고, 끈질기게 몰아붙이면 250쿡을 더 꺼내자. 이렇게만 마무리 된다면 감사한 일이다. 이제는 최악의 경우를 생각해본다. 알씨와 그 친구들이 이 카메라와 250쿡에 만족하지 못했을 때, 친구들이 이걸로 한 몫 잡아야 한다며 알씨를 부추기거나, 내가 너무 괘씸해서 도저히 용서가 안 될 때는 그 집에 감금될 수도 있다. 그리고는 한국에서 돈을 보내라고 하겠지. 밥도 굶으면서 뭐, 하루 이틀에서 길면 일주일까지 보낼 수도 있겠다.

하지만 동시에 이런 생각도 했다. 이 사람들이 최소한 나를 죽이지는 않을 것이라는 것. 관광객들을 그렇게 모시는 쿠바에서 감히 나를 죽일 생각은 하지 못하겠지. 여기가 에콰도르나 콜롬비아였으면 애초에 이런 선택도 하지 않았다. 여기는 안전한 사회주의 국가 쿠바고 나는 결코 여기서 죽지 않을 것이다. 외국인 관광객이 쿠바 현지인에게 맞아 죽었다는 이야기는 한 번도 들어본 적이 없다. 그런데 뭐, 외국인 관광객이 쿠바 현지인 돈 들고 날랐다는 이야기도 못 들어보긴 마찬가지였다.

비지트 택시는 빠르게 나를 날랐다. 알씨는 아까 우리가 만난 그 자리에 서 있었다. 다시 한 번 가식적으로 알씨와 허그를 하고 볼을 맞췄다. 알씨를 따라 알씨의 집으로 걸어 들어가고 있었다. 한 걸음 한 걸음을 내딛는데, 쥐가 난 것처럼 다리가 저릿저릿했다.

집이 보인다. 좁고 어두웠다. 그리고 친구들 셋이 앉아 있었다. 집안으로 들어가니 알씨가 문을 닫았다. 어두웠던 실내가 더 깜깜해졌다. 그리고는 오렌지 주스 같은 것을 한잔 내준다. 날이 더우니까 마시란다. 이걸 마시면 잠시 후 어떻게 될지 모르겠지만, 지금 내가 할 수 있는 것은 그것을 마시는 것이었다. 한 입에 마셨다. 맛은 기억이 안 나지만, 시원한 느낌이었다.

아메리카 심야특급

알씨는 집에 있던 친구 셋을 나에게 차례로 소개시켜줬다. 보아라는 흑인 친구와 릴리라는 여자애. 그리고 키가 190은 되어 보이는 릴리의 오빠였다. 순서대로 허그를 하고 볼을 맞췄다. 그리고는 별 이야기가 없었다 그냥 넷이 자리에 멀뚱하게 앉아 있었다. 곧 알씨가 나에게 몇 가지를 물어봤다. '요즘 어떻게 지내냐?' '쿠바는 어떻냐?' '친구들은 좀 사겼냐?' 질문의 의도를 빠르게 추적하면서 대답했다. 그렇게 몇 시간을 앉아 있는 동안 몇 몇의 친구들이 더 들어오고 나가고를 반복한다. 그럴 때마다 알씨는 '여기는 한국에서 온 내 친구 재민이야' 하며 나를 일일이 소개했고, 반복해서 그들과 허그를 하고 볼을 맞췄다.

이상했다. 알씨가 그 날의 이야기를 꺼내지 않는 것이었다. 타이밍을 노고 있는 건지 해결사들을 기다리고 있는 건지 감을 잡을 수 없었다. 친구들은 자기네들끼리 계속 웃고 있었지만, 나는 웃을 만한 여유가 없었다. 그때 보아라는 친구가 자리에서 일어나 물었다.

"넌 무슨 음악 좋아해?"

"어, 나 라틴 아메리카 여행하면서 레게톤을 좋아하게 됐어."

"아, 너 레게톤 들어?"

"가수 누구 좋아하는데?"

"피트불."

그러자 친구들끼리 무슨 이야기를 주고받는다. 눈치로 봐서는 피트불 CD가 지금 집에 없다는 말 같았다. 알씨가 끼어들어 '그 CD 누구 집에 있잖아' 하는 식의 이야기를 한 것 같고 보아가 밖으로 나가 몇 분 후 CD 한 장을 들고 왔다.

"이거 피트불 노래만 있는 건 아닌데, 두 곡 정도 들어있어."

그리고 그 CD를 틀었다. 우리가 앉아있는 거실로 피트불 노래가 흘러나왔다. 다들 비트를 맞춘다고 고개를 끄덕거리고 있었다. 나는 그때까지도 표정이 어색했다.

알씨가 언제 돈 이야기를 꺼낼까. 그때 나는 뭐라고 말해야 할까. 내 생각을 차분하게 정리하기 시작했다.

'알씨, 그 날 네가 나한테 200쿡을 줬어. 그리고 우리가 여자 둘 데리고 나갔잖아. 여자들한테 미리 100쿡씩을 줬어. 그래서 지금 남은 돈이⋯ 없⋯어.'

그런데 몇 시간이 흘렀지만 알씨는 그 이야기를 꺼내지 않았다. 대신 모든 친구들이 부엌에 모여 무엇인가를 만들고 있었다. 내가 보기에는 분명히 저녁을 만들고 있는 것 같았지만, 왜 이 사람들이 나를 두고 저녁상을 차리고 있는지 이해할 수 없었다.

내가 먼저 말을 꺼냈다.

"알씨, 이틀 전에는 어떻게 된 거야? 왜 클럽에서 안 나왔어?"

(네가 빨리 안 나와서 기다리다 먼저 갔다고 우길 참이다.)

"아, 그 날 나 너무 취하기도 했고, 그냥 여자랑 나가기가 싫었어."

아메리카 심야특급

조금 자신감이 생겼다.

"그게 무슨 말이야? 여자들한테 100쿡씩 다 줬단 말이야. 네 파트너한테도 줬다고. 그럼 그 여자랑 안 나갔단 말이야?"

"어, 나는 그 날 클럽에서 조금 더 있다가 걸어서 집에 갔어."

"그럼 넌? 넌 그 날 어땠는데? 재미있게 놀았어?"

"그럼. 난 밤새 놀았지. 그 날은 정말, 대단했어."

"그래? 네가 즐거웠다면 됐어. 나도 그 날 너 만나서 즐거웠거든."

그 사이 보아가 저녁상을 차렸다. 딱 한 사람을 위한 밥상이었다. 친구들이 다들 나보고 먼저 먹으라고 했다. 나는 그때까지도 의심이 있었다. 한국에서는 나이 제일 많은 사람이 먼저 먹는다고 하면서 "알씨 너부터 먹어" 했다. 알씨는 고개를 저으며 '쿠바에서는 가장 소중한 사람이 먼저 먹는 거야. 쿠바에 왔으니까 쿠바 식대로 해" 하면서 나를 식탁에 앉혔다. 조용히 한 숟가락을 떠먹었다. 그것을 친구들이 흐뭇하게 지켜보고 있었다.

내가 본격적으로 밥을 먹기 시작하니까 친구들은 다시 거실에 앉았다. 그리고는 한 명이 2층에서 기타를 가져와서 치기 시작했다. 친구들은 노래를 불렀고 알씨는 구석 어딘가에서 하모니카를 꺼내 불었다. 지금 내 짐작이 맞다면, 알씨는 돈을 돌려받으려고 나를 이 집에 부른 게 아니었다. 지금으로선 다 이해할 수 없지만 알씨는 나를 친구로서, 다시금 나와 이야기하고 싶어서, 친구들에게 나를 소개시켜 주고 한 끼의 저녁과 음악을 선물

하기 위해서 나를 부른 것이다.

친구들이 왔다 갔다 하면서 꼭 닫혔던 대문이 조금씩 열렸다. 내 앞에는 깨끗한 유리병에 담긴 물 한잔이 있었고 거실로는 기타를 치고 하모니카를 불고 있는 친구들이 보였다. 문틈으로 석양빛이 들어와 이 친구들을 엷게 비추고 있었다. 내 밥그릇으로 눈물이 뚝 떨어졌다.

지금 이 장면. 친구들은 석양빛을 받으며 노래를 부르고 있고, 나는 그 친구들이 차려준 저녁을 먹고 있는 이 광경을 평생 마음속에 새겨둘 것이다. 어쩌면 이 한 장면을 보기 위해 내가 쿠바에 왔고, 이 긴 여행이 시작되었는지도 모른다. 쿠바에서 지내는 일주일 동안 햇볕은 그렇게 따가웠지만, 단 한순간도 가슴이 따뜻했던 날은 없었다. 하지만 지금 숟가락을 쥔 내 손등으로 떨어지는 이 눈물만큼은 무서울 만큼 뜨거웠다.

알씨가 한 손에 하모니카를 든 채 물었다.
"재민아 맛있어?"
나는 거의 고함치듯 소리쳤다.
"혜날!"(혜날은 스페인어 욕인데, 좋은 상황에서 쓰면 Fucking Great! 이란 뜻이다)
모든 친구들이 동시에 웃음을 터트렸다.
"너 스페인어 진짜 잘한다."

아메리카 심야특급

저녁을 다 먹으니 날이 어두워졌다. 알씨는 앞으로 이 집에서 같이 생활하자고 했다. 괜히 까사에 돈 내지 말고, 한국으로 돌아가기 전까지 여기서 지내라고 했다. 그러겠다고 하고 가방을 챙겨 집을 나왔다. 알씨와 친구들이 모두 나와서 나를 배웅했다. 그러면서 '내일 꼭 다시 오라고, 꼭 오라고' 한다.

걸어가고 있는데 아직 집에 안 들어가고 내 뒷모습까지 배웅하고 있는 친구들이 느껴졌다. 내 신발 밑에는 250쿡이 그대로 있었고 목에는 카메라가 걸려 있었다. 길어진 내 그림자를 밟으며 까사로 한 걸음씩 옮겼다.

새로운 하루 일과

트리니다드로 가겠다고 예쁘게 싸놓은 가방을 그대로 맨 채, 아침에 집을 나섰다. 알씨의 집으로 향하고 있었다. 아바나에서의 첫 주를 멍청한 여행자의 세상 속에 살았다면. 그 둘째 주는 전혀 다른 세계에서 살게 된 것이다. 알씨와 그 친구인 보아, 릴리가 집에 있었다. 이 집은 알씨의 것이 아니었다. 집 주인은 따로 있었고, 배수로 공사를 하기 전까지 임시로 이 셋이 살고 있는 것이었다. 오늘부터는 나까지 넷이서.

2층 방에 짐을 풀고 있는데 알씨가 조용히 나를 따라 올라왔다.

"재민, 우리 이제 막 점심 하려는데 2쿡만 좀 빌려줄 수 있을까?"

알씨는 부자가 아니었다. 그는 점심을 하기 위해 당장 1,2쿡이 절실한 평범한 쿠바인이었다. 다만 갑자기 목돈이 생겼을 때 그것을 어떻게 써야 할지 몰랐다. 필요 이상의 돈이 생기면 그냥 그날 다 써버리는, 평생 저축이란 것을 해본 적이 없는 사람이었다.

1층으로 내려와 냉장고를 열어보았다. 생수와 술병으로 가득했다. 물이 담겨 있는 술병들이었다.

"그러지 말고 우리 같이 장 보러 갈까?"

알씨와 보아를 데리고 시장에 갔다. 물건을 앞에 두고, 몇 분간 '이것이 왜 필요한지'를 열심히 설명했다. 결국 '이것도 사도 돼?' 하고 물어보는 것이다.

"필요한 게 있으면 나한테 물어보지 말고 그냥 담아."

시장 상인들은 '어떻게 저런 힐레를 물었냐'는 눈빛으로 알씨와 보아를 바라봤다. 냉장고와 냉동실을 럼과 고기로 가득 채우는데 40쿡이 들었다. 몇 주치를 먹을 수 있는 쌀도 샀다. 이 집에서 지내는 동안 나는 매일 주인공이었지만, 이 날은 특히 그랬다. 냉장고를 가득 채운 영웅이었으니까. 전직 요리사였다는 보아가 요리를 하기 시작했다. 조금씩 완성되어가는 음식 냄새를 맡으며 생각했다. 여행 중에는 조금의 용기가 필요하다고. 어제 이 집 문을 열고 들어온 내가 기특했다.

점심이 지나고부터 사람들이 하나둘씩 이 집으로 몰려오기 시작했다. 주인 없는 이 집은, 근처 백수들의 베이스캠프 같은 곳이었다. 물론 알씨 같은 사람들만 있었던 것은 아니다. 벌써 요 근처에는 '이 집에 중국인 한 명 살고 있다'는 소문이 나기 시작했고 그것을 들은 몇몇의 티뷰론들도 이 집을 찾아왔다. 그 중에 '제이시'라는 사람이 있었다. 자신의 여자 친구로 보이는 사람과 손을 잡고 이 집으로 들어왔는데, 자신은 내 맞은편에 앉고 같이 들어온 여성을 내 옆에 앉혔다. 그리고 그 날씬한 쿠바 여성은 숨김없이 나에게 눈길을 보내기 시작했다. 한국에서는 상대방의 눈을 계속 쳐다보는 것이 아주 노골적으로 추파를 던지는 것에 속하겠지만, 여기서 '눈길'은 첫 계단에 불과했다. 자리에서 일어섰다가 실수인 척 내 위에 앉는다든지, 내가 베란다에 있는데 굳이 그 옆에서 옷을 갈아입는다든지, 내 옆에서 색정적인 소리를 내곤 했다. 자신의 남자 친구가 맞은편에 있어도 계속됐다. 좀 어이가 없어서 제이시에게 물어봤다.

"너희 둘 사귀는 거 맞지?"

제이시의 대답이 웃기다.

"Don't worry, Be happy.(뭐가 걱정이야, 재미있게 사는 거지)"

딱 한 문장이 내 머릿속에 떠올랐다. '이 사람은 나에게 무엇을 주려고 하는가? 그것을 대가로 이 사람은 나에게 무엇을 원하는가?'

대부분의 사람들이 영어를 못했기 때문에 알씨가 나의 대리인이 되어 주었다. 알아서 얘기하고 알아서 돌려보냈다.

"아까 노란색 티 입고, 여기 한 2시간 있다가 돌아간 여자애 있잖아. 걔가 너랑 2층에 올라가기를 원했어. 내가 너 그런 거 싫어한다고 얘기 했어" 하는 식이었다. 다만 이런 일들이 벌어지는 동안에는 알씨나, 보아, 릴리가 그냥 그것을 지켜보고만 있었다. 이것은 어떤 쿠바인과 한 외국인 사이의 비즈니스고 그것에는 절대 관여하지 않는다는 것이 이 쿠바 사람들 사이의 불문율 같은 것이었다.

하지만 어쩔 수 없이 돈을 뜯겨야 할 때도 있었다. 한 달에 한 번 올까 말까 한다는 집 주인이 내가 머물던 일주일간은 매일 왔다. 그러면서 외국인이 여기서 지내는 거 들키면 자기가 벌금을 물어야 한다는 둥, 내가 온 이후로 화장실이 더 어지러워졌다는 둥 핑계를 대면서 결국은 돈을 요구했고, 매일 나에게서 5쿡씩 10쿡씩을 받아갔다.

이 집에서의 나의 하루 일과는 이랬다. 아침이 되면 보아와 함께 집안에 숨겨둔 술을 찾기 시작한다. 어제 밤에 내가 산 술이다. 보아는 알코올중독 수준으로 보이는 대로 술을 마셨다. 술을 숨겨둔 사람은 알씨였는데, 보아가 걱정돼서 라기 보다, 우리 술이 너무 빨리 없어지는 것을 막기 위해서였다. 알씨는, 보아가 못 찾게 저녁때까지 술을 숨겨 놓겠다고 했다. 내 돈이 들어간 술이지만, 못이기는 척 아침마다 보아와 같이 그 술을 찾았다. 서로 '너는 주방을 맡아라, 나는 거실을 찾아볼게' 하며 아침시간을 보냈다. 점심 시간이 다가오기 시작하면, 보아와 릴리는 요리를 하기 시작했다. 내가 이

아메리카 심야특급

집에 온 이후 가장 들뜬 사람이 보아였다. 전직 요리사였던 실력을 마음껏 발휘할 수 있게, 내가 매일 냉장고를 채워났기 때문이다. 점심을 기다리는 동안에도 지루하지 않았다. 알씨의 친구들과 할일 없는 젊은이들이 끊임없이 이 집으로 들어왔다. 그 친구들과 하나씩 허그를 하고 볼을 맞추는 것만으로 점심시간이 다 지나갔다.

사람들이 모이면 해야 할 일이 하나 더 있었다. TV 선을 조절하는 것이다. 이 집에서 유일하게 할 수 있는 일이 TV를 보는 것이었는데, TV가 하도 오래되고 낡아서 몇 번이고 그 선을 잡았다 끌었다 하며 화면을 맞춰야 했다. 그렇게 몇 분을 조절해 가면서 최대한으로 맞춰도, 그것조차도 흐릿해서 도저히 볼 수 없는 수준이었지만, 그래도 사람들은 좋아했다. TV 정말 잘나온다고 박수를 치고는 했다. 한 사람이 2층으로 올라가서 선을 조절하고, 밑에 있는 사람들이 '조금만 더, 아니야 아까가 더 나았어'라는 말을 해주는데, 거짓말로 '지금 채널이 맞았다! 안 맞는다!' 하면서 낄낄거렸다. TV만 그런 것이 아니었다. 모든 가전제품들이 낡았고 쓸 수 없는 것이었는데, 그것을 어떻게든 쓰고 있었다. 선풍기를 봐도 껍질은 다 날라가고 날개판도 사려져, 그 원판관이 돌아가고 있었고, 2층으로 올라갈 때마다 라디오가 나왔다 안 나왔다를 반복해, 항상 조심조심 걸어야 했다.

점심을 먹은 후 저녁때까지는 그냥 거실 소파에 앉아있는 게 일이다. 하지만 구경거리는 풍성했다. 여기는 특별히 주인이 없는 집이었다. 직업 없는 젊은이들이 주구장창 시간을 때우는 곳이었고, 동시에 그런 청춘들이 위로 받는 곳이기도 했다. 집 1층에는 부엌과 거실이 있었고 2층에는 침실 2개가 있었는데, 이 2층에 볼일이 있어서 여기를 찾는 사람들이 많았다. 점심시간이 조금 지나 2~3시가 되면, 현지 남녀가 여기를 찾아와서 2층에 올라갔다 내려오는 일이 잦았다. 볼일을 보고 조용히 사라지는 여자들도 있었지만 그렇지 않은 경우가 더 많았다.

"12쿡 주기로 했잖아. 나는 11쿡 밖에 못 받았다고."

"지금 내가 가진 게 그것밖에 없어!"

"당장 1쿡 내놔. 아니면 지금 네 아내를 찾아 갈 거야."

이렇게 소리치며 협박을 하는 여자 하나를 두고, 남자 서너 명이 여자를 달래면서 십시일반 돈을 모아 1쿡을 채워주기도 했다. 이 집 2층은 현지인들 사이에서 매춘이 이뤄지는 곳이었다.

점심을 먹고 알씨와 나란히 앉아서 몇 시간씩 그것을 구경했다. 이 다음에는 또 어떤 남녀가 찾아올까. 알씨는 2층으로 올라가는 거의 대부분의 사람들을 알고 있었다. 그러면서 저 여자는 몇 살이며, 언제 아바나에 왔으며, 성격은 어떤지, 가족은 어디 살고 있는지를 말해줬다. 남자는 자주 바뀌었지만 여자는 아니었다. 어제 온 여자들이 오늘도 왔다. 이 집에서 지낸 지 삼사 일이 지난 뒤에는 이 여성들과 눈인사 정도를 나누는 사이가 되었다.

그것을 지켜보고 있다가 네다섯 시가 되면 알씨와 함께 산책 겸 장을 보러 갔다. 느릿느릿 장을 봐 온 후 자고 있는 보아를 깨우면, 그때부터 보아가 저녁을 준비하기 시작한다. 그러면 알씨가 꽁꽁 숨겨두었던 럼을 꺼내고 사람들은 그때부터 취하기 시작했다. 럼을 마시며 요리를 하는 보아, 하루 중 가장 행복해하는 그를 볼 수 있는 시간이다. 마당에 나가서 공기 빠진 공으로 축구를 하고 있는 옆집 아이들을 보면서 저녁이 차려지기를 기다렸다.

저녁을 먹은 후에는 뻗기 직전까지 마시는 게 일과였다. 셀 수 없이 많은 사람들이 여기를 들어왔다 나갔다. 밤에 술이 부족해지기 시작하면, 다시 한 번 알씨와 술을 사러 나갔다. 어디서 박스를 하나 구해와, 사온 술과 과자들을 박스에 담았다. 주위 이웃들이 보면 조금씩 달라고 하기 때문에 감춰야 한다고 알씨가 말했다. 늘 2병을 더 사왔다. 1병은 알씨가 어딘가에 감춰두고, 1병을 가지고 밤새 나누어 마셨다. 술을 마시기 시작하면서는 쿠바 음악을 튼다. 처음 그 스리에 적응하기 전까지는, 몇 분간 밖에 나가 있어야 할 만큼 소리가 컸다. 쿠바에 온 지 얼마 안됐을 때, 거리를 걸을 때마다 집이 터져라 음악소리가 들리던 곳들이 있었다. 지금 내가 그 집안에 있었다.

매일 밤을 귀가 찢어질 듯한 음악소리를 들으며 럼을 마셨고, 전혀 처음 보는 사람들과 알아듣지도 못하는 이야기에 따라 웃으며 새벽까지 시간을 보냈다. 그리고 또다시 아침이 되면 보아와 함께 거실을 뒤지며 술병을 찾았다.

아메리카 심야특급

알씨에 대해서도 조금씩 알아갔다. 그는 무척 순진한 사람이었다. 우리나라에서도 가끔씩 찾아볼 수 있는 바보스러울 정도로 착한 사람. 그래서 늘 주위 사람들에게 자기 것을 뺐겼다.

43살인 알씨는 최근에 집을 팔아서 2,000불 정도를 모았다. 에콰도르에서 친구가 사업을 하고 있는데, 그 친구의 초청을 받아 그곳에 가서 일을 하기로 했다. 에콰도르에서 몇 년간 악착같이 돈을 모아서 다시 쿠바로 돌아올 계획을 가지고 있었던 것이다. 그것이 알씨가 가졌던 유일한 희망이었다. 하지만 나와 함께 지내는 일주일 동안, 알씨는 그 돈의 일부를 잃게 된다. 막상 돈을 쥐고 보니 돈을 조금 더 벌어 보겠다고 1,000불을 투자해, '전문 음반 기계' 같은 것을 사기로 했다. 아바나에는 돈 많은 음악가들이 있었고, 그 기계를 필요로 하는 사람이 꽤 있었기 때문에. 다른 지역에서 1,000불을 주고 산 그 기구를 아바나에서 좀 더 비싸게 팔 계획이었던 것이다. 물론 이렇게 순진한 사람이 하는 거래가 순탄할 리가 없다. 오랜 친구였다는 사람에게 먼저 1,000불을 보내 그 기계를 사놓으라고 한 뒤, 동네 동생 둘을 보내 그것을 받아오기로 했는데, 약속 장소에 그 친구가 나타나지 않은 것이다.

기계를 받으러 갔던 동생 둘이 빈손으로 알씨를 찾아온 자리에 나도 같이 있었다. 알씨는 그 오랜 친구라는 사람과 함께, 다음 달에 에콰도르에 가겠다던 희망도 잃어버렸다. 하지만 괜찮다며, 기계를 찾으러 갔던 두 동생을 위로하던 알씨였다.

평소처럼 술에 취해 언제 잠들었는지도 모른 채 자고 있던 중에, 머리가 아파서 1층으로 내려온 적이 있었다. 새벽 3시가 넘었는데, 불을 다 꺼두고 알씨가 앉아 있었다. 내가 무슨 일이냐고 물어보는 순간, 알씨가 눈물을 쏟아냈다.

"나는 항상 사람들에게 내 진심을 줬어. 늘 내 모든 것을 줬는데, 지금 나에게 남은 것은 'Bad luck(불운)' 뿐이야. 난 차라리 죽는 게 나을 것 같아. 이제는 아무것도 안 남았어. 집도 없고 돈도 없어. 에콰도르에도 못 가. 난 죽는 게 나아." (양심이 찔렸다)

새벽에 무릎을 꿇고 내 손을 부여잡은 40대 중년의 눈물은, 나로서는 감당하기 힘든 것이었다. 죽는 게 낫겠다는 이 사람에게 "괜찮아"라는 말 이외에 해 줄 수 있는 것이 없었다. 대신 속으로 다짐했다. '알씨, 내가 너 에콰도르 보내줄게. 내가 한국으로 돌아간 뒤에, 꼭 다시 돌아와서 너 에콰도르 갈 수 있게 해줄게. 사람들에게 너의 진심을 줬다면, 그게 언젠가는, 누군가는 그것을 알아준다는 사실을 내가 보여주고 싶어. 알씨, 괜찮아. 나 꼭 다시 돌아올게.'

이별 준비

알씨 집에서 지내는 동안 아나벨 생각을 계속 했었다. 이 집에 오기 전

아메리카 심야특급

날, 아나벨은 '뮤지카 데 까사' 앞에서 나를 기다렸다. 그리고 그 후 며칠이 지나는 동안 전화 한 통화 하지 못했다. 트리니다드에서 지낼 수 있는 여행 경비가 생기면 다시 연락할 생각이었지만, 한국에서 송금을 끝끝내 받을 수 없었다. 그래서 이 시끄럽고 복잡한 집에서도 항상 조금의 허전함이 느껴졌다.

답답한 마음에 샤워가 하고 싶었다. 집에는 물이 안 나왔다. 화장실에서 도 싱크대에서도 아무튼 집 안에서 물이 나오는 곳이 없었다. 대신 집 앞에 있는 작은 연못에서 물을 수시로 떠와, 그 물로 다 해결해야 했다. 대충 눈치를 보니까 마당에 있는 물은 충분히 써도 되는 듯 보였다. 샤워를 하기 위해서는 몸에 비누를 칠하고, 떠온 물을 몸에 부어 비누를 씻어내야 했다. 샤워 도중에 물이 다 떨어져도 또 뜨러 갈 수 없으니 아껴 써야 했다. 그것만이 문제가 아니었다. 화장실에 문도 없었고, 하나 밖에 없는 양동이로 설거지도 해야 했기 때문에 샤워 도중에 양동이 가지러 사람들이 화장실에 막 들어왔다. 화장실에 들어오면 샤워하는 사람이 그대로 보이지만 다들 그걸 아주 자연스럽게 받아들였다.

샤워를 마치면, 몸에서 제대로 씻겨지지 않은 비누 냄새가 났다. 쿠바에 처음 왔을 때 현지인들에게서 특유의 상큼한 냄새가 났었다. 그때는 '이 사람들 못 산다더니 향수는 엄청 뿌리는 구나' 하고 생각했었는데, 그게 다 이 비누 냄새였던 것 같다. 나에게도 조금씩 쿠바사람 냄새가 나기 시작한

ser como él...

아메리카 심야특급

것이다.

밀린 빨래를 들고 마당에 있는 세숫대야로 가니 릴리가 와서 도와준다. 이 사람들, 돈 드는 것 빼고는 모든 호의를 베풀어 주고 있었다. 빨래하는 방법도 샤워하는 것처럼 양동이로 물을 퍼 와서 해야 한다. 릴리는 우선 손수건 같은 것으로 세숫대야를 막았다. 그리고 세숫대야에 물을 가득 채우고, 비눗물을 만들어 내 빨래를 차례차례 했다. 그렇게 비누칠한 세탁물을 양동이에 담가 대충 씻더니 그대로 말린다. 저 옷까지 입으면 제대로 비누 냄새가 진동할 것 같다.

시간이 지낼수록 느끼는 거지만 이 사람들에게 소비라는 게 없다. 우리는 필요한 게 있으면 그것을 사지만, 이 사람들은 필요한 게 있으면 자기네들이 가지고 있는 것들을 조합해서 비슷한 것을 만들어냈다. 아니면 그냥 불편함을 안고 산다. 여기서는 가진 것을 활용하고 또 그것을 매우 소중하게 여긴다.

'이 사람들은 내가 여기 안 왔으면 뭐 먹고 살았을까?'
내가 올 때까지만 해도, 화장실에 휴지가 없었고 있는 거라곤 다 부서진 몇 개의 비누 조각뿐이었다. 사람들은 금요일이든 토요일이든 집 밖을 나가지 않았다. 하루 종일 흐릿한 TV만 보고 있다가, 술이라도 사오면 그것을 그 자리에서 나눠 마셨다. 내가 사 놓은 재료로 하루 세 끼를 준비하는 것이

이 사람들의 유일한 일과였다. 신기한 것은, 할 일도 없는 사람들이 늘 소풍 온 것처럼 들떠 있다는 것이었다. 나오지도 않는 TV선 조절한다고 하루 종일 웃고, 누군가 집에 들어오면 서로 안부를 묻는다고 몇 시간을 보낸다.

물론 이 낙천적인 삶이, 항상 낭만적으로 보이는 것은 아니었다. 여기를 고정적으로 찾는 청년들은 일곱 명이었는데 알씨를 빼고 나머지 여섯은 직업이 없었다. 다들 20~40대의 한창 나이다. 물어보면 다들 이유는 있었다. 잠시 일을 쉬고 있다거나, 곧 이사를 가야 된다고 했다. 알씨도, 일하러 간다고 하고는 한 시간 만에 돌아오는 경우가 많았고, 울적하다고 일을 안 나가기도 했다. 국가에서 받는 월급이 말도 안 되게 적은 금액이니, 일을 꼭 해야 된다는 생각이 없어 보였다. 여기서는 직업이 없는 게 이상하게 여겨지지도 않고, 취업했다고 좋아하는 사람도 없다.

이 사람들과 앉아 있으면 '오늘이 정말 월요일 맞나?' 하는 생각이 몇 번이나 든다. 다들 월요일부터 일요일까지, 종일 소파에 앉아서 TV만 보고 있기 때문이다. '아니, 저렇게 TV를 좋아하면 일 좀 해서 깨끗하고 큰 걸로 하나 사든가? 저 흔들리는 스크린을 하루 종일 보면서 도저히 그런 생각은 안 떠오르는 걸까?'

여느 때와 다름없이 TV 안테나를 조절하는 사람들 틈에서, 나는 카메라 사진을 보고 있었다. 그것을 본 몇몇 친구들이 사진을 조금 더 보여 달라고

아메리카 심야특급

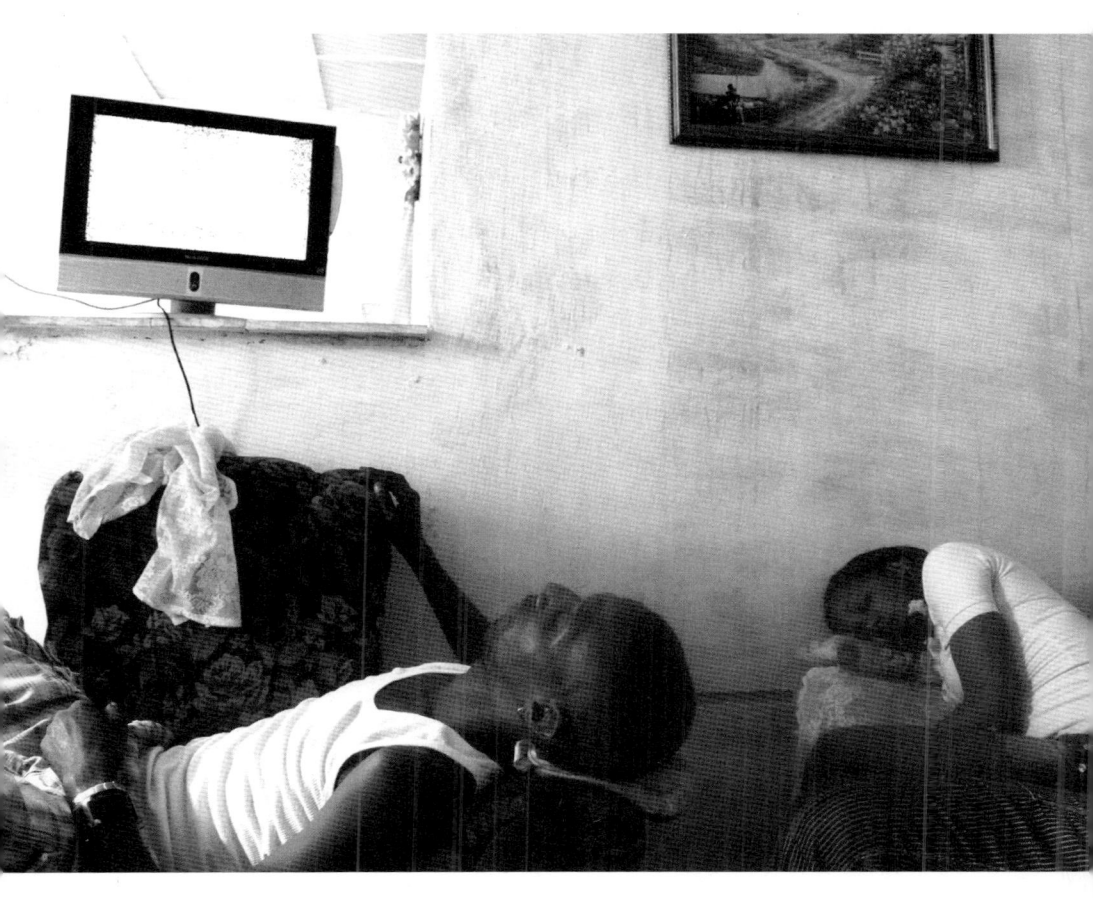

해서 미국에서부터 여기까지 여행을 하며 찍은 사진들을 보여줬다. 곧 집안에 있는 모든 친구들이 내 카메라 뒤로 몰려들었다. 페루에서 찍은 마추픽추와 볼리비아의 우유니 사막, 칠레의 발파라이소와 아르헨티나의 탱고쇼를 보여줬다. 미국에서 찍은 그랜드 캐년과 라스베가스, 마이애미 비치와 맨하튼의 야경을 보여줬다. 사람들은 그렇게 불편한 자세를 하고 있으면서도, 그 반짝거리는 사진에서 눈을 떼지 못했다.

사진을 보고 있는 사람들의 침묵 속에서 갑자기 이런 생각이 들었다. '이건 집이 없는 사람한테 백 만 불짜리 별장을 보여주는 거나 마찬가지야.'

'대충 이 정도야' 하면서 카메라를 집어넣었다. 처음 사진을 보여줄 때는 신비함과 호기심이 넘쳤지만, 카메라를 닫을 때는 묘한 질투심과 자신의 두 발로 직접 밟을 수 없는 땅이라는 점에서 안타까운 감정들이 묻어 나오고 있었다. 선명하고 깨끗한 화면에 드러난 고화질의 신비로운 자연들과, 개성 넘치고 독특한 각 나라의 군상들을 빠르게 훑어 봤으니, 흐릿한 TV 화면에서 흘러나오는 아바나의 일상적인 뉴스가 눈에 들어올 리 없었다. 나까지 뭔가 답답해지는 기분이 들었다.
"우리 말레꼰 좀 걸을래?"

집안에 있던 사람들을 우르르 데리고 말레꼰으로 걸어갔다. 오랜만에 걸어보는 밤거리의 아바나였다. 말레꼰에 도착한 우리는, 흩어져 각자의 바다 앞에 앉았다. 귀국 날짜가 다가오면서 이제는 한국 생각을 안 할 수가 없었다.

또 어떻게 나를 찾았는지 알씨가 다가왔다.

"여기까지 와서 또 왜 이렇게 심각해?"

"나 곧 한국으로 돌아가야 되잖아. 돌아가면 뭐할지 생각하고 있었어."

"뭐할지를 모르겠어?"

"사실, 그래."

"내가 말해줄까?"

궁금했다. 알씨가 생각하는 '내가 해야 될 일'이 무엇인지.

"어, 궁금해. 그게 뭐야?"

"전 세계를 돌아다니는 거야."

알씨는 그렇게 말하고, 말레꼰 넘어 밤바다를 쳐다봤다.

"나는 다른 나라의 바다가 보고 싶어. 하지만 우리는 그렇게 못해. 근데 넌 할 수 있잖아. 그러니까 그걸 마음껏 누려. 지구에 있는 모든 나라를 다 가봐. 200개국을 다 돌아다녀. 남극에도 가고 북극에도 가."

한국으로 돌아가기 전날 밤, 릴리와 알씨 그리고 나는 2층에 있었다. 별다른 이야기를 나누지는 않았다. 나는 천천히 짐을 싸고 있었고, 알씨는 그런 나를 그저 지켜보고 있었다.

2층으로 보아가 올라왔다. 자기 아들한테 선물을 하나 사 주게, 돈을 조금 달란다. 점심 때 한 달 치는 먹을 수 있는 장을 다 봤는데, 꼭 이렇게 마지막 순간까지 날 빼먹어야겠냐?

1쿡을 줬다. 보아는 1쿡을 받아 들고, 고맙다고 인사를 한 뒤 다시 1층으로 내려갔다. 떠나기 전날이라 나도 돈을 거의 다 썼었다.

"알씨, 그런데 보아한테 아들이 있었어?"

"몰랐어? 지금 1층에 와 있어."

알씨와 함께 1층으로 내려가 봤다. 보아가 2~3살 정도로 보이는 아기를 안고 있었다. 보아는 몇 년 전에 이혼을 했고, 평소에는 아내가 애를 키우고 있다가 일주일에 한 두 번씩 이렇게 아들을 만난다고 한다.

쿠바에 와서, 나는 왜 그토록 돈을 허투루 썼을까. 그 어떤 하루에, 술값으로 89쿡만 안 썼어도 이 사람들한테 20쿡씩은 주고 올 수 있었을 텐데. 이렇게 낙천적이고 밝은 사람들이 우리가 가진 자유의 1/10만 있어도, 우리가 누리는 풍요의 1/10만 있어도 얼마나 행복하게 살 수 있을지 생각해 봤다.

다음날 아침, 여유있게 공항에 가 있을 생각이었다. 가방을 메고 1층으로 내려갔다. 이제는 라디오 꺼질 까봐 조심조심 걸을 일도 없다. 몸에 비누 냄새 날 일도 물론 없다. 그 냄새가 그리워지면, 아마 향수를 하나 사겠지. 저 소파에서 하염없이 앉아 있는 날도 없을 것이다. 사람들을 만나도 허그를 하거나 볼을 맞출 일도 이 시간이 마지막이다. 아침인데도 유독 많은 백수들이 1층에 와 있었다. 하나하나 껴안고 오랫동안 볼을 맞댔다.

아메리카 심야특급

알씨와 함께 집을 나섰다.

"우리한테 지금 몇 시간이 있지?"

"한 시간 내로 공항에 간다고 해도, 3시간은 더 있어."

"그럼 나 전화 한 통만 쓰자."

아나벨에게 전화를 해볼 생각이다. 트리니다드로 가기로 약속한 날 그녀를 바람 맞추고, 일주일간 아무 연락도 없다가 눌러보는 번호다. 공중전화 앞에서 몇 분간 망설이고 서 있었던 나를 보고, 알씨가 대신 걸어준 전화였다. 연결음을 들고 있던 알씨는, 아나벨의 목소리가 들렸는지 나에게 수화기를 건넸다.

"아나벨?"

"재민?"

"그 날 못나가서 미안."

무슨 말을 하기는 하는데, 그 짠하고 갈라지는 톤만 들렸다. 수화기 너머의 목소리는 점점 빨라지는데 도저히 이해할 수가 없어, '볼베르, 볼베트(돌아오다)'만 계속 말했다. 확실히 아나벨이 무슨 말을 하려고 하고 있었다. 수화기를 알씨에게 넘겨줬다. 알씨는 수화기를 받자마자, 나에게 수첩을 꺼내라고 한 뒤 무엇인가를 적었다. 그리고는 다시 나에게 수화기를 건네려고 했다.

"꼭 다시 돌아온다고만 전해줘."

알씨가 그대로 전했고 곧 전화가 끊겼다.

"아나벨이 6개월 뒤에 아바나에 없을 거래. 산티아고 데 쿠바로 이사 간다고. 자기 집 주소를 적어줬어. 쿠바로 돌아오면, 여기로 찾아오래."

여행을 시작하고 수많은 사람들과 연락처를 주고받았다. 그 중에 30명 정도와는 '한국 가서도 꼭 연락하자'고 했고, 그 중에서도 10명 정도에게는 '너를 보러 다시 돌아오겠다' 고 말했었다. 그 중에서 3명은 여자였는데 그 중 한 명에게는 진심이었다.

이 날 비가 내렸다.

"알씨, 내가 지금 35쿡이 남았는데, 25쿡은 출국세로 공항에 내면 10쿡이 남거든. 근데 이건 내가 서울에 도착해서 우리 집까지 가는데 쓸 차비라서, 택시를 탈 수가 없어."

"괜찮아. 콜렉티보 타고 가면 돼. 우리 1쿡씩 내면 탈 수 있어. 그런데 공항 바로 근처까지는 안 가거든. 내려서 한 30분은 걸어야 돼."

2쿡을 내고 콜렉티보에서 내렸다. 차 안에 있을 때만 해도 기분 좋게 내리던 비가, 지금은 기분 나쁘게 퍼붓는다. 둘 다 홀딱 젖은 채 공항으로 걸어갔다.

아바나 국제공항이 보였다. 비를 맞아 곱슬머리가 더욱 빛나는 알씨가 말했다.

"이렇게 가까이서 비행기 보는 건 처음이네" 조금은 바보 같은 알씨를 바라봤다. 내가 기다렸던 친구가 알씨라는 생각이 든다.

아메리카 심야특급

공항 입구 앞에서 알씨와 다시 허그를 하고 볼을 맞췄다. 비에 젖어 얼굴은 차가웠지만, 볼을 맞추는 순간 서로의 얼굴이 얼마나 뜨거운지를 알 수 있었다.

비행기에 올랐다.

한국에 돌아가면 뭘 할까. 제일 먼저 스페인어를 공부하고 싶다. 아침 반을 수강할 생각이다. 가장 활기찰 때 가장 하고 싶은 걸 배우고 싶다. 그렇게 해서 남미로 다시 돌아갈 생각이다. 쿠바에도 갈 것이다. 산티아고 데 쿠바에 가서 아나벨 집을 찾아가겠다. 알씨를 다시 만나 300불을 갚아주고, 에콰도르에도 보내주겠다. 그리고 말레꼰을 걷고 싶다. 여기저기 모여 앉아 있는 전혀 모르는 사람들 틈에 끼여 "지금 무슨 얘기를 하고 계세요?" 하고 물어본 뒤, 무슨 말을 하든 땅에 뒹굴며 실컷 웃고 싶다.

비행기가 인천 공항에 도착했다. 그러고 보니, 내가 왜 이렇게 쿠바로 다시 돌아가겠다는 다짐을 조급하게 하고 있는지 알 것 같다. 지금 안전벨트를 풀고 자리에서 일어나기가 두렵기에, 지금 저 문을 열고 나가면 쿠바로 돌아갈 수 없을 것 같다고 느끼고 있기 때문이다.

난 다시 떠날 수 있을까?

아메리카 심야특급

1쇄 인쇄　｜ 2013년 11월 01일
1쇄 발행　｜ 2013년 11월 10일

글·사진　｜ 조재민

펴낸곳　　｜ 이서원
교정·교열　｜ 윤희경
표지디자인｜ 어거스트브랜드
표지사진　｜ 이종호
편집디자인｜ 이경숙

펴낸이　　｜ 고봉석
주소　　　｜ 서울시 서초구 신반포로 43길 23-10 서광빌딩 3층
전화　　　｜ 02-3444-9522
팩스　　　｜ 02-6499-1025
전자우편　｜ books2030@naver.com
출판등록　｜ 2006년 6월 2일 제22-2935호
ISBN　　 ｜ 978-89-97714-17-9

값　　　　｜ 13,000원

이 도서의 국립중앙도서관 출판시도서목록(CIP)은 서지정보유통지원시스템 홈페이지(http://seoji.nl.go.kr)와
국가자료공동목록시스템(http://www.nl.go.kr/kolisnet)에서 이용하실 수 있습니다.(CIP제어번호: CIP2013020764)